L'astronome et les spectres

Du même auteur

Le Retour des momies : des pharaons aux cyborgs, la quête de l'éternité, Stock, 2017.

Mémoire totale : hypermnésiques : pourquoi sont-ils des surdoués de la mémoire ? Stock, 2018.

Les Enfants de Mathusalem : l'incroyable histoire de l'allongement de la vie, Stock, 2019.

La Machine Ernetti, Albin Michel, 2020 ; Le Livre de Poche, 2021.

Ernetti et l'énigme de Jérusalem, Albin Michel, 2021 ; Le Livre de Poche, 2022.

Ernetti et le voyage interdit, Albin Michel, 2022 ; Le Livre de Poche, 2023.

L'homme qui ressemblait au Christ, Albin Michel, 2023.

Roland Portiche

L'astronome et les spectres

Tome 1

roman

Flammarion

ISBN : 978-2-0804-2916-2

Avertissement

Mon admiration pour l'astronome et ma forte sympathie pour l'homme Camille Flammarion sont telles que je n'ai pas hésité à lui ouvrir toutes grandes les portes de la fiction.

Roland Portiche

Chapitre 1

Toutes les histoires de la littérature française rapportent que l'illustre Victor Hugo est mort à son domicile parisien le vendredi 22 mai 1885, d'une congestion pulmonaire. Mais ce qu'on ignore, c'est ce qui est arrivé quelques instants avant sa mort et juste après.

*

— Monsieur Flammarion s'est présenté, Maître.

— Faites-le entrer, Gloria, murmura Hugo.

La servante marqua un instant d'hésitation.

— Dans votre chambre ?

— Dans ma chambre, oui. J'ai à lui parler.

Le grand Hugo, lucide jusqu'à la fin, savait parfaitement qu'il n'avait plus que quelques minutes à vivre. Mais ce rendez-vous, il ne l'aurait manqué pour rien au monde. La servante alla donc chercher le visiteur et lui parla à voix basse.

— Ne le fatiguez pas, il est très faible.

Elle s'effaça derrière le plus célèbre astronome de France, auteur d'une monumentale *Astronomie populaire* couronnée par toutes les académies. De grande taille, âgé de quarante-trois ans, le visage en partie caché par une barbe châtain très soignée, Camille Flammarion avait des yeux gris-bleu grands ouverts, qui lui donnaient parfois l'allure d'un distrait. Il ne niait pas sa distraction occasionnelle, mais l'expliquait par l'habitude de contempler, derrière sa lunette, l'immensité de l'univers. Question d'accommodation, comme disent les spécialistes d'optique. Il s'inclina, ému, devant l'écrivain alité.

— Victor, je suis absolument bouleversé, je…

Hugo l'interrompit.

— Évitons les palabres, Camille, le temps nous manque. Vous avez amené vos gens ?

— Ils ne vont pas tarder. Êtes-vous toujours d'accord ?

Hugo acquiesça.

— Vous devrez attendre ma mort, mais je ne serai pas long. Gloria est au courant. N'est-ce pas, Gloria ?

La servante, qui baissait les yeux, retenait ses larmes.

— Oui, Maître.

Flammarion voulut ajouter quelques mots.

— Nous nous sommes peu connus, Victor, mais je tiens à vous renouveler mon affection et mon admiration, comme écrivain et surtout comme homme.

— Merci, Camille. Laissez-moi à présent, j'ai encore deux mots à dire à Dieu avant de partir.

Précédé par la servante, l'astronome se rendit dans l'antichambre. Gloria lui désigna un petit guéridon.

— Celui-ci conviendra-t-il ?

— Ce sera parfait.

— Vous pourrez prendre ces chaises à côté de vous.

— Merci, Gloria. Je pense que mes amis ne vont pas tarder.

— Je me charge de les accueillir. Je vais vous apporter un en-cas, un choix de biscuits anglais que monsieur Hugo fait venir de Jersey.

— Merci, ce ne sera pas nécessaire.

Le tintement d'une sonnette alerta Gloria qui s'éclipsa. Une minute après, elle fit entrer quatre personnes. Il y avait :

Mlle Honorine Huet, médium, membre honoraire de la Société parisienne des études spirites ; M. Paul Caratini, astronome adjoint à l'observatoire de Juvisy-sur-Orge ; M. Charles Richet, docteur en médecine et chercheur en métapsychique ; Mlle Hortense Mirbeau, assistante-stagiaire à l'Observatoire de Paris. Tous prirent place au côté de Camille, dans un silence respectueux.

— Il est probable, supposa Mlle Huet, que la nouvelle de sa mort attirera beaucoup de monde. Disposerons-nous du temps nécessaire ?

— Ne vous inquiétez pas, Victor a donné des ordres. Personne n'entrera dans la chambre avant la fin de notre expérience.

Hortense, qui avait à peine plus de vingt ans, semblait la plus émue de tous. Camille lui adressa un sourire rassurant.

— C'est la première fois que tu assistes à un décès ?

— Non, j'ai vu ma grand-mère mourir. Ce qui m'inquiète, c'est ce que nous allons faire après.

Il lui prit délicatement sa main, qu'il embrassa.

La porte de la chambre s'ouvrit. Gloria sortit en coup de vent et disparut dans le salon. Elle en revint avec le docteur Lacampagne, qui avait déjà son stéthoscope à la main. Gloria referma la porte. Camille et ses amis se regardèrent en silence.

Quelques minutes après, le médecin sortit de la chambre, le visage grave. Il rangea ses instruments dans sa mallette et s'adressa à Camille.

— C'est fini.

— A-t-il dit quelque chose ?

— Oh, vous savez, dans ces moments-là, les sujets prononcent souvent des phrases sibyllines. Il a dit : « Je vois de la lumière noire. » Vous êtes le professeur Camille Flammarion, n'est-ce pas ?

— Oui, je voulais être parmi les premiers à lui rendre hommage.

— Je vais préparer l'acte de décès. Je suis honoré d'avoir pu vous rencontrer, Maître.

Aussitôt le docteur sorti, Gloria retourna dans l'antichambre et fit signe à Camille.

— Vous pouvez entrer.

En silence, l'astronome se saisit du guéridon.

— Que chacun emporte sa chaise. Docteur Richet, chargez-vous de la mienne. Nous allons commencer.

Chapitre 2

La chambre de Victor Hugo était faiblement éclairée par deux lampes à gaz disposées de part et d'autre du lit. Jusque dans la mort, l'écrivain avait conservé son expression inquiète, si caractéristique. Sa barbe était très blanche, ses mains étaient paisiblement croisées sur sa poitrine. Aucun signe religieux ne l'entourait, ni croix, ni Bible, ni chapelet.

Sans prononcer un mot, Camille et les autres s'installèrent autour du guéridon et posèrent leurs mains à plat sur la table. Puis ils attendirent. Cinq, puis dix minutes passèrent dans le silence. Mlle Huet marqua un signe de nervosité.

— Il y a trop de lumière, se plaignit-elle.

Camille se leva, éteignit une des deux lampes et diminua l'arrivée du gaz sur l'autre, jusqu'à ne conserver qu'une faible lueur dans le tube de verre. Les ombres fébriles des expérimentateurs, projetées sur le mur de la chambre derrière le cadavre de Hugo, composaient un spectacle lugubre.

Puis il y eut un bruit.

— Nous y sommes, chuchota le docteur Richet.

Le guéridon se redressa de quelques centimètres sur un pied, puis balança de droite à gauche, avec quelques petites oscillations.

— Gardez bien vos mains à plat, ordonna la médium.

Le guéridon retomba sur ses pieds. Camille remarqua qu'Hortense était très pâle.

— Monsieur Hugo, êtes-vous là ? demanda Mlle Huet. Si vous êtes là, frappez un coup avec la table. Un coup pour oui, deux coups pour non.

Le guéridon se souleva et retomba une fois.

— Il est là. À vous, professeur Flammarion.

À son tour, l'astronome s'adressa à Hugo.

— Victor, où vous trouvez-vous en ce moment ?

Aucune réponse. Mlle Huet fit la grimace.

— La question est trop vague, professeur, soyez plus précis.

— Victor, êtes-vous au-dessus du lit ?

La table frappa deux coups : c'était non.

— Êtes-vous au-dessus de la table de nuit ?

Un coup.

— Pouvez-vous vous déplacer ?

Un coup.

— Pourriez-vous aller devant la grande armoire ?

Il s'agissait d'une belle armoire en noyer, où Gloria rangeait le linge de lit.

— Est-ce fait, Victor ?

Un coup.

— Ne bougez plus, j'arrive.

Un coup.

Honorine Huet était réticente.

— Non, monsieur Flammarion, ce n'est pas prudent !

Ignorant son avertissement, Camille se leva et s'avança lentement vers l'armoire.

— Tout va bien, Camille ? demanda le docteur Richet.

— Rien d'anormal. Je continue...

Il fit deux pas de plus et s'arrêta.

— Je viens de pénétrer dans une zone plus froide, je dirais trois ou quatre degrés de moins que le reste de la pièce.

— Prenez garde à vous, répéta la médium.

Camille s'adressa à la présence invisible, qu'il sentait très proche.

— Victor, pouvez-vous me faire un signe ?

En frissonnant, il eut la sensation qu'une main glacée, mais invisible, lui serrait le haut du bras.

— Est-ce vous, Victor ?

La table frappa un coup.

— Merveilleux, Victor, nous avons réussi !

La main accentua sa pression. On entendit alors un souffle sourd.

— Que se passe-t-il, monsieur Flammarion ? s'inquiéta le docteur Richet.

— Je sens… un courant d'air très froid qui monte vers le plafond.

La main de Hugo s'accrocha à son épaule, comme si le spectre opposait une résistance.

Puis elle lâcha sa prise.

— Victor !

Camille s'effondra. Le docteur Richet se précipita.

— Relevez sa tête !

Il lui fit respirer un petit flacon de carbonate d'ammonium. Camille se détourna avec une grimace.

— Êtes-vous capable de vous redresser ?

Camille fit signe que oui. Une fois debout, il regarda vers le plafond.

— Il est parti ?

— Venez vous asseoir, c'est plus prudent.

Tous reprirent leur place autour du guéridon.

— Retrouvons le contact, vite !

La médium Honorine Huet recommença ses appels.

— Monsieur Hugo, êtes-vous là ? Répondez, monsieur Hugo !

Ils attendirent, mais n'obtinrent plus de réponse. Richet examina son chronomètre.

— La communication avec l'esprit aura duré très exactement une minute et trente-sept secondes, puis il s'en est allé.

— Oui, mais où ?

— Qui pourrait le dire, Camille ?

— J'y passerai le reste de ma vie, mais je veux savoir : *où vont-ils ?*

Des étoiles aux esprits

Chapitre 3

Don Pedro II d'Alcántara, l'empereur du Brésil, était un amoureux de la France. Monté sur le trône à l'âge de six ans, après l'abdication de son père, ce souverain poète, amateur de sciences, se piquait d'entretenir des liens avec les plus hautes personnalités françaises dans le monde des lettres et des arts.

Le 29 juillet 1887, il fut accueilli à la gare de Juvisy-sur-Orge par l'astronome Camille Flammarion, accompagné du sociologue Gustave Le Bon et du sculpteur Auguste Bartholdi, le père de la Statue de la Liberté. Camille l'accueillit en levant ostensiblement son chapeau.

— La communauté astronomique française vous souhaite la bienvenue, Majesté !

Âgé de cinquante-six ans, l'empereur s'était fait la silhouette d'un savant comme il les imaginait en France, affublé d'une longue barbe blanche.

— Quel plaisir de vous rencontrer enfin, monsieur Flammarion. Votre *Astronomie populaire* est devenue mon livre de chevet.

— Elle ne vous aura sans doute pas appris grand-chose. Je crois savoir que vous êtes vous-même un passionné du ciel et des étoiles.

— Oh, répondit modestement l'empereur, juste quelques observations sur la terrasse de mon palais, avec une petite lunette.

Après la traversée de Juvisy, pavoisée aux couleurs de la France et du Brésil, le cortège se rendit à l'observatoire que l'astronome français avait fait aménager dans sa propriété.

— Même la rue, ici, s'appelle « Camille Flammarion » ?

— Mais celle qui conduit chez moi n'est que la rue de l'Observatoire.

Ils passèrent le portail d'une grande demeure entourée d'un vaste jardin et surmontée d'une coupole astronomique dotée d'une lunette de belle taille.

— Il m'a fallu tout faire, expliqua Camille. La propriété m'a été léguée par un passionné d'astronomie, mais j'ai dû repenser l'ensemble pour en faire un observatoire digne de ce nom. Nous sommes loin d'en avoir fini.

— Vous vivez ici, à présent ?

— Non, j'ai gardé mon appartement parisien. Mais mon épouse, Sylvie, me reproche de passer la plupart de mes nuits dans cette coupole.

— Que voulez-vous, mon cher ? La science est la plus tenace des maîtresses !

Une fois dans la coupole, l'empereur ne put s'empêcher de s'extasier devant la grande lunette, tel un enfant pénétrant dans un magasin de jouets.

— Je me suis inspiré, pour la construire, de la grande lunette de l'observatoire de Paris, précisa Camille.

— Quelle focale ?

— 240 mm de diamètre et 3 600 mm de focale. Une monture équatoriale, comme vous voyez.

— Magnifique !

L'empereur s'approcha de l'œilleton.

— Puis-je ?

Camille l'encouragea.

— Parce que nous sommes à la tombée de la nuit et que je sais votre passion pour la planète Mars, Majesté, je vous ai préparé une petite observation. Dites-moi ce que vous en pensez.

Don Pedro regarda dans la lunette.

— *Madre de Dios*, qu'elle est belle !

Il parlait du disque rouge de Mars, parfaitement visible.

— À ce propos, monsieur Flammarion, que pensez-vous de cette affaire des canaux de Mars ?

Depuis dix ans, ils enflammaient les esprits. En 1877, l'astronome italien Giovanni Schiaparelli avait cru voir à la surface de Mars des formations rectilignes qu'il appela « canali ». On imagina aussitôt une civilisation martienne déclinante, obligée pour survivre de drainer l'eau de ses pôles grâce à des canaux artificiels. Il y avait les « pour » et les « contre ». Visiblement, Don Pedro se situait dans le camp des premiers. Camille fut plus nuancé :

— Je pense, Majesté, qu'il faut raison garder. Nul plus que moi n'est persuadé de l'existence d'une vie sur les autres planètes, je l'ai même souvent écrit…

— J'ai lu votre ouvrage *La Pluralité des mondes habités*, précisa Don Pedro. Votre voyage en imagination dans l'infini m'a fait rêver.

— Mais pour les canaux de Mars, il faut continuer à les étudier. Nous découvrirons peut-être qu'il ne s'agit que d'illusions d'optique ou d'une mauvaise interprétation des observations. Le risque est que les mêmes qui s'enthousiasment aujourd'hui pour Mars s'en détourneront, alors qu'elle a tant à nous apprendre. La bonne science, selon moi, doit conserver un juste équilibre entre l'émerveillement et le scepticisme.

Don Pedro soupira.

— Vous avez raison, mon ami. Mais le monde moderne, avec ses chemins de fer et ses tours en acier, devient si matérialiste qu'il m'arrive parfois…

Il s'interrompit, craignant d'être entendu. En prenant Flammarion par le bras, il l'entraîna au fond de la salle, loin des invités. Il lui parla à l'oreille, comme s'il lui confiait un secret d'État :

— Parlons sans détour, cher Maître. Moi aussi, je fais tourner les tables !

— Ah ?

— J'ai entendu dire que vous vous intéressiez au spiritisme. Vous, un homme de science, vous croyez à ces choses-là ?

Malgré sa discrétion sur le sujet, il était devenu notoire que Camille Flammarion était un adepte des pratiques spirites. Ses collègues astronomes, qui le respectaient par-devant, ne pouvaient s'empêcher de le moquer par-derrière. Même l'empereur du Brésil était au courant !

— J'ai assisté en effet à quelques expériences troublantes.

Don Pedro se fit plus précis sur ses convictions intimes.

— Je crois fermement à l'existence des esprits. Au Brésil, j'ai même observé... un ectoplasme.

— Un ectoplasme ? Quelle forme avait-il ?

— C'était une substance gazeuse et phosphorescente, émanant de la bouche du médium. Elle a flotté quelques secondes dans l'air, puis a pris la forme d'un visage aux yeux clos, comme celui d'un défunt.

Camille trouva plus décent d'abonder dans son sens.

— Troublant, en vérité.

— Connaissez-vous Eusapia Palladino ?

— J'ai entendu parler d'elle, en effet, c'est une médium italienne réputée.

— C'est elle qui a produit l'ectoplasme. Elle n'a qu'une trentaine d'années, mais elle possède des pouvoirs extraordinaires. Elle fait léviter des tables et jouer des instruments de musique sans les toucher.

Camille n'aimait guère ce genre de tours, qui s'apparentaient plus à des numéros de prestidigitation qu'à de vraies manifestations spirites. Mais tous ceux qui avaient côtoyé Eusapia avaient été fascinés.

— Je l'ai invitée au Brésil l'année dernière, poursuivit Don Pedro, elle m'a mis en communication avec mon défunt père, l'empereur Pierre Ier. C'était très émouvant. Croyez-vous que la mort soit une fin, monsieur Flammarion ?

— Hélas, Majesté, c'est très probable.

— Eusapia m'a convaincu que la mort n'existe pas, qu'elle n'est qu'un degré encore inconnu de l'existence. Que pensez-vous de cette hypothèse ?

C'était le problème avec le spiritisme, il suscitait un enthousiasme quasi religieux qui portait ses adeptes aux croyances les plus débridées. Camille préféra rester vague.

— Aucune hypothèse ne m'effraie, Majesté. Je prends le spiritisme au sérieux, je crois même que nous assistons à la naissance d'une science nouvelle, l'étude scientifique des esprits.

— Mais s'agit-il vraiment des âmes des morts ? insista l'empereur.

— J'estime qu'il ne faut pas se presser de conclure. Derrière ce que nous appelons les « esprits », il y a certainement un phénomène bien réel qu'il nous reste à expliquer. Nous comprendrons un jour, peut-être.

Don Pedro se résigna à cette réponse, qu'il jugea un peu décevante.

— J'ai du moins le plaisir de constater que vous n'êtes pas obtus, comme trop de scientifiques. J'y pense souvent, savez-vous ? Ces rêveries me consolent des réalités bien tristes de mon pays.

Camille saisit cette perche pour revenir à des considérations plus politiques.

— J'ai entendu dire que vous comptiez abolir l'esclavage ?

L'empereur prit une mine préoccupée.

— C'est une plaie dont je veux débarrasser le Brésil. Je compte bientôt proposer une loi en faveur de l'abolition. Je sais que je me heurterai à des intérêts très puissants, mais je ne reculerai pas. Ce sera eux ou moi.

— Je vous souhaite bonne chance, Majesté !

Un coup d'État, fomenté deux ans plus tard par l'armée brésilienne, régla la question. L'empereur Don Pedro d'Alcántara fut renversé par une coalition d'officiers et de grands propriétaires terriens. Obligé de s'exiler, il vécut dans la pauvreté à Paris jusqu'à sa mort, due à une pneumonie.

Chapitre 4

Camille aimait à dire qu'il avait rencontré le spiritisme par hasard. Ce n'est pas tout à fait vrai. Très jeune, sur le plateau de Langres, l'observation des étoiles avait bouleversé ce jeune homme à l'esprit inquiet, perpétuellement insatisfait. Couché dans l'herbe fraîche, la tête levée vers le ciel, Camille se demandait où pouvait être Dieu dans ce si vaste cosmos, sur quel astre il nous attendait pour juger, à la fin du monde, les vivants et les morts. Souvent, au cœur de la nuit, il se sentait aspiré par un gouffre sans fond. Sa chute, interminable, le menait droit vers une gueule béante où il redoutait de se dissoudre. Il se réveillait alors, suant et hurlant.

Son père, qui avait deviné en lui une nature sensible, l'envoya en pension au séminaire de Langres afin qu'il entre dans les ordres. Mais les récits de la Bible lui parurent bien vains en regard d'autres disciplines comme la physique ou la biologie. Les hasards des rencontres et le goût du jeune homme pour les mathématiques l'orientèrent bientôt vers l'Observatoire impérial de Paris, où il devint élève-astronome. Plus il progressait dans ses études, plus son désir de percer les secrets du ciel allait en grandissant, jusqu'à étonner ses amis.

— Ta maladie a un nom, lui confia l'un d'eux qui étudiait la psychologie clinique, c'est l'épistémophilie.

— Redis-moi ça…

— C'est la pulsion de savoir, d'arracher à l'univers ses secrets les mieux cachés.

— C'est une bonne maladie, non ?

— À ton degré c'est quasiment une perversion, répliqua son ami en se moquant. Au mieux, tu éclairciras quelques énigmes, mais le fond de l'affaire est réservé à Dieu et à Lui seul.

Et si « le fond de l'affaire » se trouvait plutôt dans le monde des esprits ? Camille, si affamé de réponses, en eut bientôt la conviction. Une rencontre, à dix-neuf ans, décida de tout. En flânant sous les galeries de l'Odéon, il remarqua un ouvrage dont le titre le frappa : *Le Livre des esprits*, par Allan Kardec. C'était le manifeste français d'une mode qui faisait fureur dans les salons parisiens, le spiritisme. On l'appelait aussi, par dérision, la « folie des tables tournantes ». Il acheta le livre et le lut toute la nuit avec avidité. En le reposant, il eut la conviction que lui, Camille Flammarion, avait là un rôle à jouer. Le spiritisme n'était encore qu'une curiosité ou une vague religion, il en ferait une science.

Il décida en premier lieu de rencontrer l'auteur, l'énigmatique Allan Kardec. Celui-ci habitait au deuxième étage du 35 de la rue de Sèvres, où il organisait régulièrement des séances de spiritisme. L'appartement, très sombre, était surchargé de livres et d'objets de toutes sortes, venus d'Afrique et d'Océanie. Très soigné dans sa mise, Kardec avait une allure rigide et sévère, faisant penser à celle d'un notaire. Camille se présenta comme un apprenti astronome et lui parla avec enthousiasme du *Livre des esprits*. Kardec l'écouta avec intérêt.

— Normalement, monsieur Flammarion, j'opère une sélection sévère parmi les personnes qui m'approchent. Vous êtes très jeune, mais votre métier d'astronome m'intéresse. Y voyez-vous un lien avec le spiritisme ?

— Oui, monsieur Kardec. En tant qu'astronome, j'ai la certitude que la vie existe partout dans l'univers, sous des formes très différentes. Les esprits sont peut-être une forme de vie que nous ignorons.

Kardec hocha la tête.

— Les esprits ne sont pas des extraterrestres, monsieur Flammarion, ce sont des âmes détachées des corps. Vous ne les voyez pas, mais ils sont partout dans l'espace et à nos côtés. Vous le comprendrez mieux en suivant nos expériences.

— Je ne demande qu'à apprendre, monsieur... ? Votre nom est bien Kardec ? J'ai entendu dire que...

— Pour l'état-civil, je m'appelle Léon Hippolyte Denizard Rivail. Mais dans une vie antérieure, au temps des Celtes, je portais ce beau nom d'Allan Kardec. Je l'ai repris aujourd'hui.

Camille ne croyait guère à la réincarnation, mais se garda bien de le contrarier. Kardec parla un peu de lui. Natif de Lyon, il vit le jour la même année que l'empire de Napoléon : 1804. Il reçut une bonne éducation, mais chercha longtemps sa voie en tâtant de plusieurs métiers comme éducateur, régisseur de spectacles, traducteur, éditeur. C'est alors qu'il découvrit les tables tournantes, qui venaient d'arriver des États-Unis.

Tout avait commencé en 1848, dans l'État de New York. Deux sœurs, Leah et Kate Fox, déclarèrent que leur maison était hantée par un esprit. Des coups étaient frappés aux murs, qui faisaient penser à un message. Les deux sœurs assurèrent bientôt qu'il s'agissait d'un colporteur assassiné. L'affaire prenant de l'ampleur, les autorités locales firent des fouilles qui exhumèrent des ossements humains enterrés dans la cave. C'était bien le cadavre d'un colporteur, disparu depuis des années. Il n'en fallut pas plus pour que les « esprits frappeurs » passionnent l'Amérique et finissent par traverser l'Atlantique.

En France, le poète Victor Hugo devint un des premiers adeptes de la communication avec les morts. Un dimanche de 1853, alors qu'il se trouvait exilé sur l'île anglo-normande de Jersey, une amie lui proposa une expérience troublante...

Chapitre 5

— Que vous faut-il, Delphine ?

— Un guéridon, rond de préférence.

— Pas de chance, répondit Hugo, ma table est carrée.

— J'ai vu un guéridon qui conviendrait en ville, dans un magasin de jouets. J'irai l'acheter cet après-midi.

Delphine de Girardin, femme de lettres et amie du poète, avait assisté à plusieurs séances de tables tournantes en Angleterre. Elle voulait à présent étonner le grand Hugo. Elle revint donc avec un guéridon à trois pieds, qu'elle installa sur la grande table du salon.

Participaient à l'expérience : Mme de Girardin, Victor Hugo, Charles Hugo, François-Victor Hugo, M. de Tréveneuc, Auguste Vacquerie. Tous étaient debout, les mains à plat sur le guéridon.

— Je vous préviens, Delphine, que ces histoires d'esprits frappeurs me laissent sceptique.

— Vous jugerez par vous-même, mon ami.

Le silence se fit.

— Esprit, es-tu là ? demanda Delphine de Girardin.

L'assemblée eut de la peine à conserver son sérieux.

— Regardez, dit quelqu'un.

Le petit guéridon venait de tressaillir. Compte tenu de la manière dont il était disposé, au centre de la table carrée, personne ne pouvait y avoir touché. *Il bougeait tout seul.*

— Stupéfiant !

Mme de Girardin posa la première question.

— Qui es-tu ?

La table leva un pied… mais ne le baissa plus.

— Y a-t-il quelque chose qui te gêne ? Si c'est oui, frappe un coup. Sinon, deux coups.

La table frappa un coup.

— C'est parce que nous sommes installés en losange, conclut Delphine, l'esprit n'aime pas ça. Changeons de disposition.

Ils se mirent en rond. La « conversation » put continuer, ponctuée par les OUI et les NON de la table.

— Cela devient lassant, estima Hugo. N'y a-t-il pas moyen d'avoir une vraie discussion avec votre esprit ?

— Nous allons essayer. Nous lui poserons des questions, il répondra par des mots.

— Comment fera-t-il ?

— Très simplement. Ce sera un coup pour A, deux pour B, trois pour C, etc.

— C'est fastidieux, votre affaire !

— Essayons quand même. Pensez à un mot, Victor.

Hugo ferma les yeux.

— C'est fait.

— Posez-lui votre question.

Hugo, en dépit du ridicule, s'adressa au guéridon.

— Quel est le nom auquel je pense ?

Le guéridon frappa une série de coups. Delphine en déduisit des lettres. Elle regarda Victor.

— La table a répondu : « H.U.G.O. »

Le poète avait blêmi.

— Je pensais à Léopoldine, ma fille.

Le 4 septembre 1843, à l'âge de dix-neuf ans, Léopoldine Hugo mourut noyée dans la Seine avec son mari, Charles

Vacquerie. Le vent, qui s'était levé, avait fait chavirer leur petit canot. Depuis, Hugo était inconsolable.

— Une autre question, Victor ?

— Oui. Qui es-tu ?

La table répondit : « M.O.R.T.E. »

À présent, Hugo avait les larmes aux yeux.

— Es-tu… heureuse ?

La table frappa un coup pour OUI.

— Où es-tu ?

La table répondit : « L.U.M.I.E.R.E. »

Hugo, bouleversé, eut la certitude que Léopoldine lui avait parlé depuis l'endroit où elle se trouvait. Ce fut une révélation.

Deux ans plus tard, Hippolyte Rivail, devenu Allan Kardec, répandit en France la pratique des tables tournantes et forgea le mot « spiritisme » pour désigner, plus généralement, la communication avec les esprits. Dans son *Livre des esprits*, il en fit une doctrine cohérente. Les esprits étaient des âmes ayant perdu leur enveloppe corporelle. Mais la communication avec les vivants restait possible, le plus souvent par l'intermédiaire d'hommes ou de femmes plus sensibles que les autres, qu'on appela des *médiums*.

— Monsieur Flammarion, proposa Allan Kardec, je vous suggère dans un premier temps d'entrer comme « membre associé libre » dans notre Société parisienne des Études spirites, que j'ai fondée. Les réunions ont lieu au premier étage de cet immeuble, dans une salle bien équipée. Qu'en pensez-vous ?

— C'est d'accord. Vous serez le médium ?

Kardec esquissa un de ses rares sourires.

— Malheureusement, je n'ai pas les qualités requises. La médium sera Mlle Honorine Huet. Vous verrez, elle vous étonnera.

Chapitre 6

Au cours de son apprentissage du spiritisme, Camille assista à de nombreuses séances de tables tournantes. Elles ne se contentaient pas de « parler » en frappant des coups, elles pouvaient aussi se soulever et flotter à quelques centimètres du sol, quand elles n'atteignaient pas le plafond.

Parfois, il ne s'agissait pas de simples guéridons. Camille nota le cas spectaculaire d'une table de salle à manger en bois massif, dont le poids était estimé à cent soixante-dix kilos. Elle se souleva jusqu'à un mètre cinquante de hauteur et fut frappée de chocs sonores et rythmés. Impossible, dans ces conditions, de les expliquer par des actes volontaires des personnes présentes.

Le jeune Flammarion rédigeait scrupuleusement les procès-verbaux des séances qui se poursuivirent chaque semaine pendant plusieurs mois, puis plusieurs années. De cet amas de notes accumulées, espérait-il, et selon le principe bien connu de la quantité qui verse en qualité, finiraient par surgir quelques idées originales sur la nature du monde des esprits.

Allan Kardec lui-même ne pouvait être présent à toutes les séances, sa réputation était telle qu'il parcourait l'Europe pour des conférences et travaillait à l'écriture de son prochain ouvrage, *Le Livre des médiums*. En son absence, il confia l'organisation des séances à Mlle Huet ou, à défaut, à ce jeune astronome qu'il semblait estimer.

À la longue, pourtant, l'œil exercé de Camille nota quelques étrangetés. Celle-ci, par exemple : les séances de spiritisme de la rue de Sèvres attiraient de nombreux amateurs, issus pour la plupart du beau monde parisien. Des personnes telles que MM. de Courtépée, Émile de Bonnechose, Théophile Gautier, Arsène Houssaye, Pierre d'Escodeca de Boisse ou l'auteur dramatique Victorien Sardou. Un soir, à la fin d'une séance, Camille lança à voix haute :

— Où sont, parmi nous, les livreurs de charbon et les buveurs de bière ?

— Que voulez-vous dire, Camille ?

— Depuis que je suis ici, j'observe comme une sélection sociale parmi les amateurs de spiritisme. Vous êtes tous des gens fortunés, des écrivains, des personnes de qualité, mais les prolétaires sont absents.

M. de Courtépée haussa les épaules.

— Vous parlez comme le gendre de Karl Marx, ce… Paul Lafargue, mon cher Camille. Pourquoi devrions-nous le déplorer ? Les prolétaires ne sont pas dans cette salle parce que le spiritisme ne les intéresse pas, voilà tout.

— Quant aux livreurs de charbon, ils ont leur charbon à livrer, lança un autre avec un rire gras.

— Vous m'avez mal compris, mes amis, insista Camille. Je ne déplore rien, je me borne à un constat. Selon Allan Kardec, je le cite : « Les esprits sont des milliers, des millions à pulluler autour de nous, tel un peuple invisible. »

— Eh bien ?

— N'avez-vous pas remarqué qu'eux aussi semblent obéir à une sélection sociale ? Nous recevons des esprits poètes, des esprits pianistes, des esprits hommes de goût…

— Mais pas des pochards ni des va-nu-pieds, ce qui nous arrange bien ! répliqua Courtépée.

— Riez si vous voulez, mais la question se pose : si les esprits sont innombrables, pourquoi n'attirons-nous dans ces séances qu'un échantillon plutôt bourgeois et fortuné de leur population ? Où sont les autres ?

Victorien Sardou, dramaturge et homme d'esprit, trouva le mot de la fin :

— Vos buveurs de bière désincarnés existent certainement, Camille, mais le jour où ils soulèveront une table, ils ne manqueront pas de nous la renverser sur la tête et de partir avec l'argenterie !

Tout le monde éclata de rire et se leva. La séance était terminée et Camille n'obtint pas de réponse à sa question.

Chapitre 7

Vingt ans plus tard, quand il accueillit à Juvisy l'empereur du Brésil, Camille Flammarion venait d'être nommé président de la Société astronomique de France, qu'il avait contribué à fonder. Ses travaux techniques, qui allaient de l'étude des saisons sur la planète Mars à celle des courants aériens et de l'électricité atmosphérique, faisaient autorité parmi ses pairs.

Mais Camille devait surtout sa célébrité à son talent de vulgarisateur. Dans ces années où la Troisième République, encore fragile, faisait de l'instruction publique une arme de choix contre les ennemis de la démocratie, il rédigea de nombreux livres de vulgarisation scientifique à destination du grand public. Le plus fameux fut son *Astronomie populaire*, publié par son frère Ernest. Écrit dans un langage clair et simple, qui n'excluait pas de belles envolées lyriques, l'ouvrage faisait état de la totalité des connaissances en astronomie à la fin du XIXe siècle. Joliment relié en couleurs, agrémenté de nombreuses gravures et de cartes célestes, ce fut un grand succès commercial, traduit dans plusieurs langues. À tel point qu'une de ses admiratrices, après sa mort, fit livrer à l'astronome un petit paquet contenant sa peau (oui, sa peau !), soigneusement recueillie et tannée. Elle souhaitait qu'il y fasse imprimer un exemplaire de son *Astronomie populaire*, ce qu'il accepta de réaliser pour respecter cet ultime vœu.

Pour autant, même s'il ne pouvait lui consacrer qu'une partie mesurée de son temps, Camille conservait un intérêt marqué pour le spiritisme sous toutes ses formes. À la différence de la plupart de ses collègues astronomes, il plaçait son intérêt scientifique pour les esprits au même niveau que celui qu'il avait pour les astres.

— Nos sens ne perçoivent qu'un aspect limité du monde, se plaisait-il à répéter. Les ondes hertziennes existent, mais restent invisibles, la photographie met aujourd'hui en évidence des rayons obscurs pour nos yeux. Les esprits attendent un bon détecteur magnétique, qui viendra forcément un jour.

*

Sylvie Flammarion, son épouse, avait accepté depuis longtemps la double vie professionnelle de son époux, qui collait aussi bien son œil à l'œilleton de sa lunette astronomique qu'il posait ses mains à plat sur un guéridon dans une pièce obscure, invoquant la présence d'un esprit. Elle considérait le spiritisme avec un brin de scepticisme bienveillant, mais ne tenait pas, sur ce point sensible, à contrarier son mari. À vrai dire, elle le prenait pour un grand enfant, toujours émerveillé par le spectacle du monde. Il n'était pas mauvais, se disait-elle, que l'épouse d'un astronome gardât, elle, les pieds sur terre.

Leur histoire fut, dès l'origine, teintée de romanesque. Sylvie avait cinq ans de plus que Camille. Lors de leur rencontre, au cours d'une soirée mondaine, elle était déjà mariée à un docteur Mathieu, qui souffrait d'une mauvaise santé. C'était une très jolie femme dotée d'un fort caractère, qui éblouissait généralement ses invités par ses talents de pianiste. À la tombée de la nuit, elle et Camille se retrouvèrent sur un balcon. Visiblement séduit (et se sachant lui-même un bon séducteur), l'astronome la complimenta.

— Chopin n'a jamais eu un meilleur interprète, madame Mathieu. Ce doigté, cette légèreté ont quelque chose de…

— … spatial ? s'amusa-t-elle.

— Je ne l'aurais pas dit comme ça, mais oui, on se serait cru sur la Lune, où la pesanteur est six fois moindre que sur la Terre. Je me voyais bondir avec vous et faire des sauts de vingt mètres, accompagné par ce Nocturne n° 2.

Elle éclata de rire.

— Et nous serions tombés tous les deux dans un gouffre lunaire !

— Si c'est avec vous, madame, je pataugerai avec joie dans la poussière de lune.

Comment résister à une telle entrée en matière ? Très vite, Camille et Sylvie devinrent amants. En dépit de son côté « dans la Lune », Camille avait une douceur agréable, loin des manières rustres de beaucoup d'hommes qu'elle avait connus. Au surplus sa célébrité la flattait, elle qui ne manquait jamais de rappeler qu'elle avait une parenté avec le grand Victor Hugo, sa mère s'appelant elle-même Marie-Stéphanie Hugo. Les mauvaises langues disaient qu'en réalité les deux familles étaient parfaitement distinctes. Mais Camille, avec tact, se garda de lui poser la question.

Tous deux entretinrent une relation amoureuse pendant dix ans. Sylvie, pendant tout ce temps, éleva son unique fille jusqu'à ce qu'elle atteigne l'âge adulte. Camille, lui, avait trop à faire avec l'astronomie et le spiritisme pour, en plus, endosser les responsabilités d'un homme marié. La situation convenait donc parfaitement à l'un et à l'autre. Jusqu'au jour où Sylvie, affolée, vint trouver Camille à Juvisy…

— Camille, Esprit est mort !

À vrai dire, Camille n'avait jamais su le prénom (Esprit ! ça ne s'invente pas) du mari de sa maîtresse. Sylvie alla se réfugier en larmes dans les bras de celui qui était appelé désormais à devenir, passé le délai de décence, son second époux.

— Eh bien, ma chère, on dirait que la vie a décidé pour nous. Et j'ai une surprise…

Elle le regarda avec curiosité. Il alla prendre un volume sur sa table de travail. C'était un exemplaire des *Cinq semaines en ballon* de Jules Verne, dans la fameuse collection Hetzel aux splendides dorures.

— Ce livre ?

— Non, le ballon. Pour notre voyage de noces !

*

C'était la première fois en France que deux nouveaux mariés choisissaient un aérostat pour célébrer leur mariage. Avec l'accord de l'Observatoire de Paris, Camille utilisa le ballon qui servait habituellement à effectuer des mesures de l'atmosphère. Le départ se fit dans le parc de Saint-Cloud, huit jours après les épousailles, au milieu d'un petit groupe de parents et amis.

— C'est parti, annonça Camille quand il largua les amarres.

La destination choisie était la ville de Spa, en Belgique. Le ballon, d'un volume de deux mille mètres cubes, emportait le pilote Jules Godard ainsi que trois Flammarion : Camille, Sylvie et Ernest Flammarion, le frère cadet, qui s'apprêtait alors à fonder sa maison d'édition sous les arcades de l'Odéon.

Au début de l'ascension, Sylvie s'agrippa fermement à la rampe de la nacelle et garda les yeux fermés.

— Tu n'as rien à craindre, ma chérie, c'est tellement mieux que les gondoles de Venise…

Elle se fit violence pour regarder et ne fut pas déçue. Sous leurs pieds, Paris se déployait dans son immensité avec ses grands boulevards, ses entrelacs de rues, ses édifices majestueux. Au sol, le soleil s'était déjà couché, mais un miracle se produisit.

— Le soleil, Sylvie, qui se lève à nouveau pour te saluer !

À mesure que le ballon prenait de l'altitude, en effet, le disque solaire réapparut. L'aérostat s'éleva ainsi jusqu'à mille sept cents mètres. Ernest, lui, n'était pas rassuré.

— E s'il nous emmenait jusqu'en Sibérie ?

— Il faudra s'alléger pour redescendre, mon vieux, en te jetant par-dessus bord !

Ernest haussa les épaules.

— Que tu es drôle, Camille !

Pour le moment, le ballon filait vers le nord-est. Tandis que Paris s'éloignait, le silence se fit dans les airs. Chacun, incapable de prononcer un mot, admira le spectacle.

— As-tu froid ? s'inquiéta Camille.

— Un peu, mais c'est si beau !

Le temps passant, elle enlaça son mari et sommeilla contre lui pendant un moment. Puis elle entendit la voix de Camille.

— Sylvie, regarde…

Le ballon survolait le massif des Ardennes, éclairé par la pleine lune. Au-dessus d'eux, le ciel était piqueté d'étoiles. Fort heureusement c'était le plein été, la température restait clémente.

– Nous arriverons bientôt au-dessus de la Croix-Scaille, le point le plus haut des Ardennes, annonça le pilote.

Elle se fiait aveuglément aux indications de Camille, car elle avait perdu toute notion de géographie. Vers quatre heures du matin, enfin, la nature entière salua le retour du soleil.

— Accrochez-vous, avertit le pilote, nous allons descendre sur la Belgique.

Pour assurer la manœuvre, il abandonna une quantité mesurée de gaz. Vingt minutes plus tard, la nacelle se posa en douceur sur un grand pré, parcouru par un ruisseau.

— Il est six heures et quarante minutes, précisa Camille, nous sommes arrivés à Spa !

Alors que des curieux accouraient pour admirer le grand ballon descendu du ciel, Sylvie, encore dans son rêve, peinait à quitter cette nacelle où elle avait ressenti tant d'émotions, en compagnie de son nouvel époux.

Chapitre 8

Avec le temps, le spiritisme des pionniers améliora ses techniques. Les échanges ne pouvaient se satisfaire des simples « oui » et « non » communiqués par l'esprit frappeur. Quant aux mots formés par la pratique de la « typtologie », qui consistait à identifier les lettres de l'alphabet par le nombre de coups frappés, elle restait trop fastidieuse pour permettre d'assembler de véritables phrases.

Allan Kardec, qui voulait faire progresser sa science, proposa un moyen plus pratique. Il consistait à avoir devant soi un tableau où était inscrit un alphabet, accompagné de la série des chiffres marquant les unités.

— Le médium reste à sa table, expliqua-t-il, tandis qu'une autre personne parcourt successivement les lettres de l'alphabet s'il s'agit d'un mot, ou les chiffres s'il s'agit d'un nombre. Quand il arrive sur la lettre nécessaire, la table frappe d'elle-même un coup, et l'on écrit la lettre. Puis on recommence pour la deuxième, la troisième et ainsi de suite.

— Et si l'on se trompe, demanda quelqu'un ?

— L'esprit le signale par plusieurs coups ou par un mouvement de la table, et on recommence.

Ce moyen aidant, les conversations progressèrent un peu, mais restaient limitées à des banalités : l'énoncé d'un nom, d'une époque, d'un lieu. Le vrai progrès arriva quand un ami spirite américain parla pour la première fois à Camille de la technique de la pneumatographie. Enthousiaste, il décida de l'expérimenter le soir même, en compagnie de quelques amis.

— C'est bien simple : je prends un crayon, je pose une feuille de papier devant moi et je me mets dans la position d'une personne qui écrit.

Il resta immobile, le crayon posé sur le papier. Rien ne se passa.

— Eh bien, Camille ? Qu'attendez-vous ?

— J'attends que l'esprit s'empare de moi et écrive à ma place.

— Il faudrait commencer par l'invoquer, suggéra Mlle Huet.

— Vous avez raison.

Camille ferma les yeux et appela l'esprit.

— Esprit, es-tu présent ? Si tu es là, nomme-toi.

La table trembla, puis frappa un coup.

— Quel est ton nom ? Peux-tu l'écrire avec moi ?

Rien.

— Je crois que vous êtes trop crispé, Camille, suggéra la médium. Vous devriez effleurer à peine le papier avec votre crayon, laissez l'esprit vous guider.

Camille acquiesça et relâcha la pression.

Toujours rien.

— Laissez-moi faire, proposa Honorine.

Flammarion lui passa la feuille et le crayon. Elle s'adressa à son tour à l'esprit.

— Quel est ton nom ?

Comme si elle était saisie d'un tremblement nerveux, le bras d'Honorine se mit à bouger. Des lettres s'inscrivirent sur le papier.

« APOLLINE. »

— Es-tu morte, Apolline ?

« OUI. »

— Quand es-tu morte ?

« LONGTEMPS. »

— Étais-tu malade ?

« VIEILLE. »

— As-tu souffert ?

« NON. »

— As-tu vu ton corps ?

« VIEILLE CHOSE RIDEE. »

— Comment est-ce, la mort ?

« LUMIERE. »

Camille pensa à cette première conversation spirite de Victor Hugo avec sa fille Léopoldine. Elle aussi parlait d'une lumière.

— Que se passe-t-il, quand on meurt ? continua la médium.

« ASPIREE. »

La même sensation qu'avait décrite le spectre de Hugo.

— Es-tu seule, là où tu es ?

« NON. BEAUCOUP AUTOUR DE MOI. »

— Que font-ils ?

« ILS TRAVAILLENT. »

— Peux-tu être plus précise ?

« FATIGUEE. »

La médium aussi était épuisée.

— Je crois qu'on va s'arrêter là, elle m'a vidée.

Tous les expérimentateurs présents gardèrent le silence, perdus dans leurs pensées.

— Ce… c'était fascinant, murmura Camille.

— Quand vous lui avez demandé ce que faisaient les gens autour d'elle, commenta quelqu'un, elle a répondu : « Ils travaillent. » Mais que font-ils ? À quoi travaillent-ils ?

La médium ne savait quoi répondre.

— Nous le saurons un jour, suggéra Camille, le spiritisme sert à ça.

Lors d'une nouvelle séance, un des participants voulut savoir si l'esprit voyait des détails cachés aux yeux des autres.

— Je porte une chevalière à mon doigt. Il y a un message gravé à l'intérieur. L'esprit peut-il le lire ?

Honorine Huet se saisit du crayon et posa la question à haute voix. Puis elle se mit à écrire :

« J'AIME QU'ON M'AIME COMME J'AIME QUAND J'AIME. »

— C'est bien ça. Étonnant !

Le jeu devenant de plus en plus complexe, il arriva que l'esprit réponde de cette manière :

« ACMAIRSVNOOUUSSEVTOEUSSBAOINMSO-ENTSFBIIDEENUTEOSUFS. »

La médium reposa son crayon.

— J'ai fini.

Tous les présents examinèrent le message, perplexes.

— Qu'est-ce que c'est que ce charabia ?

Le docteur Richet, qui avait l'esprit rompu aux rébus, trouva la solution.

— Je crois que j'ai trouvé : il faut lire de deux lettres en deux lettres. Et cela donne : « AMIS NOUS VOUS AIMONS BIEN TOUS. »

*

Le soir même, devant deux coupes de champagne, Camille eut une longue conversation avec le dramaturge Victorien Sardou, devenu l'un des piliers de l'association spirite après la mort d'Allan Kardec.

— J'ai acquis la certitude, Victorien, que les esprits existent bel et bien, qu'il ne s'agit pas d'autosuggestion. Mais…

— Quelque chose te gêne ?

— Dans ses notes de Jersey, Victor Hugo affirme avoir eu des entretiens avec des personnalités exceptionnelles telles que Lord Byron, André Chénier, Martin Luther, le grand Racine…

Victorien, avec un sourire entendu, eut un geste d'apaisement.

— Ce sont peut-être des fariboles, Camille. Hugo était si ému par ses conversations avec sa fille qu'il a peut-être enjolivé le reste.

Camille fut choqué par les propos de son ami.

— Tu traites Hugo de fabulateur ?

— Non, mais tu l'as connu comme moi, Victor était parfois un peu… exalté.

— Pas au point d'inventer ces entretiens, Victorien. Nous, en revanche, n'avons des contacts qu'avec des bourgeois ordinaires.

— Que veux-tu dire ?

— Nous échangeons avec des amateurs de jeux de mots, de gentilles duchesses qui disent reposer en paix dans la lumière, mais rien qui fasse penser aux belles conversations de Hugo avec Shakespeare. Sommes-nous si quelconques que nous n'attirons à nous que des esprits eux-mêmes quelconques ?

— La réponse est peut-être plus simple, Camille : Hugo a contacté des personnages exceptionnels parce qu'il les a invoqués, tout simplement. Fais-en autant.

Le défi amusa Camille.

— Et pourquoi pas ? Mais qui ?

— Tu es astronome. Demande à parler à un astronome illustre. Vise très haut : Galileo Galilei, par exemple…

— Et si je n'obtenais pas de réponse ?

— C'est que tu n'es pas encore assez célèbre !

Les deux amis firent tinter leurs coupes en éclatant de rire.

Chapitre 9

Lorsque Camille était saisi par le démon du spiritisme (cela lui arrivait par poussées subites, comme une fièvre), le travail en retard s'accumulait à l'observatoire de Juvisy. Paul Caratini, son assistant, étant lui aussi débordé, il fallut songer à engager une secrétaire.

— Lisez cette lettre, monsieur, c'est une candidature intéressante.

Il s'agissait d'une jeune personne qui avait envoyé plusieurs lettres successives, qu'il n'avait pas eu le temps de lire. Cette Gabrielle – c'était son prénom – avait au moins la qualité de la persévérance. Camille la reçut dans la coupole astronomique de Juvisy. Elle était aussi émue qu'émerveillée par ce qu'elle voyait.

— Prendrez-vous un peu de thé, mademoiselle… ?

— Renaudot, Gabrielle Renaudot.

— Auriez-vous un lien familial avec le grand Théophraste Renaudot ?

— Nous sommes tous les deux natifs de Loudun, ma famille s'enorgueillit en effet d'être liée à lui.

— Vous êtes bien jeune, dites-moi ?

— J'ai dix-neuf ans, mais j'ai étudié les mathématiques et j'ai dévoré votre *Astronomie populaire.*

— Les astres vous intéressent ?

La réponse jaillit avec une spontanéité qui l'étonna.

— Ils me passionnent, monsieur ! J'ai lu de nombreux manuels de vulgarisation sur le système solaire, mais j'ai surtout adoré votre livre sur la pluralité des mondes habités. La nuit, quand le sommeil vient à manquer, je m'imagine voyager parmi les étoiles et les planètes...

Camille éclata de rire.

— Vous avez bien raison, la science sans la passion n'est qu'une perte de temps. Mais le travail qui vous attend ici relève plutôt du secrétariat. Mes rendez-vous à tenir, mes papiers à classer, les conférences à organiser.

— Vous pouvez compter sur moi, monsieur Flammarion. Je suis ici pour apprendre.

Camille, il ne pouvait le cacher, était sous le charme. Cette jeune fille était si fraîche, si enthousiaste, qu'elle irradiait. Une petite brunette toute frisée, aux yeux tirant sur le bleu, à la taille mince, aux gestes particulièrement gracieux.

— Avez-vous jamais regardé dans une lunette astronomique, Gabrielle ?

— Non, monsieur Flammarion, j'en rêve.

— Appelez-moi Camille, ce sera plus simple pour travailler ensemble.

— Vous m'engagez ?

Elle aurait sauté de joie.

— Seulement après que vous aurez regardé dans cet œilleton.

Il l'accompagna vers la grande lunette. En lui posant délicatement une main sur l'épaule, il l'invita à regarder.

— La planète Vénus, Gabrielle, rien que pour vous.

Elle eut un cri d'admiration.

— Qu'elle est lumineuse !

— On ne voit pas sa surface, malheureusement, car elle est en permanence cachée par une épaisse couche de nuages. Par sa taille, elle est très semblable à notre Terre. Mais comme elle est plus proche du Soleil, il doit y faire très chaud.

— Un été perpétuel ?

— Plus chaud que nos étés terriens, sans doute.

— Savez-vous à quoi ressemblent les habitants de Vénus ?

— Ils sont peut-être différents de nous, peut-être semblables avec des coutumes distinctes. Le Suédois Swedenborg imaginait que Vénus était peuplée de jeunes filles nues, mais c'est là de la poésie, pas de la science. Aimeriez-vous vivre sur Vénus, Gabrielle ?

La jeune fille, qui comprit l'allusion, se mit à rougir.

— Non, euh… je n'aime pas trop la chaleur.

— Selon d'autres hypothèses, Vénus serait semblable à la Terre primitive, avec des jungles épaisses et des animaux féroces. Une jeune Terre, en quelque sorte, attendant son Adam et son Ève.

— Peut-être, au contraire, est-ce un désert si chaud qu'il est inhabitable ?

— Nous ne le saurons qu'en allant y voir, Gabrielle, mais ce n'est pas pour demain. En attendant, je vais vous parler de vos conditions d'engagement…

— Ce seront les miennes, monsieur Fl…

— Camille.

— Ce seront les miennes, Camille.

Il adora la manière dont elle avait dit cela.

Cinq semaines après, la jeune fille s'étant montrée à la hauteur de la tâche, Camille décida de la charger d'une mission de confiance.

— Comme vous le savez peut-être, Gabrielle, je m'intéresse beaucoup au spiritisme.

— Je l'ai entendu dire, en effet.

— Je vous emmènerai assister à une séance, un jour prochain. Vous verrez, c'est très impressionnant. En attendant, j'ai besoin que vous couriez à la Bibliothèque nationale et que vous preniez des notes sur Galilée.

Elle s'inquiéta.

— Sur toute l'œuvre de Galilée ?

— Non, juste un résumé de sa biographie. Les endroits où il a vécu, les universités où il a enseigné, la femme avec qui il a partagé sa vie (je crois qu'elle s'appelait Marina Gamba), les prénoms de ses trois enfants, ses plats préférés, ce genre de renseignements très concrets. Vous pouvez vous en charger ?

— Bien entendu. Vous préparez un livre sur Galilée, monsieur Flammarion ?

— Non, juste une conversation.

Chapitre 10

— Qui est cette fille, Camille ?

— De qui parles-tu ?

— De celle que tu as engagée à Juvisy.

— Gabrielle ? C'est une collaboratrice à qui j'ai confié des travaux de documentation. Je ne peux pas tout faire.

— Ne me prends pas pour une sotte. Elle pourrait être ta fille et même ta petite-fille.

Camille esquiva en haussant les épaules. Les immenses qualités qu'il reconnaissait à son épouse s'accompagnaient d'une jalousie qui s'accentuait à mesure que son « Flam » (c'est ainsi qu'elle le surnommait dans l'intimité) gagnait en célébrité. Lors de ses conférences, ses admiratrices buvaient les paroles de ce poète astronome qui les charmait en leur révélant les mystères insondables de l'univers.

Parce qu'elle ne voulait pas le heurter de front, Sylvie s'était résolue à passer l'éponge tant que ses écarts de conduite restaient dans des limites acceptables. Elle savait qu'elle ne changerait pas son homme, si soucieux de courtiser les jolies femmes, comme il le faisait avec les idées. Elle savait aussi que, pour lui, les idées passaient *avant*. Elle ne redoutait donc pas ces coups de folie qui, dès l'âge mûr, poussent certains maris à tout quitter pour une passion sans lendemain. Mais son intuition, si aiguisée à déceler les tropismes de son époux, lui soufflait de se méfier de cette Gabrielle...

*

La nouvelle secrétaire de Camille Flammarion passa une semaine entière à la Bibliothèque nationale et en revint avec une soixantaine de pages de notes.

— Je crois que vous trouverez là tout ce que vous souhaitez, Camille.

Il feuilleta les pages qu'elle avait soigneusement reliées.

— Mais... c'est de l'italien !

— La documentation que j'ai consultée était en italien, j'ai trouvé plus simple de la recopier telle quelle. Je parle couramment cette langue, je vous traduirai tout.

Camille resta pensif.

— Je n'y avais pas pensé, mais c'est évident. Galilée étant italien, notre entretien ne pourra se faire qu'en italien. Vous devrez donc être présente, chère Gabrielle.

Cette fois, la jeune fille était franchement perdue.

— De quel entretien parlez-vous ?

— Asseyez-vous, je vais vous expliquer mon projet. Ensuite, vous me traduirez vos notes.

Trente minutes après, quand Gabrielle comprit que l'intention du professeur Flammarion était de s'entretenir *personnellement* avec le grand Galilée, mort en 1642, elle se demanda s'il était devenu...

— Non, je ne suis pas fou, vous le verrez vous-même. Nous tenterons l'expérience jeudi prochain. Retenez une salle à la Société parisienne des études spirites, faites venir Honorine Huet, notre médium habituelle, dites-lui que je la rétribuerai moi-même. Demandez aussi à mon ami Victorien Sardou d'être avec nous. À nous quatre, nous trouverons bien le moyen de parler au grand Galilée !

*

Le moment venu, ils prirent place autour de la classique table ronde.

— Posez vos mains à plat sur le plateau, demanda Mlle Huet.

Ils attendirent un moment.

— Esprit, es-tu présent ? demanda la médium.

La table ne bougea pas, mais on entendit un coup frappé sur le mur.

— Il y a *quelqu'un*, c'est certain. Posez votre question, monsieur Flammarion.

Camille s'éclaircit la gorge.

— Je suis Camille Flammarion, astronome. Je souhaiterais parler à Galileo Galilei.

— En italien ce serait mieux, suggéra Mlle Huet.

— À vous, Gabrielle.

— *Il signor Camille Flammarion vorrebbe parlare con il signor Galileo Galilei.*

Ils attendirent, dans le silence. Puis la table se redressa légèrement et frappa un coup.

— Est-ce vous, Galilée ?

— *Sei tu, Galileo ?*

Deux coups.

— Il va falloir être patients. Recommencez, Gabrielle.

Au bout de plusieurs tentatives, l'esprit qu'ils attendaient sembla se manifester.

— Un coup, commenta Honorine, c'est peut-être la personne que vous cherchez. Posez une question précise, monsieur Flammarion.

Camille tendit un crayon et une feuille vierge à sa collaboratrice.

— Gabrielle, dites-lui de nous répondre par écrit.

— *Rispondi per iscritto, per favore.*

— Nous allons parler d'astronome à astronome. Voici ma question : de là où vous êtes, qu'avez-vous appris de nouveau sur la mécanique du ciel ?

— *Parliamo di astronomo ad astronomo. Da dove sei, quale cose nuove hai imparato sulla meccanica del cielo ?*

Presque instantanément, le bras de Gabrielle se mit à trembler, puis à tracer des mots en grosses lettres cursives. La jeune femme, habituellement si réservée, semblait ivre, comme si elle dansait une gigue en étant manipulée par des fils invisibles. Camille et Victorien Sardou l'alimentaient en feuilles vierges car le texte, composé en italien, semblait interminable.

Enfin, après une vingtaine de pages, Gabrielle posa son crayon, épuisée.

— C'est fini, jugea Honorine Huet, je crois qu'il est parti.

— Il s'est montré prolixe, dit Victorien Sardou.

Camille rassembla les feuilles manuscrites.

— Je ne comprends pas l'italien, mais il a pris ma proposition au sérieux.

Il aida Gabrielle à se lever.

— Allons à Juvisy, elle a besoin de se reposer.

— Allez-y sans moi, Camille, je passerai te voir demain.

Camille paya le salaire de Mlle Huet et monta dans une calèche qui prit la route de Juvisy-sur-Orge.

— Je suis comme… vidée, avoua Gabrielle.

— C'est fini à présent, reposez-vous.

Pendant tout le trajet, elle dormit contre son épaule. Il lui caressa les cheveux, comme on caresse un enfant.

Chapitre 11

Au cours des heures qui suivirent, l'un et l'autre oublièrent Galilée. Un peu avant l'aube, Camille se leva sans faire de bruit et feuilleta ces pages auxquelles il ne comprenait pas grand-chose, mais assez pour qu'il pressente qu'elles étaient bouleversantes. Une main se posa sur son épaule.

— Je vais te les traduire.

— Ce n'est pas pressé, mon amour. Veux-tu que je te prépare un thé ?

— Avec plaisir.

Il alla chercher la théière dans le coin de la coupole qui lui servait de cuisine. Elle vint lui donner un coup de main.

— Tu n'es pas rentré chez toi, ta femme va s'inquiéter.

— Non, elle a l'habitude. Je passe souvent des nuits entières ici, emmitouflé dans des couvertures, à scruter le mouvement des planètes.

— Elle se doute peut-être de quelque chose.

— Pour nous ? Et si cela était, que pourrait-elle dire ? Elle me connaît. Elle sait que je supporte mal les corsets, quels qu'ils soient. Si je suis devenu un astronome apprécié du public, c'est parce que je n'ai pas hésité à mélanger la science à la poésie et à la philosophie. Sais-tu que mon maître, le grand Urbain Verrier, m'a renvoyé de l'Observatoire de Paris ?

— Non, je l'ignorais.

— Quand il a appris la publication de mon livre sur la pluralité des mondes habités, il m'a lancé : « Je vois, monsieur, que vous ne tenez pas à rester ici. Rien n'est plus simple, vous pouvez vous retirer. » Il ne supportait pas qu'un homme de science se serve de son imagination pour décrire les formes de vie qui pourraient exister sur d'autres planètes. Sylvie sait parfaitement que je n'apprécie guère les conventions matrimoniales, pas plus que la séparation convenue entre les disciplines.

Gabrielle, perplexe, n'était guère convaincue par ces jolies phrases. Il s'en rendit compte.

— Pour autant, tu as raison, restons discrets. À quoi servirait de la rendre hostile ? Et si tu me traduisais les propos de notre ami Galileo Galilei ?

Au matin, alors que le thé avait refroidi depuis longtemps, ils y étaient encore. Gabrielle, qui n'était encore qu'une apprentie astronome, semblait ne pas comprendre les énormités assénées par Galilée. Mais Camille, lui, était abasourdi par les quatre « non » révélés par le spectre de Galilée.

– Non, la Voie lactée ne rassemble pas tout l'univers, comme on le croyait jusqu'ici. Ce n'est qu'une galaxie perdue dans le vide, parmi des milliards d'autres galaxies identiques, contenant elles-mêmes des milliards d'étoiles.

– Non, l'univers n'est ni infini, ni éternel. Il a eu un début, il y a très très longtemps, sous la forme d'une particule infinitésimale hyperchaude et hyperdense, qui est entrée en expansion et a donné naissance aux étoiles et aux galaxies.

– Non, l'espace lui-même n'est pas le contenant vide décrit par Newton, mais un milieu plastique, déformé par la masse des étoiles et des planètes. C'est l'explication du mystère de la gravitation.

– Non, toutes les étoiles, à la fin de leur vie, ne s'éteignent pas comme un feu de cheminée. Certaines, très massives, finissent par former un objet si dense qu'il déforme l'espace autour de lui, à tel point que même la lumière ne peut s'en échapper. On appelle ces objets des « trous noirs ».

Galilée lui avait confié, comme un aveu amical entre « collègues », qu'au début de son séjour dans l'au-delà il avait éprouvé le plus grand mal à admettre ces vérités que d'autres pensionnaires du même endroit, bien plus savants que lui, avaient démontré. Il avait ajouté qu'il n'en avait pas fini avec sa liste des « non », mais il estimait que le pauvre astronome du XIXe siècle auquel il s'adressait en savait suffisamment pour cette première séance.

Vers la fin de la matinée, quand Victorien Sardou passa à Juvisy pour s'informer des résultats de leur dialogue de la veille, il trouva son ami en proie au plus total désarroi.

— Il y a deux solutions, Victorien. Ou bien toute cette affaire n'est qu'une farce montée, je ne sais comment, par je ne sais qui. Ou tout ce que m'a dit Galilée est vrai, mais pour une science bien plus avancée que la nôtre. Dans ce cas, où se trouve Galilée pour savoir tout cela ? A-t-il accès à des informations venues de l'avenir ? Et qui sont les esprits ? Pourquoi nous contactent-ils ? Qu'attendent-ils de nous ?

Chapitre 12

« Je donne cinquante mille francs aux pauvres. Je désire être porté au cimetière dans leur corbillard. Je refuse l'oraison de toutes les églises ; je demande une prière à toutes les âmes. Je crois en Dieu », tel était le vœu du poète Victor Hugo pour ses funérailles.

Le gouvernement français, lui, avait décidé de célébrer Hugo comme un grand symbole républicain, dans ces années où la République, menacée à la fois par les tenants de l'Ancien Régime (monarchistes et bonapartistes) et par les organisations révolutionnaires (anarchistes et marxistes), tremblait encore sur ses jambes. Il fut décidé que l'écrivain, qui devait reposer au cimetière du Père-Lachaise, serait finalement inhumé au Panthéon.

Le cercueil fut exposé une nuit sur un immense catafalque installé sous l'Arc de triomphe de l'Étoile et voilé de crêpe noir. Même les lampadaires y eurent droit ! On disposa autour de l'édifice des mâts portant des oriflammes sur lesquelles étaient inscrits les titres des grandes œuvres de Victor Hugo : *Les Misérables*, *Les Châtiments*, *La Légende des siècles*, etc. Des couronnes immenses avaient été réparties autour du catafalque, la plus impressionnante étant celle offerte par l'empereur Pedro II du Brésil. Pour illuminer le monument, quarante-quatre candélabres furent allumés tandis que quatre urnes diffusaient de l'encens. Le cadavre fut veillé toute la nuit par des millions (oui, des millions) de Français.

Le lendemain, la cérémonie commença par le tir de vingt et une salves de canon à l'hôtel des Invalides. Puis vinrent les discours. Émile Augier, choisi pour représenter l'Académie française, déclara avec lyrisme :

— Ce n'est pas à des funérailles que nous assistons, c'est à un sacre, et l'on est tenté d'appliquer au poète ces beaux vers qu'il adressait à son glorieux prédécesseur sous l'arche triomphale :

Maître, en ce moment-là vous aurez pour royaume
Tous les cœurs qui battront sous le ciel ;
Les nations feront asseoir votre fantôme
Au trône universel

— Quel bavard ! chuchota Camille à Victorien Sardou.

Il était présent dans les premiers rangs, avec son épouse Sylvie et de nombreux représentants éminents des Arts et des Lettres.

— Et ce n'est que le premier des dix-neuf discours prévus, s'amusa Sardou. Je te parie que dans son cercueil, Hugo se languit d'être dans le trou !

Par chance, les autres orateurs avaient reçu pour consigne de faire court. Vers la fin de la matinée, un immense cortège, suivi par un million de personnes, descendit l'avenue des Champs-Élysées, puis traversa la Seine pour remonter le boulevard Saint-Germain et gagner le Panthéon.

*

Camille, qui piétinait depuis des heures, commençait à trouver le temps long. Son attention fut attirée par un homme au regard bleu et à la physionomie souriante, qui lui faisait des signes. Il finit par le reconnaître : c'était Jules Verne. Il s'approcha de lui.

— Jules, je te croyais en voyage sur ton yacht ?

Cela faisait des mois, en effet, que l'écrivain avait entamé un grand périple autour de la Méditerranée sur son yacht à vapeur, le *Saint-Michel III*. Largement rendu public, ce voyage avait pour but de répondre à la rumeur, propagée par les jaloux, que ses *Voyages extraordinaires* ne se faisaient qu'en imagination, dans le confort douillet de son bureau d'Amiens. Jules avait pris la mer en compagnie de son frère, de son fils et de son éditeur Hetzel. Escales à Alger, Oran, Catane, Naples et Marseille. Il venait tout juste de regagner Amiens.

— Je m'enferme à présent pour écrire un nouveau roman. J'ai emmagasiné assez d'images au cours de ce voyage pour alimenter plusieurs bouquins. Mais je n'écris bien que dans mon bureau, en mer cela me donne la nausée !

— Bon roman, alors ! As-tu assisté à la cérémonie de ce matin ?

— Hélas ! soupira Jules Verne.

— C'est ce que je pense aussi.

Jules sauta du coq à l'âne.

— Au fait, Camille, puisque je te tiens, pourrais-je te rendre une petite visite un de ces jours, dans ton observatoire privé ?

— Avec plaisir, je te montrerai mon installation. Un amoureux des sciences comme toi adorera.

— À dire vrai, ma proposition est intéressée. J'aurais besoin de tes lumières pour écrire une suite à mes romans « lunaires ». On me la réclame depuis *De la Terre à la Lune* et *Autour de la Lune*.

— Quelle destination, cette fois ?

— Mars, bien évidemment.

Camille éclata de rire.

— Il te faudra plus qu'un gros canon, mon vieil ami, pour atteindre Mars !

— Justement, on en parlera. À bientôt, Camille.

— À bientôt, Jules.

Ils se séparèrent, mais attendirent la conclusion de la cérémonie du Panthéon pour rentrer chez eux.

Un thé avec Jules Verne

Chapitre 13

Jules Verne n'y était pour rien, mais la France de ces années-là était, comme on l'a souvent dit, la « république des Jules ». Jules Favre, Jules Simon, mais surtout le président Jules Grévy et le président du Conseil Jules Ferry essayèrent tant bien que mal de maintenir le bateau de la république à flot. Encore plus que par ses ennemis, le régime était miné par son instabilité.

En 1889, le pays échappa de peu à un coup d'État bonapartiste, suscité par le beau et populaire général Boulanger. Au dernier moment, alors que ses partisans le poussaient à marcher sur l'Élysée, le général n'osa pas aller de l'avant et finit par se suicider sur la tombe de sa maîtresse, suscitant l'ironie cruelle de Georges Clemenceau : « Il est mort comme il a vécu : en sous-lieutenant. »

Pendant ce temps, la valse des ministères continuait, donnant le sentiment que la démocratie en France ne tenait qu'à un fil, si facile à couper. Elle faisait aussi le régal des ligues d'extrême droite. De plus en plus turbulentes, elles agitaient la menace d'un ennemi intérieur, dénoncé avec virulence par le journaliste Édouard Drumont dans son livre à succès : *La France juive*.

*

Un samedi, en compagnie de Gabrielle, Camille sortit du Collège de France où ils avaient assisté à la conférence d'un collègue astronome sur la mécanique solaire. En descendant le boulevard Saint-Michel, ils croisèrent un petit attroupement devant une salle où Édouard Drumont, justement, présentait les thèses principales de son livre pamphlet.

— Tout le monde en parle. Si on allait voir ?

Ils durent se contorsionner pour entrer tant la salle était pleine à craquer. À la tribune, l'orateur se déchaînait. Doté d'une forte carrure, d'une voix de stentor et d'une longue barbe de prophète, il ponctuait son exposé de formules qui déclenchaient les applaudissements et les approbations du public :

« Le seul auquel la Révolution ait profité est le Juif. Tout vient du Juif, tout revient au Juif [...]. Les immenses fortunes juives, les châteaux, les hôtels juifs ne sont les fruits d'aucun labeur effectif, d'aucune production, ils sont la prélibation d'une race dominante sur une race asservie. »

La suite, qui se donnait l'allure d'une analyse d'historien, voyait dans le Juif le responsable de tous les maux dont souffrait la société. Drumont s'en prenait, avec une violence rare, à la famille Rothschild. « [Elle] possède ostensiblement trois milliards rien que pour la branche française, n'a fait aucune invention, n'a découvert aucune mine, n'a défriché aucune terre, mais a prélevé sa fortune sur les Français sans rien leur donner en échange. »

— Viens, Camille, le pressa Gabrielle, ne restons pas ici.

Au passage, elle attira l'attention de Camille sur les noms des éditeurs notés sur la couverture du livre de Drumont. L'astronome hocha la tête.

— Marpon & Flammarion, je sais. Il y a trois ans, Ernest n'y voyait qu'un livre polémique, comme il s'en écrit tant en France. Je pense qu'il ne ferait plus la même bêtise aujourd'hui.

Elle l'entraîna au bout du boulevard Saint-Michel, sur les quais de la Seine. Ils prirent place sur un banc et restèrent longtemps silencieux, à regarder les péniches. Mais leurs pensées étaient ailleurs.

— Les hommes ont besoin de comprendre, Gabrielle, c'est ce qui fait leur grandeur. Malheureusement, beaucoup d'entre eux préfèrent les explications simples, comme celle que propose ce Drumont.

— Tu as vu comment ils l'applaudissaient ? Ces faces haineuses ? C'était effrayant !

— Oui, il bâtit sa réputation sur des appels aux meurtres. Je me demande…

— Oui, Camille ?

— Crois-tu que les esprits, de là où ils sont, voient ce Drumont ?

— S'ils savent tout, c'est probable. Peut-être nous jugent-ils durement ?

— Oui, s'ils sont plus avancés que nous. Peut-être, un jour, nous indiqueront-ils la bonne route ?

La jeune femme n'était pas de cet avis.

— Méfie-toi d'eux, Camille.

— Qu'est-ce qui te fait dire ça ?

— Un sentiment. Tu sais que les femmes raisonnent plus que vous avec leur intuition.

— Et ton intuition te met en garde ?

— Et si tes esprits étaient pires que les humains ? S'ils cherchaient à nous tromper ? S'ils voulaient se servir de nous ?

Chapitre 14

Camille dut patienter jusqu'au printemps 1891 pour accueillir Jules Verne à la gare de Juvisy. L'écrivain était venu accompagné par un homme légèrement plus jeune, qui lui ressemblait physiquement.

— Je te présente mon frère cadet, Paul. Il m'a accompagné dans mes expéditions autour du monde. Il m'aide aussi à organiser la documentation dont je me sers dans mes livres.

— Bienvenue à tous les deux, l'observatoire n'est pas loin.

Sur le quai de la gare, Camille découvrit que Jules boitait.

— Un accident en montagne ?

Jules esquiva, il n'avait visiblement pas envie d'en parler.

— Ce n'était qu'une blessure mineure, mais ces imbéciles de médecins m'ont charcuté et n'ont réussi qu'à aggraver le mal. Parlons d'autre chose, Camille, je préfère ne plus penser à cette histoire.

Camille n'insista pas. Ils s'installèrent dans la calèche conduite par le jardinier.

— C'est bien toi, Jules. Nous prenons rendez-vous à l'enterrement de Victor Hugo en 1885 et tu attends six ans pour tenir parole. Belle ponctualité !

— Proteste auprès de mon éditeur, il m'a poussé à enchaîner les romans. Huit après *Mathias Sandorf.*

— Quelle créativité !

Jules fit la grimace.

— Non, c'est devenu une usine, je n'ai rien écrit de bouleversant.

— Tu es sévère, *Robur le conquérant* n'était pas si mal.

— Ah, tu l'as lu ? Son principal mérite était d'avoir imaginé la tour Eiffel avant sa construction. Mais je voudrais renouer, comme je te l'ai dit, avec mes voyages dans l'espace.

— Tu es au bon endroit, Jules. L'espace, c'est au coin de la rue !

Tout nouveau venu à l'observatoire de Juvisy avait droit à la visite des merveilles de la coupole astronomique et à un coup d'œil dans la célèbre lunette.

— Alors ?

— Splendide ! Je comprends que tu passes ici le plus clair de ton temps. Tes jardins aussi sont magnifiques, je ne te savais pas passionné à ce point par les plantes.

— Toutes les manifestations de la nature m'intéressent, à cause de leur diversité. Si tant d'espèces différentes cohabitent sur la même Terre, imagine ce qu'il en est dans les millions de planètes de l'univers. Nous n'avons pas encore rencontré leurs habitants, mais cela ne tardera pas.

— Justement, si nous en venions à l'objet de ma visite : la planète Mars ?

— Avec plaisir. Installons-nous dans la bibliothèque.

En dehors de la coupole, la bibliothèque de l'observatoire de Juvisy était justement célèbre, car son décor était très recherché. Douze signes du zodiaque sculptés veillaient sur des milliers de volumes, soigneusement rangés et couvrant tous les domaines des sciences, de l'astronomie à la géologie et à la botanique.

— Un superbe temple de l'esprit, s'extasia Jules Verne.

Pendant ce temps, Camille posait sur la table un grand volume contenant des dessins à la plume reproduisant les différentes phases de Mars.

— Et si nous commencions ?

En une heure de temps, avec le talent pédagogique qu'il avait acquis au cours d'innombrables conférences pour tous les publics, l'astronome résuma tout ce qu'on pouvait savoir d'à peu près certain sur la géologie de Mars. Jules Verne fut intéressé, mais précisa sa demande.

— Ce qui m'intéresse, moi, ce sont les Martiens. Existent-ils vraiment ?

— Je crois, Jules, que la vie s'accroche là où elle peut. Mais il est vrai que Mars est plutôt inhospitalière, comparée à la Terre. Tes explorateurs, s'ils vont sur Mars après la Lune, devront s'équiper sérieusement.

— Comment pourrai-je les faire aller sur Mars ?

— Je te l'ai dit, pas avec un obus et un canon. À l'heure actuelle, aucune technique existante ne permet de franchir les dizaines de millions de kilomètres qui nous séparent de Mars. Je regrette, Jules, tu ne feras pas aller tes héros sur Mars.

Jules eut un geste de découragement.

— Quel dommage, j'avais déjà le titre : *De la Terre à Mars.* Les lecteurs se le seraient arraché.

Camille eut un sourire complice.

— Je ne t'ai pas reçu ici pour te décourager, Jules, j'ai une idée à te proposer. Et d'abord un autre titre : *De Mars à la Terre.*

— À quoi penses-tu ?

Camille se leva et prit un exemplaire de son *Astronomie populaire* sur un rayon de sa bibliothèque.

— À la fin de mon chapitre consacré à Mars, je note ceci : « Il est probable que les Martiens nous contemplent le soir dans leur ciel empourpré par les derniers rayons solaires, qu'ils nous admirent de loin et que, sans doute, ils supposent ici un céleste séjour de paix et de bonheur. Peut-être même nous élèvent-ils des autels ? »

Paul Verne avait compris.

— Dans le roman que vous suggérez, nous n'irions pas aux Martiens, mais les Martiens viendraient à nous ?

— Exactement ! Ils auraient, eux, la technologie avancée qui leur permettrait de faire le voyage. Personne ne te demandera laquelle. Et si quelqu'un le fait, tu répondras : « Posez la question aux Martiens. »

Visiblement, Jules était intéressé.

— Ils seraient jaloux de notre planète si belle, si prospère, et viendraient en nombre pour l'envahir.

— Ou pour l'explorer, comme tes héros ont exploré la Lune. Personnellement, je préfère l'exploration à la guerre, mais c'est à toi de voir.

— Une bonne idée, Camille, je ne regrette pas d'être venu à Juvisy. Nous allons y réfléchir sérieusement, n'est-ce pas, Paul ?

— Oui, j'ai même un titre en tête : *La Guerre des planètes.*

Camille proposa à ses invités de reprendre de son thé.

— Mais toi, Jules, tu avais aussi une révélation à me faire ?

Jules Verne se tourna vers son frère.

— Oui, c'est Paul qui t'en parlera. Tu es bien assis ?

— Une excellente entrée en matière, bien dans ta manière. Je vous écoute, Paul, en vous proposant de nous tutoyer.

Paul Verne prit la parole.

— Il s'agit des esprits qui viennent te rendre visite, Camille, lors de tes séances de tables tournantes. Le phénomène est réel, tu le répètes dans toutes tes publications. Mais à présent, il faut répondre à cette question : d'où viennent-ils ?

— Si le spiritisme est une science, comme je le crois fermement, nous finirons un jour par le savoir.

Paul Verne prit un air mystérieux et continua à voix basse :

— Eh bien, Camille, nous allons te faire rencontrer un jeune archéologue anglais qui tient peut-être la réponse !

Chapitre 15

La nuit venait de tomber, les coups de feu avaient cessé.

Rafael n'osait pas bouger, de peur de se trahir. Il adopta la conduite héritée de tous les mammifères quand ils se sentent menacés : la thanatose, la simulation de la mort. Ce comportement repose, chez les animaux, sur une idée fort simple : une chair morte n'est pas bonne à manger. Imiter un cadavre est donc le meilleur moyen de décourager la plupart des prédateurs.

Chez Rafael, l'immobilité totale était couplée à un état d'hypervigilance. En amplifiant ses sens, elle le rendait sensible au moindre bruit alentour. Son esprit aussi ne cessait de fonctionner. Dans le silence menaçant de la jungle, à quelques heures peut-être d'être tué d'une balle ou dévoré par un animal sauvage, il passa en revue le minable roman de sa vie.

Minable était le mot juste : né dans un des quartiers les plus pauvres de Lisbonne, Rafael Fonseca versa très vite dans la délinquance. Mais là où d'autres parviennent à se remplir les poches, il ne réussit, lui, qu'à patienter de longs mois en détention. Après la prison, il passa au Brésil et de là au Suriname, où il accepta des emplois misérables. C'est alors que Gaetano, un ami, lui fit une proposition :

— Rafael, j'ai acheté une place sur une pirogue de clandestins qui part en Guyane.

— Pour y faire quoi ?

— Chercher de l'or. Il reste une place. Si tu la veux, il te fera un bon prix.

— Et si on se fait prendre ?

— Les Français nous renverront ici. Qu'avons-nous à craindre ?

Rafael savait que la recherche de l'or était physiquement exténuante et dangereuse, mais qu'elle demandait peu d'investissement. Juste du travail, de la confiance et le reste de ses très maigres économies.

— Je suis ton homme !

Avec une douzaine d'orpailleurs brésiliens et surinamiens, ils descendirent le fleuve Oyapock sur deux pirogues, équipés de quelques outils de prospection et du minimum pour survivre. Ils pagayaient de toutes leurs forces, aidés par la puissance du courant, pour atteindre le site qu'ils visaient. Quand le fleuve devenait impraticable, ils continuaient à pied en portant leurs embarcations sur les épaules, puis les remettaient à l'eau.

Après avoir échappé aux patrouilles de gendarmes français, le petit équipage remonta un des affluents de l'Oyapock et s'installa au cœur de la jungle, non loin des berges.

— Chacun chez soi, les amis.

Selon la coutume, ils se partagèrent les terrains de prospection, qu'ils délimitèrent avec soin. Dès le lendemain, Rafael installa un système de canalisations qui lui permettait de mélanger le minerai avec du mercure, afin de le dégager de sa gangue. Comme les autres, il rejetait sans vergogne le mélange dans le fleuve, qu'il polluait ainsi, sans le savoir, pour des siècles.

Afin de survivre, le groupe s'était divisé les tâches. Chacun, à tour de rôle, partait à la chasse ou relevait les pièges qui leur permettaient de confectionner des ragoûts à peine mangeables. La nuit, ils dormaient dans des hamacs, tandis que des sentinelles armées surveillaient les alentours.

— Qu'est-ce qu'ils craignent ? demanda Rafael.

— On raconte que des bandits venus du Brésil écument les sites clandestins. Mieux vaut être prudents.

Rafael ne s'attendait pas à des miracles, qui mirent en effet du temps pour arriver. Le 7 juin, le jour de son vingt-sixième anniversaire, il tomba sur un filon. « Filon » est un peu exagéré, mais c'était mieux que d'habitude. Pour cet esprit naïf, rien n'arrivait sans raison. La Sainte Vierge avait-elle décidé de lui donner sa chance ? Hélas, non. Car, au même instant, des balles se mirent à siffler.

— Les Brésiliens !

Une pirogue venait d'accoster avec quatre hommes armés de fusils. Leur méthode était simple : abattre tout le monde, puis fouiller tranquillement le camp. Autour de lui, les prospecteurs prirent la fuite ou tombèrent, mortellement touchés. Rafael n'eut que le temps de plonger dans le fleuve. Il se cacha sous la surface, s'accrochant aux racines aériennes de la mangrove et remontant uniquement pour avaler une gorgée d'air. De là où il était, il entendait les cris des bandits qui se partageaient le maigre butin qu'ils avaient trouvé.

Lentement, il se laissa dériver pour s'éloigner du camp. La nuit tomba peu à peu. Il se hissa sur la rive, estimant que les agresseurs avaient plié le camp. Il n'était pas blessé, mais n'avait emporté ni nourriture, ni eau. Il avait conservé son or dans une petite bourse, mais il l'aurait volontiers échangé contre un modeste repas.

Il s'enfonça dans la forêt. Une idée lui trottait en tête : les prospecteurs lui avaient parlé d'un village proche, Saint-Zacharie, où les Français avaient construit un pénitencier. L'espoir, très mince, de trouver des habitants qui pourraient l'aider l'empêcha de céder au découragement. Mieux valait se faire arrêter par les gendarmes que mourir d'épuisement dans cette jungle étouffante.

C'est alors qu'il la vit.

Une silhouette cheminait dans la forêt, à cent mètres devant lui. Ce ne pouvait pas être un humain, à cause de sa très haute taille, qu'il évalua à trois mètres. Ce n'était pas un animal, car la créature était bipède et avait une forme humanoïde. Brusquement, elle s'arrêta. Avait-elle senti sa présence ? Était-ce un gendarme français que l'éloignement et la fatigue avaient fait plus grand que nature ? Rafael avait trop besoin d'aide, il appela.

— Eh, vous ! Attendez-moi, je meurs de soif !

La silhouette se tourna dans sa direction et accrocha un rayon de lune. Elle était monstrueuse. Son apparence – Rafael invoqua la Saint Vierge – était celle d'un démon, pareil aux images pieuses que montraient les curés pour décrire les habitants de l'enfer. Très grand, pourvu de quatre ailes repliées dans son dos, associant en un ensemble baroque les caractéristiques de plusieurs espèces animales. Sa face – sa gueule ? – était celle d'un félin, avec des crocs et des yeux globuleux. Son corps était couvert de poils et d'écailles, pourvu d'un énorme pénis en érection. Il leva une main vers Rafael, en un geste menaçant. C'était une patte d'animal, terminée par des serres de rapace. La bête poussa un cri rauque, qui résonna longtemps dans la jungle. Terrorisé, Rafael s'enfuit dans la direction opposée, aussi vite qu'il put.

Quand il s'arrêta, à bout de souffle, la créature avait disparu. Il s'effondra et se mit à pleurer, désespéré. Il allait mourir, ce soir même, dévoré par les bêtes sauvages ou massacré par l'un de ces monstres. Il tendit l'oreille. Il avait entendu un bruit. Pas une voix humaine, mais un bourdonnement régulier. Il se releva. En dépit de l'obscurité, il distingua la masse obscure d'une grande bâtisse. Le pénitencier de Saint-Zacharie ? Il s'approcha prudemment.

C'était bien un village. Quelques maisons de bois, peut-être celles des anciens gardiens français. Une pellicule gris-vert, mélange de mousse et de pourriture, tapissait les murs.

Il vit des sacs et des vêtements éparpillés sur le sol, comme si les habitants avaient fui en emportant ce qu'ils pouvaient. Au-delà, se profilait le pénitencier. C'était un bâtiment en forme de L, fermé par des murs. Le portail d'entrée était resté ouvert, ce qui était extraordinaire pour une prison ! Peut-être y trouverait-il quelque chose à manger ? Rafael s'arma d'une lourde branche arrachée à un arbre mort. Elle pourrait lui servir d'arme en cas de besoin.

Il entra dans le bâtiment, dont les portes étaient restées battantes. Il y avait deux étages, qui sentaient la putréfaction et l'humidité. Le premier n'était qu'une suite de bureaux, sans doute réservés à l'administration. Au second, il vit une porte rouge marquée « CUISINES » en français. Il entra et regarda partout, à la recherche d'eau et de nourriture. Il poussa un cri de joie quand un robinet laissa échapper un filet d'eau. Les conduits n'étaient pas entretenus, l'eau ne sentait pas très bon, mais Rafael n'était pas regardant. Dans un placard, il trouva aussi des boîtes encore scellées. Il les ouvrit avec fébrilité. Elles contenaient des biscuits secs « au beurre de Normandie ». Il se serait satisfait de moins ! Il en avala des dizaines, jusqu'à en étouffer, en remerciant le Christ et tous les saints.

Il avait bu, il avait mangé, il en avait oublié son épuisement. Il chercha un endroit où dormir. Demain, après avoir retrouvé un peu de forces, il reprendrait la route pour gagner un endroit habité. Au total, son équipée guyanaise se soldait par un échec, mais Rafael n'en était pas affecté, il avait l'habitude. Dans la cuisine, il vit des tapis de toile tressée. Il en empila trois, s'allongea et sombra aussitôt dans le sommeil.

Il ne dormit pas longtemps.

Au cœur de la nuit, il fut réveillé par des lumières. Un réflexe de survie le fit bondir sur ses pieds. Il entendit aussi des bruits de pas qui venaient du dehors. En silence, il alla jeter un coup d'œil par la fenêtre, qui avait perdu ses vitres depuis longtemps. Il frissonna. Les démons étaient revenus, mais cette fois ils étaient en nombre. Environ une dizaine, qui convergeait vers la prison. Forcément, ils allaient le découvrir. Il se signa, que pouvait-il faire d'autre ? Car Rafael avait compris : il était mort et venait tout juste d'arriver en enfer.

Chapitre 16

Comme tous les bons romanciers, Jules Verne avait ui talent certain pour le *teasing*, comme disent les Américains. Il avait à ce point accroché l'intérêt de Camille que celui-ci, accompagné de Gabrielle, lui rendit sa visite au 2, rue Charles-Dubois à Amiens.

La partie la plus caractéristique de cette grande demeure bourgeoise était une haute tour, héritée d'un caprice architectural des anciens propriétaires. L'entrée se faisait par le jardin d'hiver où Jules les attendait, accompagné de son frère Paul et du jeune archéologue anglais que Camille avait tenu à rencontrer.

— Je te présente Nathan Watkins, Camille. Nathan, vous allez serrer les mains du plus célèbre astronome de France et de sa collaboratrice, Gabrielle.

— Très heureux, monsieur Flammarion.

Watkins, qui n'avait pas plus de trente ans malgré un cursus universitaire bien rempli, faisait inévitablement penser aux jeunes héros des romans de l'auteur de *Mathias Sandorf*. Le visage carré des aventuriers, encadré par un discret collier de barbe brune, un regard vif, la carrure sportive requise par des fouilles acrobatiques menées sur des sites lointains. Sous sa veste élégante, on devinait un gilet sans manches à carreaux de couleur, caractéristique des gentlemen britanniques. Il s'inclina devant Gabrielle.

— Madame…

— Mademoiselle, corrigea-t-elle.

— Nous nous installerons dans le salon de musique, proposa leur hôte, c'est là où je reçois mes invités. Mais avant, venez voir au premier étage…

Jules tenait à leur montrer une pièce entière, à peine terminée, qui reconstituait la salle de pilotage de son yacht, le *Saint-Michel III*. Chaque détail avait été reproduit avec une exactitude maniaque, à commencer par la grande barre de gouverne avec son moyeu en laiton. Camille éclata de rire :

— Tu ne peux décidément pas t'en passer, de ton bateau !

— Détrompe-toi, ce n'est pas une simple coquetterie. Venir ici me conserve la tête ailleurs. À travers les vitres, je ne vois plus la rue Charles-Dubois, mais des paysages exotiques d'Afrique ou d'Océanie. Garder la tête dans les nuages, voilà le secret de mon succès !

Dans le salon de musique, sous de grands portraits (légèrement idéalisés) de l'écrivain et de son épouse Honorine, ils en arrivèrent au vif du sujet.

— Nathan, je voudrais que tu parles à nos amis de tes découvertes archéologiques en Bulgarie et des étranges phénomènes qu'on t'a rapportés de Guyane française.

— Je suis venu pour cela, Jules. Je serai peut-être un peu long, mais…

— Prenez votre temps, le rassura Camille. Si vous le pouvez, déroulez votre récit comme s'il s'agissait d'un roman à mystère de Jules Verne !

— Je n'ai pas son talent, mais je ferai de mon mieux. Quant aux mystères, vous ne serez pas déçus.

— Nous t'écoutons, Nathan…

Le jeune archéologue, légèrement ému, s'éclaircit la gorge.

— Je suis donc archéologue. Je travaille depuis plusieurs années pour une fondation privée américaine, la *Bible Archaeology Corporation*, qui organise des fouilles en Asie Mineure et sur plusieurs sites autour de la mer Noire. Ce sont des évangélistes, soucieux de démontrer la vérité archéologique du récit biblique. Peu importent leurs intentions, ils disposent de gros moyens et m'en ont donné pour faire des fouilles. C'est donc en Bulgarie, au sud-est de la ville de Varna, que j'ai fait une découverte très étonnante. Il s'agit d'un coracle.

— Un quoi ?

— Un coracle, un bateau qui ressemble à un panier en corde tressée, mais de très grande taille. Il y a quatre mille ans, les Mésopotamiens utilisaient ces coracles pour pêcher en sécurité sur leurs fleuves souvent agités, le Tigre et l'Euphrate. Le fond de l'embarcation était recouvert de bitume, ce qui la rendait pratiquement insubmersible.

— Mais le coracle dont tu parles, précisa Jules, était très particulier.

— Pour ça oui, c'était un véritable paquebot ! À peu près trois mille six cents mètres carrés, environ la moitié d'un terrain de football.

— Un panier géant, s'étonna Gabrielle.

— Si grand, mademoiselle, qu'il pouvait transporter une centaine d'hommes et de femmes, avec des bêtes, des vivres et de l'eau.

— Je crois que je devine la suite, suggéra Camille.

Nathan approuva.

— Compte tenu de l'endroit où je l'ai trouvé, j'ai pensé à la même chose que vous, j'ai fait la relation avec l'arche de Noé.

— L'arche de la Bible n'avait rien d'un coracle, objecta Camille. C'était un bateau de forme traditionnelle, surmonté d'une maison.

— C'est une interprétation postérieure et fantaisiste. Un tel bateau n'aurait jamais résisté au déluge. Le coracle, oui, vous allez comprendre pourquoi.

— Vous croyez donc à cette histoire de déluge ?

— Et comment ! C'est même la thèse que je soutiendrai à Cambridge : ce qu'on a appelé « le Déluge » serait en réalité un cataclysme provoqué, à la fin de l'ère glaciaire, par l'inondation d'une grande vallée qui se situait au nord de la Turquie actuelle. Cette vallée a disparu, remplacée depuis par la mer Noire.

— L'idée de Nathan ne m'a pas surpris, ajouta Jules. Rappelez-vous la découverte de George Smith…

L'affaire, assez récente, avait fait scandale. En 1872, un archiviste anglais nommé George Smith avait déchiffré une tablette en écriture cunéiforme, trouvée dans la bibliothèque d'Assurbanipal, à Ninive. Elle rapportait à peu près le même déluge que le Livre de la Genèse. Sa découverte avait horrifié les sociétés savantes. George Smith accusait-il la Bible d'avoir copié ? L'archiviste, qui n'avait rien d'un trublion, se contenta de répondre que le même récit, conté par des témoins différents, attestait certainement l'existence d'un évènement géologique réel.

— Très intéressant, estima Camille. Mais quel rapport avec les spectres ?

— Patience, monsieur Flammarion, j'y viendrai. Mais je veux d'abord que vous imaginiez l'ampleur de la tragédie.

Chapitre 17

Nathan Watkins leur apprit qu'il y a environ 7 500 ans, dans une belle et grande vallée située au nord de la Turquie, vivait un peuple qui avait développé une civilisation bien plus évoluée que leurs voisins, restés à l'âge de pierre. Le jeune Anglais avait appelé les habitants de cette région les Pontiques, parce qu'ils vivaient dans la région du Pont-Euxin, l'ancien nom de la mer Noire.

Les terres des Pontiques, favorisées par un microclimat exceptionnel, les nourrissaient bien au-delà de leurs besoins et leur permirent de développer des techniques innovantes pour l'époque. Nathan montra un dessin, réalisé à partir d'une tablette trouvée à Varna.

— Ceci, par exemple, est un four solaire.

— C'est-à-dire ?

— Un système ingénieux qui concentre la chaleur du soleil sur un miroir de bronze poli. Il pouvait fournir assez d'énergie pour alimenter un moteur à vapeur, grâce auquel les Pontiques forgeaient toutes sortes d'outils.

— Une machine à vapeur d'il y a 7 500 ans ?

— Exactement. Et vous n'êtes pas au bout de vos surprises.

À cette époque, poursuivit Watkins, ce que nous appelons aujourd'hui le Bosphore n'était pas un détroit comme aujourd'hui, mais une falaise haute d'une centaine de mètres, qui séparait la vallée du Pont de la mer de Marmara.

— Une barrière qui n'a pas résisté au réchauffement climatique ? suggéra Camille.

— Vous avez tout compris, monsieur Flammarion. À la fin de la dernière glaciation, il y a environ dix mille ans, la fonte des glaces fit monter le niveau général des mers. Des failles, provoquées par le poids des eaux, s'agrandissaient dans la falaise et annonçaient une rupture imminente. En bas, dans leur vallée heureuse, les Pontiques ne semblaient pas s'en inquiéter. À force d'ingéniosité, ils avaient atteint un niveau de civilisation comparable à celui du XVIIIe siècle européen : des progrès en anatomie, dans l'observation du ciel, dans l'utilisation de la vapeur, ils avaient même découvert l'électricité. L'abondance rend insouciant, hélas.

— Et Noé, là-dedans ? demanda Camille.

— J'y arrive. Un homme, un seul, avait pressenti la catastrophe. Nous ne connaissons pas son nom. Les anciens Babyloniens l'appelaient *Atrahasis*, les Hébreux lui donnèrent le nom de *Noé*. En escaladant la falaise, il avait observé les failles qui se multipliaient. Ce « Noé » alerta ses contemporains, mais personne ne l'écouta. Découragé, il rameuta quelques partisans pour construire un coracle géant en prévision du déluge qui s'annonçait. Il ne sauverait certes pas tous les Pontiques, mais il permettrait à leur civilisation de perdurer au-delà du cataclysme. Et un jour…

Nathan Watkins se saisit de quelques pages manuscrites.

— Pour vous conter la suite, précisa-t-il, monsieur Jules Verne m'a aidé à écrire une petite scène romanesque. Elle n'est pas dans ma thèse, mais elle vous permettra de vivre ce jour funeste comme si vous y étiez.

— Bonne idée, approuva Camille, le roman venant compléter la science. Nous vous écoutons, Mr Watkins.

Le jeune homme lut donc le court chapitre qu'il avait rédigé :

« Ce jour-là, dans la vallée, on entendit la montagne crier, comme un malade à l'agonie. La petite Lara (c'est mon héroïne) haussa les épaules et termina sa toilette, elle avait assez à faire avec les gens pour se préoccuper de la falaise. Elle enfila sa blouse pour se rendre au centre de soins municipal, où elle travaillait. Depuis son enfance, avec ses amies, elles s'amusaient à reconnaître les bruits de la montagne.

— Là elle pleure, disait Lara.

— Mais non, elle a faim, elle veut manger.

— Tu n'y connais rien, toi, au parler des montagnes !

Après tout, quelle importance ? Les montagnes ne sont pas des gens, les bruits qu'elles émettent sont des bruits naturels, comme ceux des torrents ou de la pluie.

Un petit caillou tinta contre la vitre de la chambre de Lara. C'était Ananka.

— Lara, on est en retard !

Elles avaient l'habitude de partir au travail ensemble. Elles s'embrassèrent et se mirent en route. D'un pas rapide, elles traversèrent la Grand-Place du village. Les premiers marchands s'étaient installés.

— Tiens, le prophète n'est pas là.

— Il ne viendra plus, répondit Ananka.

Celui qu'elles appelaient le « prophète » était un vieil homme qui grimpait chaque jour sur le rebord de la fontaine municipale pour ameuter la foule. Il parlait d'une punition infligée par Dieu.

— Pourquoi dis-tu cela ?

— Ma mère, qui venait souvent l'écouter, dit qu'il s'est retiré sur sa colline, à côté de son panier géant.

— Il craint l'orage ? Je ne vois pas de...

Lara fut interrompue par un coup de tonnerre. Ce n'était pas l'orage, le ciel était clair.

— Il se passe quelque chose sur la montagne !

Soudain, la roche parut se fissurer, avec des craquements sinistres. Les gens, comme pour se rassurer, se rassemblèrent en foule sur la Grand-Place. Lara et Ananka allèrent vers eux.

— Savez-vous ce qui arrive ?

Un vieil homme tendit un doigt tremblant vers le sommet de la falaise…

— La mort nous tombe dessus !

Elle leva la tête et comprit. En s'effondrant, les cimes déversaient dans la vallée ce qu'elles retenaient depuis toujours dans leurs flancs : des trombes d'eau.

Non, un lac entier.

Non, une mer.

Une mer qui tombait du ciel. »

Jules Verne applaudit.

— Comme si nous y étions, non ? Nathan, je vous engage pour écrire mon prochain roman !

— Je ne saurais pas, monsieur Verne. Et j'ai bien trop à faire sur mes sites de fouille.

— Mais que s'est-il passé ensuite ? demanda Camille, curieux.

— Je vais vous le dire…

Et il leur lut la suite :

« Avec un craquement sinistre, le barrage naturel du Bosphore avait fini par céder. Comme poussée en avant par des forces furieuses, une immense chute d'eau, quatre cents fois plus grande que les chutes du Niagara, se déversa d'une hauteur de cent mètres dans la dépression de la vallée.

Des milliers d'habitants, dans les cités et dans les champs, furent tués dans l'instant qui suivit, écrasés par l'énorme masse qui leur tombait dessus. D'autres, plus éloignés du point d'impact, essayèrent de trouver leur salut dans la fuite. Certains attelèrent leur cheval à une charrette, pour emporter des affaires personnelles. Mais ils furent noyés par l'avancée des eaux, qui progressaient beaucoup plus vite qu'un homme lancé en pleine course.

Ce fut un temps de terreur absolue. En hurlant, les Pontiques essayèrent d'échapper à cette horreur liquide qui faisait rouler avec elle une masse indistincte de roches, d'arbres arrachés et d'habitations déchiquetées, dévastant tout sur son passage.

Sur son plateau, à quelques centaines de mètres de la capitale, celui que nous avons nommé « Noé » avait rameuté ses partisans. Ils furent plus d'une centaine à monter à bord de son coracle. Quand les eaux atteignirent le plateau, le bateau de paille tressée fut soulevé de plusieurs dizaines de mètres, puis replongea. Il y eut des hurlements, l'embarcation tourbillonna, mais elle resta à flot. »

— Elle est terrible votre histoire, estima Gabrielle.

— N'est-ce pas ? Mais ce n'est pas fini. Après un voyage interminable sur cette mer nouvelle qu'on appellera plus tard la mer Noire, les survivants finirent par accoster au sud-est de la Bulgarie, dans la région de Varna.

— Le site où vous avez réalisé vos fouilles ? s'enquit Camille.

— Tout à fait. Je n'ai trouvé que des fragments du coracle, mais j'ai réuni assez de vestiges archéologiques pour compléter le puzzle.

— C'est-à-dire ?

— N'oubliez pas que les survivants du Déluge avaient plusieurs siècles d'avance sur les autres peuples de la Terre. Je vais vous lire maintenant la conclusion de ma thèse.

Tous les invités étaient fascinés. C'était un pan inconnu de l'histoire universelle que révélait Nathan Watkins...

« En échange du gîte et de la nourriture, les Pontiques enseignèrent aux indigènes qui les avaient accueillis les principes de base de l'agriculture. Ils leur apprirent à confectionner une charrue primitive, traînée par un bœuf et munie d'un versoir qui retournait la terre au lieu de se borner à la scarifier. Ils leur enseignèrent aussi comment utiliser une scie pour couper le bois.
Le soir, quand ils partageaient leur repas devant un feu de camp, ils racontaient, avec des larmes dans les yeux, le cataclysme qui avait anéanti leur civilisation.
Ce récit, qui deviendra à la longue le mythe du Déluge, se répandit dans toute l'Asie Mineure et insémina toutes les religions de l'époque. Les uns y virent la vengeance d'un dieu susceptible, dérangé par le bruit de ses voisins humains (c'est le cas des Babyloniens), d'autres, comme les Hébreux, un châtiment infligé par le Dieu unique, Yahvé, qui punissait son peuple élu pour s'être mal conduit. »

— L'histoire de Noé s'arrête là ? s'enquit Camille.

— Justement, pas du tout. Et nous en arrivons à vos spectres, monsieur Flammarion…

Chapitre 18

Nathan Watkins fouilla dans son cartable. Il en sortit une carte du monde où il avait résumé, avec des crayons de couleurs, les pérégrinations à travers le monde de ce peuple oublié auquel il avait donné le nom de Pontiques.

— Noé et les siens ne sont pas restés en Bulgarie. Ils ont formé une tribu errante, qui a préféré se cacher des autres peuples.

Gabrielle leva la main, elle avait une question.

— Pourquoi ces Pontiques, qui avaient des siècles d'avance sur les autres civilisations, ne leur ont-ils pas transmis leur savoir ?

— C'est une tare que partage presque toute l'humanité, mademoiselle : quand un homme possède un atout, il le garde jalousement pour lui. Imaginez nos Pontiques côtoyant les premières civilisations humaines : les Sumériens, les Babyloniens, les Assyriens. Ils les voyaient comme des brutes, à peine sorties de l'animalité. Ils ont donc conservé leurs secrets pour en tirer profit et contrebalancer leur faiblesse numérique.

— Ils ont donc vécu dans l'anonymat parmi les hommes ?

— C'est ce que je pense. Ils se sont cachés à la périphérie des cités et même dans des grottes, qu'ils ont aménagées pour dissimuler leurs machines. Ils ne se reproduisaient qu'entre eux, jaloux de la pureté de leur race. Appelez cela de l'égoïsme, du racisme, vous ne serez pas loin du compte. Eux considéraient que c'était la condition de leur survie.

Avec son doigt, Watkins indiqua leur itinéraire sur la carte du monde.

— Ils ont donc quitté la Bulgarie et sont passés en Mésopotamie. Ils y sont restés quelques siècles, puis ont migré vers l'Europe de l'Ouest, l'Autriche, l'Allemagne, la France, l'Italie. Je les repère assez bien, en traçant leurs vestiges, jusqu'au début de l'ère chrétienne.

— Et ensuite ?

— Pendant plusieurs siècles, je perds leur trace.

— Peut-être ont-ils fini par se fondre dans les populations autochtones ?

— Je n'y ai jamais cru. Et j'avais raison, car j'ai fini par les retrouver.

— Où cela ?

Il montra un point sur la carte.

— Aujourd'hui, ils sont ici.

— En Amérique du Sud ?

— Dans ce qui est aujourd'hui la Guyane française. Pas à Cayenne, mais dans un site perdu dans la jungle, un lieu-dit qui s'appelle aujourd'hui Saint-Zacharie, au bord du fleuve Oyapock. Tous leurs chemins convergent ici, j'en ai la certitude.

— Ils ont construit une cité, une forteresse ?

— Pas du tout. Selon leur habitude, ils sont restés invisibles. Je pense qu'ils se sont dissimulés dans les sous-sols. Pour des raisons géologiques, cette région est trouée comme du gruyère. On y trouve de grandes cavernes souterraines, traversées par des cours d'eau. Ils étaient tranquilles là-dessous, libres de développer leur civilisation à l'écart des autres humains.

— Mais les Français sont arrivés, suggéra Camille.

— Vous l'avez dit ! Les autorités françaises ont choisi Saint-Zacharie pour en faire un bagne et soulager celui de l'île du Diable, surpeuplé après la chute de la Commune de Paris. Ils l'ont édifié au milieu de la jungle, qui était la meilleure des prisons. Autour du pénitencier, quelques maisons en bois abritaient les gardiens et leurs familles. Les provisions arrivaient régulièrement par bateau, en remontant le fleuve Oyapock. Évidemment, la colonie française ne pouvait se douter que le site était déjà occupé. D'ailleurs, ils l'ont très vite abandonné.

— Pourquoi ?

— Parce qu'il était hanté !

Watkins exhiba un nouveau document, qu'il feuilleta.

— Ce sont les archives de l'administration pénitentiaire, pour l'année 1883. Dès sa mise en service, l'établissement fut le théâtre d'évènements étranges. Des créatures sont apparues, qui faisaient penser à des spectres...

— Écoute bien, lança Jules à Camille, les voici, tes spectres.

— Transparents, lumineux, ces êtres surgissaient et disparaissaient en plusieurs endroits de la forêt, décourageant toute tentative de situer leur origine. Et ce n'est pas tout. On vit aussi apparaître des géants hauts de trois mètres, à la face bestiale. Ils poussaient d'affreux rugissements et projetaient du feu en se servant de petits bâtons, quand les gendarmes les approchaient de trop près.

— Étonnant !

Watkins consulta un autre document.

— J'ai contacté l'un des gardiens, le gendarme Sadoul, qui a pris aujourd'hui sa retraite à Saint-Chamond. Ce qu'il raconte est en effet terrifiant. J'ai ici son témoignage. Je vous le lis ?

La curiosité de Camille était piquée.

— Allez-y, oui.

« Moi, Raphaël Marie Sadoul, gendarme, sain de corps et d'esprit autant qu'on puisse l'être à 62 ans, témoigne des faits suivants : le pénitencier de Saint-Zacharie, où j'exerçais ma profession, était visité presque toutes les nuits par des silhouettes qui nous observaient depuis la forêt. Nous avons d'abord pensé à d'anciens bagnards évadés, venus délivrer un complice. Nous avons organisé des patrouilles pour les confondre, mais ils s'évanouissaient à notre approche… »

— Je vous résume la suite : Sadoul décrit les deux types d'apparitions dont je vous ai parlé, les spectres et les géants. « Ils ne s'éclairaient pas avec des lanternes, mais avec des objets qui projetaient une forte lumière bleutée », précise-t-il.

— Des démons dans la grande tradition, jugea Camille. S'il s'agit de vos Pontiques, ils ont fait ce qu'il fallait pour effrayer les gendarmes. On trouve des astuces de ce genre dans plusieurs de vos livres, Jules. Le *Nautilus* du capitaine Nemo, par exemple, qui ressemble à un dragon des mers.

— Oui, c'est un truc vieux comme le monde.

Nathan poursuivit sa lecture du témoignage du gendarme Sadoul…

« Certaines nuits, on entendait de grands bruits dans le sol, comme s'il abritait une usine. Des fumerolles blanches jaillissaient des entrailles de la terre, pareilles à celles d'un volcan.

Un jour, un de mes collègues découvrit l'entrée d'une grotte qui se prolongeait sur une dizaine de mètres en forte pente. En l'explorant, il se heurta à une porte métallique sans serrure, édifiée dans la roche. Il poussa un cri de triomphe. Des malfaiteurs se cachaient donc sous le pénitencier !

Il courut prévenir le commandant et revint avec une vingtaine de gendarmes armés. Mais la porte avait disparu, remplacée par une paroi rocheuse. Le commandant jugea que mon ami avait été victime d'une hallucination. »

— Est-ce tout ?

— Non, dit Watkins, j'ai gardé le plus terrifiant pour la fin.

Chapitre 19

Watkins se plongea à nouveau dans le rapport du gendarme Sadoul...

« Le collègue de l'Aveyron, qui était une forte tête, était certain d'avoir vu ce qu'il avait vu. Une nuit, il me proposa de l'accompagner à la grotte. J'acceptai, mais ne voulus pas le suivre à l'intérieur. Il me laissa à l'entrée et s'enfonça dans l'obscurité. Au bout de quelques minutes, j'entendis un cri affreux. Mon ami gisait tremblant sur le sol, les yeux grands ouverts. Il n'était pas mort, mais son esprit avait été comme aspiré par quelque chose. Le médecin du pénitencier jugea que son état physique était normal, mais que son esprit avait disparu. Il n'était plus personne.

— Et depuis ? ai-je demandé.

— Sa famille l'a recueilli. Il vit encore, installé sur un fauteuil d'infirme, mais son âme est partie je ne sais où. »

Watkins ferma son dossier.

— Voilà, vous savez à peu près tout. Deux mois après ce drame, les gendarmes ont exigé à une quasi-unanimité que l'administration ferme le pénitencier. Les prisonniers furent dispersés dans d'autres établissements et Saint-Zacharie fut évacué. Mon idée, vous l'avez comprise…

Camille la résuma en une phrase.

— Les spectres de Saint-Zacharie seraient pour vous les descendants des survivants du Déluge ?

Nathan approuva avec insistance.

— Il me paraît clair qu'ils ont choisi cet endroit, il y a des siècles, pour y installer leur quartier général. Les Français les ont dérangés quand ils ont construit un pénitencier au même endroit. Les Pontiques les ont fait fuir en leur faisant croire que la région était hantée. À présent, ils ont retrouvé leur tranquillité.

— Votre histoire est fascinante, monsieur Watkins, estima Camille. Mais en quoi avez-vous besoin de moi ?

— Je pense, monsieur Flammarion, que cette civilisation très avancée qui se cache à Saint-Zacharie est la clé de beaucoup de manifestations spirites, sinon de toutes.

Camille n'était qu'à moitié convaincu.

— Une hypothèse un peu osée, non ?

— Pour moi, c'est une certitude. Je pense aussi que ces êtres ne resteront pas éternellement confinés dans leur abri souterrain, ils pourraient vouloir en sortir et devenir menaçants.

— Qu'est-ce qui vous le fait penser ?

— À mesure que nos techniques de détection vont progresser, les topographes finiront un jour par les découvrir. Les Pontiques le savent et s'efforceront de prendre les devants.

— Encore une fois, qu'attendez-vous de moi, monsieur Watkins ?

— J'ai décidé de monter une expédition en Guyane pour résoudre ce qui est peut-être un des plus grands mystères de notre temps. J'ai besoin de fonds pour la monter et pour acheter les équipements nécessaires. Je me suis d'abord adressé à monsieur Verne, qui a tenu à vous en parler. Par ailleurs, je ne connais rien aux sciences spirites et j'aimerais me faire accompagner par un connaisseur. Si vous ne souhaitez pas venir, comme c'est hélas possible, pourriez-vous au moins me conseiller ?

À nouveau, Jules Verne insista.

— Qu'en dis-tu, Camille ?

Celui-ci se tourna vers Gabrielle. Elle n'osait orienter sa décision dans un sens ou dans un autre, mais que pensait-elle vraiment ? Camille ne souhaita pas le savoir. Il se leva et alla chercher son chapeau, une bonne manière de chasser les tentations.

— Ne comptez pas sur moi, monsieur Watkins, je n'ai plus l'âge de jouer les aventuriers. Je vous chercherai un remplaçant, mais je doute d'en trouver.

Jules Verne se leva à son tour.

— Réfléchis quand même, Camille. De mon côté, je te l'avoue, je suis très tenté. Et il ajouta, perfide :

— Malgré mon âge, plus avancé que le tien. Une telle expédition, à la recherche d'une civilisation disparue, me permettrait de renouveler mon inspiration de romancier.

Cette fois, la répartie de Camille se fit plus sèche.

— Je ne suis pas romancier, Jules, mais astronome !

En un éclair, il perçut chez Gabrielle un regard clairement réprobateur. Il corrigea aussitôt, sur un ton plus conciliant.

— Laisse-moi réfléchir, au moins. Il m'est impossible de me décider aussi rapidement.

Jules Verne, un instant froissé, retrouva son éternel sourire.

— Penses-y. Et si tu changes d'avis…

— Je te fais signe.

L'enlèvement

Chapitre 20

Au cours des semaines suivantes, installé dans un aérostat, Camille poursuivit ses mesures sur la composition de l'atmosphère pour le compte de l'Observatoire de Paris. Le troisième jour, quand il atteignit l'altitude de trois mille mètres, celle d'une haute montagne, il insista pour monter encore plus haut. Mais son pilote refusa.

— Plus haut, c'est trop haut, monsieur Flammarion.

— Un Anglais est bien monté à sept mille mètres, dans l'Himalaya !

— C'était un alpiniste. Un ballon, c'est différent. Rappelez-vous l'accident de Théodore Sivel.

En 1875, l'aéronaute Sivel avait voulu battre un record d'altitude en grimpant à huit mille mètres avec son ballon le *Zénith*. L'altitude lui fut fatale, il mourut asphyxié. Camille accepta donc les limitations imposées par son pilote. Mais à quatre mille mètres, regretta-t-il, l'étude de l'atmosphère aurait révélé des informations supplémentaires.

— C'est bon, Antoine, redescendons.

Pendant le voyage du retour, il ne put s'empêcher de penser à la séance chez Jules Verne. Il avait commencé par dire non, puis avait retenu sa réponse en découvrant le visage déçu de Gabrielle. Le prenait-elle pour un vieil homme, bon pour la retraite ? Il est vrai qu'il avait trente-cinq ans de plus qu'elle et que l'âge ne porte guère à l'aventure. Un jour, peut-être, elle se lassera d'être la maîtresse d'un grand-père et choisira un homme plus jeune et plus audacieux, comme ce Nathan Watkins par exemple. Cette perspective lui parut insupportable.

Des petites silhouettes, dans le parc de Saint-Cloud, semblaient attendre son atterrissage. Il reconnut l'une d'elles : Sylvie, son épouse. Que faisait-elle ici ?

— Sylvie ?

Le visage de Sylvie Flammarion était défait par le chagrin.

— Ma mère, Camille. Elle vient de mourir.

Madame Pétiaux mère avait plus de quatre-vingts ans, un âge respectable pour décéder. Mais la mort d'une mère, à n'importe quel âge, est toujours une tragédie. Ils décidèrent donc de partir aussitôt pour le petit village de Normandie où elle serait inhumée.

*

Après l'enterrement, alors qu'ils rejoignaient la calèche qui les attendait à la sortie du cimetière, Sylvie prit son mari par le bras. Elle lui parla avec les accents d'une petite fille, ce qu'il adorait.

— Dis-moi, Flam, toi qui connais ces choses…

Cela faisait longtemps qu'elle ne lui avait pas donné ce surnom tendre, Flam.

— Où vont les âmes des gens après leur mort ? Ne me réponds pas comme le curé de la paroisse, mais comme Camille Flammarion.

Camille hésita. À vrai dire, il ne savait plus très bien quoi penser.

— Eh bien, si j'en crois Allan Kardec, quand les âmes se détachent du corps, elles ne disparaissent pas, mais restent dans l'atmosphère.

— Comme l'oxygène ou la vapeur d'eau ?

— Plus ou moins. Selon lui, l'air ne contient pas seulement des éléments chimiques, mais aussi des éléments psychiques.

— J'aime beaucoup cette idée. Nous serions donc entourés de millions et de millions d'âmes ?

— Kardec disait souvent « tout est plein d'âmes ». Hélas, nous ne pouvons communiquer qu'avec certaines d'entre elles.

— Pourquoi ?

— Je ne sais pas, Sylvie.

— Ma mère est donc peut-être à nos côtés, en ce moment même ?

Camille ne répondit rien. Sylvie s'arrêta de marcher et le fixa dans les yeux.

— Flam, que penses-tu vraiment ? Encore une fois, tu m'as exposé le point de vue de Kardec et des spirites, mais quel est le tien ?

Il hésita.

— Pendant longtemps j'ai pensé comme eux...

— Et maintenant ?

Il l'enlaça affectueusement.

— Je ne sais plus. L'âme disparaît peut-être avec le corps, comme un feu qui s'éteint.

Elle le regarda avec des yeux ronds.

— Mais Camille, tu as contacté toi-même des esprits au cours de tes séances, et pas des moindres. Tu n'as quand même pas rêvé !

Elle pensait à sa mère, mais pas seulement.

— Tu parles comme un de ces socialistes athées, qui ne jurent que par la matière.

Elle se dégagea de son étreinte.

— Je ne voulais pas te choquer, Sylvie, mais des idées un peu folles dansent dans ma tête.

Elle fronça les sourcils.

— Quelles idées ?

— Je me demande si une science très avancée, bien plus que la nôtre, ne pourrait pas conserver les âmes pour prolonger leur vie sous une autre forme. Dans ce cas, ce que nous appelons, nous, un esprit, ne serait qu'un artefact humain.

Elle leva les yeux au ciel.

— C'est Jules Verne qui t'a mis ces fantaisies dans la tête ? Qu'en pense Honorine Verne ?

Il sourit.

— La même chose que toi, sans doute : que son Jules est devenu fou.

Devant eux, le cocher s'impatientait.

— Madame, monsieur, il va bientôt pleuvoir.

— Il a raison, Sylvie. Rentrons à l'auberge…

Chapitre 21

Par une froide matinée de janvier 1895, un étrange cérémonial se déroula dans la cour Morland de l'École militaire. Le capitaine Alfred Dreyfus, jugé coupable de trahison par un tribunal militaire, se tenait au garde-à-vous. Face à lui, un officier casqué lui asséna ces paroles terribles :

— Dreyfus Alfred, vous êtes indigne de porter les armes ! De par la loi, nous vous dégradons.

D'un geste sec, il arracha les boutons de l'uniforme du capitaine déchu, puis ses épaulettes et enfin ses galons. Il dégagea ensuite le sabre de Dreyfus de son fourreau et le brisa d'un coup sec sur son genou (les mauvaises langues disent que le sabre avait préalablement été scié par un sous-officier pour faciliter l'opération).

C'était le début d'une affaire qui allait enflammer la France pour plusieurs années. Les ennemis les plus acharnés du régime républicain n'eurent pas de mots assez durs pour fustiger cet officier qui clamait son innocence, mais qu'on n'écoutait pas. Il faut dire qu'il était juif, ce qui aggravait son cas.

— C'est honteux, Sylvie, honteux !

Camille rejeta avec rage le journal du matin dans lequel était rapportée la « cérémonie » de la dégradation.

— Même s'il est coupable, aucun être humain ne mérite de telles injures. Écoute-moi ce torchon : « Il a, avec sa face terreuse, crispée, salie de barbe, ses yeux faux qui clignotent sous le lorgnon, sa bouche en avant qui voudrait mordre, qui brave les outrages, le mufle de la bête pillarde et souple qui s'est laissé prendre au piège, qui se débat, qui montre ses crocs aigus. »

— Que vont-ils lui faire ? Le fusiller ?

— Non, parce que nous ne sommes pas en temps de guerre. Je pense qu'ils l'enverront en prison.

Camille avait touché juste. On envoya Dreyfus au bagne, le plus loin possible de la France. C'était le pire bagne du système carcéral français : l'île du Diable, au large de Cayenne, en Guyane française.

— En Guyane, répéta Camille, songeur.

Il se leva, prit sa canne, son manteau et son chapeau.

— J'ai besoin de m'aérer, je sors faire un tour.

— Attends-moi, Camille, je vais avec toi.

Il avait le sentiment d'étouffer. Il flottait en France une mauvaise odeur de guerre civile. Piteusement vaincue par la Prusse en 1870, la nation ne savait comment assouvir son ressentiment et son désir de revanche.

— Les foules humiliées deviennent facilement haineuses, déplora-t-il. Battues par un ennemi extérieur, elles se cherchent un ennemi intérieur. Aujourd'hui ce sont les Juifs, demain ce seront les francs-maçons.

Sylvie s'accrocha à son bras.

— Qu'as-tu à craindre, toi ? Tu es arrivé à un point de ta vie où plus rien ne peut plus t'atteindre, tu es un homme célèbre et riche.

Il secoua la tête.

— Aucun statut n'est éternel, ma chérie. Dans cette France instable, ivre de ressentiment, l'immobilité est le pire des poisons.

— Tu seras toujours un inquiet, mon Flam !

Peut-être avait-elle raison ? Camille avait le sentiment de tourner en rond, ce qui attisait ses idées noires. Il pensa au Québec. Des amis astronomes l'avaient invité à faire une conférence à l'université d'Outremont, à Montréal. Il en parla à son épouse.

— Je n'irai pas en ce moment, Camille, j'ai bien trop à faire ici.

Très engagée dans les mouvements féministes, Sylvie était en train de monter une association pacifiste : « La paix et le désarmement par les femmes ». Et puis le Québec en hiver, avec toute cette neige...

Au retour, devant la cheminée qui flambait, il repensa à la proposition de cet archéologue anglais, Nathan Watkins, rencontré chez Jules Verne. Et s'il avait raison ? Si la réponse qu'il cherchait sur la nature des esprits se trouvait là-bas, en Guyane française, sur cette terre lointaine où – par quel étrange hasard ? – la justice militaire venait justement d'exiler Alfred Dreyfus ?

*

— Une lettre qui pourrait vous intéresser, monsieur Flammarion.

À Juvisy, devant les collaborateurs de Camille, Gabrielle continuait à le vouvoyer, comme une simple collaboratrice. Elle triait le courrier apporté par le facteur.

— Elle vous est envoyée par le Cercle spirite de Caen. Ils vous annoncent que Mlle Eusapia Palladino fera bientôt un passage en France.

Pour tous les passionnés de spiritisme, Eusapia Palladino était considérée comme la meilleure médium d'Europe. Âgée à présent d'une quarantaine d'années, cette Napolitaine avait participé à des séances de tables tournantes en Italie, en Angleterre, en Russie et au Brésil, où elle avait enthousiasmé, par ses dons, l'ancien empereur Pedro II. Elle avait fait léviter toutes sortes d'objets, certains forts lourds, ou imprimé les traces de mains invisibles dans des carrés d'argile. Ses facultés de médium étaient telles qu'elle se faisait désormais accompagner par un collaborateur-imprésario, le Napolitain Ercole Chiaia, qui organisait ses tournées dans les différentes capitales, à la manière d'une artiste de variétés.

— Intéressant. Que propose le cercle de Caen ?

— Ils aimeraient organiser deux séances ici, à Juvisy, en présence de quelques amateurs parisiens. Ils prendront en charge tous les frais et se sont mis d'accord avec Ercole Chiaia pour une somme qu'ils ne précisent pas.

— C'est leur problème. Répondez, Gabrielle, que je suis d'accord. Nous pourrions programmer les deux séances jeudi et vendredi de la semaine prochaine, si Mlle Palladino le peut.

Jusqu'ici, les séances de spiritisme auxquelles Camille avait assisté relevaient d'un amateurisme éclairé, même celles tenues par Mlle Honorine Huet. Avec une médium telle qu'Eusapia Palladino, on changeait de catégorie. Et Camille, en ce moment surtout, avait besoin de réponses.

Chapitre 22

Pour la première séance, celle du jeudi, Eusapia Palladino vint préalablement visiter les lieux en présence de son agent. C'était une petite femme, pas plus d'un mètre cinquante, un peu lourde de chair. Brune, les cheveux tirés en arrière, elle promenait sur ses interlocuteurs un regard méfiant, si sombre qu'il en était presque sinistre. Camille s'inclina et lui souhaita maladroitement la bienvenue en italien. Elle lui répondit en français :

— Je connais votre langue, monsieur Flammarion, la tante qui m'a élevée la parlait couramment. Puis-je examiner la salle que vous avez prévue pour notre démonstration ?

— Bien entendu, c'est par ici.

Camille avait choisi la grande bibliothèque. Elle s'avança le visage levé, en regardant à droite et à gauche, comme si elle « humait » la pièce.

— L'endroit est très beau, mais trop petit. Vous n'avez rien de plus grand ? On m'avait parlé d'un observatoire.

— Il y a bien la coupole d'observation, au-dessus. Mais c'est une salle froide, très technique.

Pour Eusapia, ce n'était pas un argument.

— Si nous allions la voir ?

Ils montèrent au premier étage. Dès qu'elle pénétra dans la coupole, son visage s'éclaira.

— J'aimerais beaucoup faire la séance ici.

Camille, qui n'avait pas d'objection valable, approuva. Aussitôt, Gabrielle donna des ordres pour que les deux domestiques travaillant à Juvisy apportent le mobilier nécessaire, principalement une grande table ronde, les chaises des participants et celles des spectateurs triés sur le volet. Eusapia jeta un coup d'œil au plafond.

— Pourriez-vous ouvrir la coupole d'observation ? J'aimerais faire la séance sous le regard des étoiles.

On était en février, ce qui effraya Camille.

— Mais… le public va se geler !

— Et alors ? Ils garderont leurs manteaux, nous ne sommes pas au théâtre.

*

Le lendemain soir, tandis que la salle se remplissait, Camille considéra avec curiosité la petite femme qui se préparait dans un coin de la pièce avec son imprésario, comme une actrice dans sa loge. Pour ce qu'il en savait, sa vie avait été plutôt mouvementée. Sa mère était morte en lui donnant naissance, son père fut assassiné huit ans après, par des brigands de l'Italie méridionale. Eusapia Palladino était son nom de fille. Mariée à un modeste commerçant du nom de Raphael Delgaiz, elle avait découvert très tôt ses dons de médium et parcourait à présent le monde pour les exhiber, contre de belles sommes d'argent. Elle ne savait ni lire ni écrire, mais comprenait le français et l'allemand. Quand on lui parlait de ses pouvoirs, elle répondait n'avoir aucune opinion ni explication à leur sujet.

Camille attendit que le public invité fût installé, puis il se leva et prit la parole.

— Je vous souhaite à tous la bienvenue. Merci en premier lieu au Cercle spirite de Caen pour avoir organisé cette rencontre. Afin de nous assurer que la séance ne pâtira d'aucun trucage, je m'en vais fermer à clé la pièce où nous sommes réunis.

Il montra la clé et la tourna dans la serrure de la porte d'entrée. Il y eut des murmures, certains se réjouissaient à l'avance de ce qu'allait réserver la suite.

— À la demande de Mme Palladino, nous avons ouvert la coupole de l'observatoire. J'espère que tout le monde est bien couvert, car plus personne ne sera autorisé à sortir avant la fin.

Les femmes, dans l'assistance, se serraient dans leurs manteaux de fourrure et avaient conservé leurs gants. Les hommes avaient enroulé leur foulard autour de leur cou. Puis Camille commenta l'organisation matérielle de la salle.

— Comme vous pouvez le voir, toujours sur les instructions de Mme Palladino, nous avons isolé ce petit coin…

Il montra un cabinet improvisé, formé dans un coin de la salle par une tringle sur laquelle coulissaient deux rideaux de velours clair. À l'intérieur, un canapé contre lequel reposait une guitare ; à côté, une chaise supportant une boîte à musique et une sonnette ; devant le canapé, un guéridon sur lequel avait été posée une assiette contenant un gâteau bien lisse de mastic de vitrier ; à terre, sous le guéridon, un grand plateau contenant un autre gâteau, mais plus grand, du même mastic.

— Nous avons préparé ces plaques de mastic, précisa Camille, parce que Mme Palladino, dans ses expériences passées, a obtenu des empreintes de mains et de têtes produites par des entités inconnues.

Un frisson de plaisir parcourut l'assemblée.

— Pourquoi ce cabinet sombre ? demanda quelqu'un.

— La médium le déclare nécessaire à la production des phénomènes, répondit Camille.

Il hésita, puis précisa :

— Elle m'a expliqué qu'il le fallait pour obtenir « la condensation des fluides ».

Il y eut quelques rires dans le public. Camille les interrompit d'une main.

— Je suis comme vous, mes amis, j'aurais préféré qu'il n'y ait pas ce cabinet, qui peut faire penser à un trucage. À la réflexion, j'ai accepté cette condition en me disant que les forces qui agiront dans cette expérience sont peut-être des rayons invisibles. Je rappelle aux sceptiques rieurs que s'ils veulent faire de la photographie sans chambre noire, ils n'obtiendront rien ! C'est peut-être pareil ici. Le point essentiel est de rester vigilants et nous le serons.

Il eut un regard vers Eusapia qui approuva ces paroles et ferma le rideau.

— J'ajouterai enfin qu'avant la séance, Mme Palladino s'est dévêtue et revêtue devant ma collaboratrice, Gabrielle Renaudot. Celle-ci m'a confirmé qu'il n'y avait rien sur elle de caché. Est-ce exact, Gabrielle ?

— Parfaitement exact, monsieur Flammarion.

— Nous allons donc commencer.

Il fit signe à deux participants d'apporter une grosse table de cuisine en sapin devant le rideau. Puis il proposa à Eusapia de s'installer en tournant le dos au petit cabinet. Camille, lui, prit place à sa gauche. Il commenta à nouveau :

— Pour être certain que Mme Palladino ne soulèvera la table ni en se servant de ses mains, ni en se servant de ses jambes, ni en se servant de ses pieds, je lui prends la main gauche avec ma main gauche... puis je pose ma main droite étendue sur ses deux genoux... et je pose mon pied droit sur son pied gauche.

Tout en parlant, il adopta cette position acrobatique.

— Je demande à présent aux autres expérimentateurs de venir s'asseoir autour de la table.

Trois personnes, Gabrielle Renaudot, Paul Caratini et Guillaume de Fontenay, le responsable du Cercle spirite de Caen, vinrent les rejoindre. Le silence se fit. Eusapia ferma les yeux et se concentra. Une première minute s'écoula, au cours de laquelle il ne se passa rien. Puis une autre minute. Quelqu'un, dans l'assistance, murmura :

— Eh bien ?

Les autres foudroyèrent du regard l'impatient qui baissa les épaules, confus.

— Ça commence, murmura Eusapia.

En effet, la table se mit à bouger. Elle se balança en se soulevant tantôt à droite, tantôt à gauche. Compte tenu de son poids, les participants reculèrent pour ne pas la recevoir sur leurs pieds.

— Elle s'envole ! cria une femme.

La table s'était en effet détachée du sol et flottait à environ quinze centimètres du parquet. Elle resta ainsi suspendue dans l'air. Eusapia prit la parole.

— Je demande aux quatre expérimentateurs de se lever et de former une chaîne au-dessus de la table.

Camille (qui s'était détaché d'Eusapia), Gabrielle, Paul et Guillaume de Fontenay firent ce qu'elle disait.

— Regardez le guéridon ! dit Gabrielle.

Un petit guéridon, placé à la droite de Camille, s'avança vers la table comme s'il voulait grimper sur elle. Il tomba à la renverse. Une dame s'esclaffa.

— On dirait un petit mouton !

On entendit alors distinctement cinq coups résonner *à l'intérieur* de la table. Eusapia interpréta ces coups comme un message.

— L'esprit nous fait comprendre qu'il y a trop de lumière. Monsieur Flammarion, pourriez-vous faire éteindre quelques bougies ?

Camille obtempéra avec mauvaise grâce, il aurait préféré continuer en pleine clarté. Il fit signe à sa domestique, apeurée, de souffler quelques bougies, mais de laisser une lampe à gaz allumée.

— Attention au guéridon !

Le petit meuble, que Gabrielle avait relevé et écarté, semblait vouloir recommencer sa tentative de grimper sur la table.

— Je vais peser sur lui, décida Camille.

Il se leva et appuya de tout son poids sur le guéridon pour l'abaisser, sans y parvenir.

— Je sens une résistance élastique, comme s'il était monté sur des vérins.

— Rendez-lui sa liberté, suggéra Eusapia.

Camille regagna sa place. Le bord libre du guéridon vint se superposer au bord de la table. Mais, retenu par son pied triangulaire, il ne parvint pas à passer au-dessus. Eusapia, les yeux clos, fit une nouvelle annonce.

— Il arrive !

Aussitôt, elle tomba en transe. Arquée vers l'arrière de sa chaise, elle se mit à pousser de profonds soupirs. Gabrielle, les yeux exorbités, serra alors le bras de Camille.

— Camille, regarde… *il y a quelqu'un derrière le rideau.*

Chapitre 23

Camille, qui n'était qu'à quelques centimètres du rideau, sentit que celui-ci se gonflait et qu'une présence, derrière le voile, frôlait son visage. Il était terrifié, mais resta immobile. Puis le rideau se dégonfla et se regonfla.

— Je sens à nouveau quelque chose, commenta l'astronome. On dirait un poing d'homme, un poing fermé qui tape sur mon épaule.

— Il vous fait mal ? s'inquiéta Eusapia.

— Non, ce ne sont que des petits coups et...

Sur une impulsion soudaine, Camille se retourna pour saisir la main derrière le rideau. Il ne trouva que le vide. Pris d'un doute, il eut alors un regard vers Eusapia. Et si le poing était celui de la médium ?

— Excusez-moi, *signora*...

Il saisit la main gauche d'Eusapia. Guillaume de Fontenay en fit autant avec sa main droite. Il arriva alors quelque chose d'étonnant : Eusapia amena la main de Fontenay vers la joue de Camille et simula, au moyen de l'index de Fontenay, le jeu d'une petite manivelle.

— Écoutez...

Derrière le rideau, la boîte à musique, qui fonctionnait avec une manivelle, jouait en même temps, avec un synchronisme parfait. Quand la main d'Eusapia s'arrêtait, la musique s'arrêtait aussi. Tous les mouvements correspondaient parfaitement. Le public fut émerveillé.

Cinq nouveaux coups résonnèrent à l'intérieur de la table.

— L'esprit considère qu'il y a encore trop de lumière, annonça Eusapia.

Camille, en grommelant, ordonna à sa servante de baisser encore l'arrivée du gaz dans la lampe, en conservant une faible lueur. Il reprit sa place. Derrière lui, le rideau se gonfla à nouveau. Il prit la forme d'une main qui frôla la tête de l'astronome.

— Attention ! alerta M. de Fontenay.

— Qu'y a-t-il, Guillaume ?

— Il y a une silhouette d'homme derrière le rideau.

Camille se tourna, mais n'observa rien. Il proposa alors à M. de Fontenay de prendre sa place. Entre eux deux, Eusapia était toujours plongée dans sa transe.

— Je distingue en effet une vague silhouette, admit Camille. Un profil d'homme, apparemment. Ah, il a disparu !

Eusapia prit la parole, sans les regarder.

— L'homme dont vous parlez est à côté de moi.

Mais à côté d'elle, il n'y avait rien.

— Il se trouve à ma droite, insista Eusapia. Il a une grande barbe lisse, séparée en deux.

Camille approcha lentement sa main.

— Je sens en effet une barbe assez douce, mais invisible.

M. de Fontenay, un adepte de la psychographie, approcha alors un cahier et un crayon de l'être invisible, dans l'espoir de capter un message. Ils furent projetés violemment à terre. Nullement découragé, Camille ramassa le cahier et le tint en l'air. À nouveau, la main invisible le lui arracha. En dépit de son émotion, il commenta :

— Je n'ai pas vu la main qui m'a arraché la ramette de papier, mais je confirme qu'il ne s'agissait pas de celle d'Eusapia Palladino. Comme vous le voyez, je tiens sa main gauche avec ma main gauche et je tenais le papier à bras tendu, avec ma main droite. Quant à M. de Fontenay, il n'a pas lâché la main droite d'Eusapia.

Ce n'était pas fini. Dans la minute qui suivit, Camille subit plusieurs attouchements : au côté, sur la tête, puis une oreille pincée. À voix haute, il s'adressa à l'esprit :

— Voulez-vous finir ? Je trouve vos agissements déplacés.

À cet instant le guéridon, placé à la gauche de la médium, quitta le sol, grimpa à environ soixante-dix centimètres de hauteur et finit par se coucher transversalement sur la table.

Une dame applaudit.

— Il a réussi, le petit têtu !

Derrière le rideau, dans le petit cabinet, on entendit la guitare délivrer quelques sons. La voix d'une femme interrompit ce modeste concert.

— Il y a une lumière au plafond !

Elle montrait du doigt une lueur assez vive à l'autre coin du salon. Les spectateurs qui se trouvaient à proximité s'écartèrent, par prudence.

Le corps d'Eusapia se mit alors à trembler.

Camille lâcha sa main et fit un pas en arrière. Gigotant sur sa chaise, la médium se mit à souffler fortement, comme si elle parvenait au faîte de sa transe. Des coups résonnèrent dans la pièce, de plus en plus forts. Cette fois, il était impossible de déterminer leur provenance. Eusapia, dans un souffle, s'écria en italien :

— *E fatto !*

Camille comprit que la séance était sur le point de se terminer. Gabrielle se leva et remit un peu de lumière. Guillaume de Fontenay alla ouvrir le rideau du petit cabinet. À l'intérieur, tout le mobilier était renversé.

— Camille, regardez !

Fontenay montrait, fasciné, le petit plat de mastic. Il portait l'empreinte d'une main.

— Il n'y a que quatre doigts, dit Camille. C'est le poing fermé qui m'a touché.

Saisi par une intuition, il alla examiner le grand plat, disposé sous le meuble. Il le déposa sur la table. Tous s'approchèrent.

Un profil humain était imprimé dans le mastic. Homme, femme, on ne savait pas très bien.

Camille voulut avoir une certitude et s'approcha d'Eusapia.

— Pardonnez-moi, *signora*...

Il promena ses narines le long de ses joues. Il savait que le mastic de vitrier garde une forte odeur d'huile de lin. Mais non, il ne décela aucune odeur de ce genre sur le visage d'Eusapia.

— Ce n'est pas la tête d'Eusapia, déclara M. de Fontenay, elle n'est jamais allée dans le cabinet.

— Oui, mais la tête du mastic n'a pas de barbe, objecta Camille.

— Il y a deux hypothèses, estima Fontenay : ou elle a imprimé ces traces à distance, ou il y avait plusieurs esprits dans la pièce. Il faut conserver précieusement ces traces, ce sont de magnifiques pièces à conviction.

Eusapia, elle, paraissait très fatiguée. Son imprésario l'aida à se lever et l'emmena à l'écart pour prendre soin d'elle. Camille, de son côté, saisit une manivelle et ferma la coupole, afin d'interrompre l'arrivée d'air frais venu du dehors.

— Je suis gelée, commenta une dame élégante emmitouflée dans une grande cape et coiffée d'un bonnet de fourrure, mais c'était l'expérience de spiritisme la plus extraordinaire que j'aie jamais vue !

— Attendez demain, ma chère, lui dit l'homme qui l'accompagnait.

Chapitre 24

Le calme était revenu. Aidée du jardinier et de la cuisinière, Gabrielle remit de l'ordre dans la salle. Camille, lui, était installé à califourchon sur une chaise. La tête posée sur les bras, il semblait perdu dans ses pensées. Gabrielle s'approcha de lui.

— Monsieur Flammarion, pour demain…

— Nous conserverons la même disposition des lieux, Gabrielle. Je sais, tout le monde était gelé, mais…

— Pour demain, la météo annonce de la pluie.

— Gabrielle, si Eusapia tient à ouvrir la coupole, nous l'ouvrirons.

Elle s'approcha de lui et le tutoya à voix basse.

— Tu n'es pas content de la séance ? Elle a été réussie, pourtant.

Il n'était pas convaincu.

— Elle m'a laissé perplexe.

— Tu es trop sévère. Je me suis mêlée au public qui sortait. En dehors de quelques incrédules, la plupart des spectateurs ont été impressionnés par le numéro d'Eusapia.

Camille rebondit sur ce qu'elle venait de dire.

— C'est le mot, Gabrielle : un numéro ! J'avais le sentiment de participer à un spectacle de cirque. Ces instruments de musique qui se mettent à jouer tout seuls, cette main derrière le rideau, ce barbu invisible... on se serait cru dans un théâtre de variétés !

— Il y a quand même ces deux empreintes, qui ne sont pas des illusions.

Camille acquiesça. Il se leva et alla dans le petit cabinet, vérifier l'état du mastic.

— La glaise commence à sécher. Nous laisserons les deux plats à l'air libre toute la nuit. Demain, nous les mettrons à l'abri.

Gabrielle vint lui parler à l'oreille.

— Veux-tu que je reste avec toi, cette nuit ?

Il posa un doux baiser sur son front.

— Non, mon amour. Prends la calèche et rentre chez toi.

Gabrielle louait un petit deux-pièces à Juvisy, à quelques centaines de mètres de l'observatoire.

— Et toi ? Tu rentres à Paris ?

— Quand j'aurai noté le détail de la séance. Je veux le faire ce soir, avant de l'oublier.

Elle lui caressa la barbe.

— Je te sens si triste !

— Pas triste, mais je m'interroge. Ces forces psychiques existent-elles en dehors de nous ou sont-elles en nous ? Les esprits sont-ils des manifestations de nos propres forces inconscientes ? Madame Palladino est-elle une manipulatrice de génie, qui joue à la perfection de pouvoirs qu'elle connaît, mais que nous ignorons ? En fait, je ne sais plus.

— Que fais-tu du spectre de Hugo ? Il s'est bien manifesté juste après sa mort, non ? Et les textes que t'a dictés Galilée ?

— Ces textes n'ont aucun sens, mon esprit embrumé a peut-être inventé ces inepties. Comment l'univers serait-il composé de milliards de Voies lactées ? Comment toutes ces galaxies auraient-elles surgi d'une particule initiale qui aurait créé l'espace, la matière et le temps ? Ce sont des contes !

Elle se moqua gentiment de lui.

— Tu as surtout sommeil, mon Camille. À demain.

Il lui répondit par un sourire attendri.

— À demain…

Quand le silence fut revenu, Camille s'installa à sa table de travail. En se fiant à son excellente mémoire analytique, il nota le déroulement de la séance tel qu'il pouvait le reconstituer avec un maximum d'objectivité. Deux heures après, il n'était pas loin de minuit et son texte approchait les quarante pages. En y réfléchissant, il avait tout fait pour éviter les trucages, jusqu'à bloquer avec ses jambes celles de cette pauvre Eusapia. Il s'en amusa. Elle n'avait pas protesté, sachant que sa crédibilité était en jeu.

Il soupira. Après tout, que savons-nous du monde invisible ? Il existe, les progrès de la science le prouvent chaque jour. Quel homme de bon sens aurait admis, autrefois, qu'il serait possible de photographier le squelette d'un être vivant, d'emmagasiner une voix humaine dans un phonographe, ou de déterminer la composition chimique d'un astre lointain ? Quel était l'état de la science il y a cent ans, deux cents ans, trois cents ans ? Dans cinq cents ans, dans mille ans, dans deux mille ans, où en sera la science ? Et dans cent mille ans ? Oui, dans cent mille ans, qu'adviendra-t-il de l'intelligence humaine ? Et si les esprits qui se sont manifestés ce soir étaient l'œuvre d'une science supérieure, infiniment plus avancée que la nôtre ?

Pour un scientifique méthodique comme l'était Camille, une seule voie s'offrait : expérimenter, expérimenter encore. C'est de l'expérience que sortira un jour la vérité. Au risque de nous surprendre.

Chapitre 25

Le lendemain, 22 février, Camille Flammarion apprit, en ouvrant *L'Aurore*, qu'Alfred Dreyfus venait d'embarquer sur le vaisseau *Ville-de-Saint-Nazaire*, qui mettait le cap sur la Guyane.

— La suite est facile à deviner. Ils auront si peur d'une évasion qu'ils vont lui mettre un boulet au pied et l'enfermer dans une cellule où la chaleur atteint, le jour, les 45 °C. Et cela durera jusqu'à ce qu'il attrape une maladie tropicale et qu'il meure, faute de soins.

— C'est le lot de tous les bagnards, commenta Sylvie en buvant son café.

— Mais pas celui d'un innocent ! L'armée avait tant besoin d'un coupable que la mort rapide de Dreyfus arrangerait tout le monde.

Sylvie posa sa tasse et abaissa le journal de Camille, pour le regarder en face.

— Flam, je ne t'ai jamais vu comme ça. Pestant, râlant à tout bout de champ. Quand ce n'est pas contre la justice militaire, c'est contre ta voyante…

— Ce n'est pas une voyante, mais une médium, corrigea-t-il sur un ton sec.

— Elle n'était pas à la hauteur, ta médium ?

— Trop, justement. En science, nous procédons généralement par essais et erreurs. Quand tout marche trop bien, c'est mauvais signe.

— Tu penses qu'elle triche ?

— Je l'ignore, Sylvie, nous verrons ce soir. Viendras-tu à la séance ?

— Surtout pas ! Ces choses-là me font peur et j'ai une réunion plénière pour mon mouvement.

— Ah oui, « Les femmes contre la guerre ».

— « La paix et le désarmement par les femmes », précisa-t-elle froidement.

*

Le soir venu, le même public se pressa à Juvisy. En dépit de l'insistance de Camille qui militait pour la bibliothèque, Eusapia Palladino avait tenu, une nouvelle fois, à organiser la seconde séance dans la salle de la coupole. Il avait plu une partie de la journée, mais la pluie restait très fine, quoique froide.

À son entrée, vers huit heures du soir, Eusapia Palladino fut accueillie par une salve d'applaudissements. Ravie, elle se tourna vers le public et s'inclina.

Camille en éprouva un haut-le-cœur, mais garda ses impressions pour lui. Il baisa la main de la médium, qui alla inspecter le petit cabinet. Comme la veille, on avait installé un petit canapé, des instruments de musique et deux assiettes remplies de mastic. Gabrielle s'adressa à Camille, qui discutait avec Guillaume de Fontenay :

— Même programme qu'hier, pensez-vous ?

— J'espère que non, chuchota Guillaume de Fontenay. Au prix où la paye notre cercle de Caen, je préférerais un scénario plus varié.

Eusapia demanda à son imprésario de fermer les rideaux. Devant le cabinet, comme la veille, on avait disposé la même table de cuisine en bois massif. Eusapia prit la parole.

— J'invite les quatre expérimentateurs à me rejoindre autour de la table.

Camille pria Gabrielle de le précéder. Guillaume de Fontenay s'approcha lui aussi en compagnie de Mme Camilla Blech, une des principales donatrices du cercle de Caen. C'est elle qui avait négocié la rétribution (astronomique) d'Eusapia avec son imprésario napolitain. Compte tenu de la fraîcheur de la salle, elle avait gardé sur elle sa cape de fourrure, ainsi qu'une chapka à la russe. Eusapia la considéra d'un air réprobateur.

— Pourriez-vous enlever votre chapeau, madame ?

— Mais... il fait froid, protesta l'élégante.

— L'esprit n'aimera pas votre tenue.

D'un regard insistant, Guillaume de Fontenay fit comprendre à Mme Blech qu'il était préférable d'obéir. En grommelant, elle ôta donc son chapeau, qu'elle tendit à son mari présent dans le public. Mais Eusapia n'en avait pas fini avec ses exigences.

— Monsieur Flammarion, j'avais demandé que la coupole fût ouverte.

Compte tenu de la pluie, Camille avait préféré la garder en grande partie fermée.

— Est-ce indispensable, madame Palladino ? La pluie charrie toujours de la poussière, qui pourrait salir l'objectif de ma lunette.

Eusapia ne se laissa pas fléchir.

— Hier, monsieur Flammarion, vous m'avez immobilisé les bras et les jambes pour vous assurer que je ne trichais pas. Je me suis pliée à vos exigences, sans discuter. À vous, aujourd'hui, de céder aux miennes.

Guillaume de Fontenay se pencha vers Gabrielle.

— Elle est irascible, ce soir !

En soupirant, Camille fit signe à son assistant d'ouvrir la partie de la coupole qui permettait à la lunette astronomique de capter ses observations. Il pria pour que la pluie restât modeste, sans quoi cela signifierait des heures, le lendemain, pour nettoyer la lentille-objectif. Par chance, le crachin s'était arrêté.

— Pourriez-vous baisser les lumières, je vous prie ? demanda enfin Eusapia.

On s'exécuta.

— Je demande aux expérimentateurs de rester debout. Formons une chaîne comme la dernière fois, en gardant les mains légèrement posées sur la table.

Les quatre expérimentateurs s'exécutèrent dans le silence complet. Eusapia s'intégra à la chaîne. Une scène magique, pensa Camille : ils formaient une chaîne spirite dans le froid de l'hiver, sous la coupole d'un observatoire. Magique ou ridicule ?

— J'appelle l'esprit, annonça Eusapia en haussant le ton. Es-tu là, qui que tu sois ?

Silence.

— Si tu es là, fais-nous un signe.

Toujours rien.

— Manifeste-toi, je l'exige !

La table se mit à osciller, puis s'éleva lentement à cinquante centimètres du sol. Elle resta ainsi suspendue en l'air.

— Plus haut que la dernière fois, dit quelqu'un dans le public.

Soudain, un flash illumina la salle.

Aussitôt, la table retomba lourdement sur ses pieds.

Eusapia était stupéfaite. Au fond de la salle, un photographe penché sur son appareil venait d'immortaliser la scène.

— Mais qu'est-ce que… s'écria Camille. Qui êtes-vous ? Comment osez-vous ?

Guillaume de Fontenay prit les devants.

— C'est moi le coupable, Camille. J'ai demandé à ce photographe de faire un cliché de la scène.

Camille bouillait de rage.

— Vous, Guillaume ? Mais il fallait nous en parler !

— Eusapia aurait refusé. Rendez-vous compte, Camille, cette photo fera taire les sceptiques.

Gabrielle posa sa main sur l'épaule de Camille.

— Regardez, monsieur Flammarion, Eusapia…

La médium était entrée en transe, tremblante et complètement arquée vers l'arrière. Elle soupirait et poussait de forts gémissements.

— La table ! cria Fontenay.

La lourde table de bois se mit à gigoter dans tous les sens. Camilla Blech, bousculée par un coin du meuble, poussa un cri et tomba à terre. Une partie du public se leva et prit peur. Le mari de Mme Blech vint à la rescousse de son épouse. Il la prit par les épaules pour la tirer à lui. À son tour, il fut heurté par la table qui monta cette fois à deux, puis trois mètres de hauteur.

Tous s'écartèrent.

— Elle va retomber ! cria Camille.

À peine Camille eût-il prononcé ces mots que la table chuta de sa hauteur et se fracassa sur le sol.

— Pas de blessé ? s'enquit Camille, bouleversé.

À ce moment un vent très froid, surgi de nulle part, se mit à tourbillonner, telle une tornade, devant le petit cabinet improvisé. Les rideaux de velours furent arrachés, le guéridon et le canapé furent renversés, les assiettes de mastic volèrent dans l'air.

— C'est la fin du monde ! s'écria Mme Blech.

De toute évidence, l'esprit – quel qu'il fût – n'avait pas apprécié le mauvais tour que lui avait joué M. de Fontenay avec son photographe.

Un cri terrible jaillit à quelques mètres de Camille. C'était Gabrielle. Elle était figée sur place. Camille se précipita. Mais Eusapia, soudain sortie de sa transse, s'interposa.

— Ne la touchez pas, il y va de sa vie !

Gabrielle semblait séparée des autres par un mur invisible. Son visage avait bleui, comme si elle était gelée. Ses yeux étaient restés grands ouverts, mais ne voyaient personne. À nouveau, elle cria :

— Je pars, Camille, ils me prennent !

Camille se jeta sur Gabrielle et la renversa à terre, en la serrant dans ses bras.

Et tout s'arrêta.

Plus de tourbillon, plus de vent, plus de meubles renversés. Le silence.

Quelqu'un alluma les lampes à gaz. Paul, lui, referma la coupole en tournant la manivelle.

— Mais… que s'est-il passé ?

Les spectateurs, effrayés, firent cercle autour de Camille et de Gabrielle.

— Elle va bien ? demanda M. de Fontenay.

Gabrielle respirait, mais elle semblait inconsciente.

— Laissez-moi passer, dit quelqu'un, je suis médecin.

Il s'agenouilla et l'ausculta.

— Son pouls est normal… son cœur bat un peu vite… mais je n'observe ni blessure, ni membre cassé.

Il fouilla dans sa poche et en sortit une petite bouteille de sels, qu'il plaça sous les narines de Gabrielle. Elle grimaça, mais ne reprit pas ses esprits.

— C'est étrange, dit le médecin. Physiquement elle va bien, mais elle semble inerte.

Camille se tourna vers Eusapia, qui marmonna.

— *Ils l'ont enlevée.*

Chapitre 26

Gabrielle fut immédiatement transportée dans une clinique de Neuilly-sur-Seine. Elle fut prise en charge par le docteur Émile Lumbroso, un médecin psychiatre ami de Camille. Il l'ausculta longuement avec son équipe, avant de rejoindre l'astronome qui attendait dans une salle voisine, accompagné par Guillaume de Fontenay.

— Alors, Émile ?

— C'est étrange, j'ai rarement vu un cas comme celui-ci. Sur un plan physiologique, elle est en parfaite santé. Le cœur bat normalement, sa respiration est régulière, mais son esprit est comme parti…

— Que voulez-vous dire ?

— C'est le mot qui décrit le mieux la situation. Je pense à une forme de catalepsie. Ses muscles restent souples, mais ils sont incapables du moindre mouvement volontaire. Avec une infirmière, nous l'avons assise sur une chaise. J'ai saisi son bras gauche et je l'ai levé en l'air. Il est resté dans cette position, immobile, comme le bras d'une marionnette. Elle garde les yeux ouverts, mais ne voit personne et ne peut articuler le moindre mot. Comment est-ce arrivé, au juste ?

Camille ne savait trop quoi répondre. Fontenay prit les devants.

— L'accident s'est produit pendant une séance de spiritisme, docteur.

— Hum…

L'expression désapprobatrice du psychiatre en disait plus que tous les sermons. Comme beaucoup de médecins, il n'aimait guère ces expériences à la mode, qu'il jugeait dommageables pour la santé mentale.

— Nous allons la garder quelques jours en observation. Avec un peu de chance, elle finira par sortir de son état léthargique.

— Et sinon ?

Le psychiatre eut un geste d'impuissance.

— Je ne vois aucune thérapie, sinon la nourrir légèrement et la garder au repos en attendant un éventuel réveil. Je ne peux la garder à la clinique plus d'un ou deux jours, mais nous pourrions la confier aux bons soins d'un couvent. J'en connais un à Garches, où les sœurs s'occuperont d'elle le temps qu'il faudra. Je vous préviens : ce sera peut-être des mois, voire des années. J'ai entendu parler d'un cas de catalepsie qui a duré onze ans. Mais ne voyons pas les choses en noir.

— Est-ce que…

— Oui, vous pouvez lui rendre visite, mais quelques minutes seulement. Et ne la sollicitez pas trop, dans son cas c'est inutile. Je vous laisse, messieurs, j'ai un autre malade à ausculter.

Quand le médecin se fut éloigné, Camille resta songeur. Il murmura quelques mots, comme pour lui-même.

— Que dites-vous ? s'enquit Fontenay.

— Dans son dernier moment de lucidité, Gabrielle m'a dit : « Ils me prennent. » Elle avait le sentiment d'être enlevée.

— Enlevée ? Mais par qui ?

— Peut-être les mêmes esprits qui ont ravi Victor Hugo, par les mêmes moyens.

— De quoi parlez-vous ?

— La nuit où Hugo est mort, son esprit s'est manifesté dans sa chambre pendant un peu plus d'une minute. La table a bougé, des coups ont retenti, puis j'ai senti un tourbillon d'air froid qui montait vers le plafond. La main invisible de Victor s'est accrochée à moi, j'ai senti qu'il résistait à une force qui l'aspirait.

— Comme pour Gabrielle...

— Exactement. J'en ai la certitude, Guillaume, Gabrielle a été enlevée par une force inconnue. Nous devons remonter jusqu'à elle, rien d'autre ne pourra la faire revenir.

Alors qu'ils s'apprêtaient à entrer dans la chambre de la jeune femme, Fontenay fit un signe discret à Camille.

— Derrière vous...

Camille se retourna. Eusapia Palladino venait de faire son entrée dans la clinique. Quand elle les vit, elle s'approcha.

— Que dit le médecin ?

— Il parle d'un état cataleptique, mais qui pourrait durer longtemps.

Eusapia secoua la tête.

— Les médecins ne savent pas à quoi ils ont affaire. Puis-je la voir ?

Camille acquiesça.

Tous trois entrèrent dans la chambre, dont les rideaux avaient été tirés. Gabrielle était étendue sur son lit, les yeux grands ouverts. Elle regardait dans le vague, sans même remarquer ses visiteurs. Camille posa un baiser sur son front.

— Gabrielle, murmura-t-il, c'est moi...

— Elle ne vous entend pas, commenta Eusapia.

La médium fit signe aux deux hommes de reculer. Elle se pencha vers Gabrielle et prononça des paroles incompréhensibles à son oreille. À son tour, la jeune femme balbutia quelque chose. Fontenay, surpris, se tourna vers Camille.

— Elle a parlé. Ce n'est donc pas une catalepsie, mais autre chose.

Pendant une trentaine de secondes, les deux femmes échangèrent une série de murmures. Puis Eusapia se leva et fit signe aux deux autres de sortir avec elle.

— Monsieur Flammarion, il faut que nous nous parlions demain. Venez à cette adresse, à vingt heures précises.

Elle lui donna un petit papier sur lequel était inscrit un numéro de rue à Palaiseau, au sud-est de Paris.

— Pourrai-je venir aussi ? demanda Guillaume de Fontenay.

Le visage d'Eusapia se fit plus dur.

— J'ai dit « monsieur Flammarion » seul, vous avez fait assez de dégâts comme ça !

Chapitre 27

Le lendemain, incapable de travailler, Camille ne se rendit pas à Juvisy. Il se sentait mal à l'aise, comme s'il était coupable de ce qui était arrivé. Tout au long de la journée, dans son appartement parisien de la rue Cassini, il avait essayé de travailler sur les épreuves d'une nouvelle édition d'un livre de vulgarisation sur l'astronomie, mais le cœur n'y était pas. Il quittait son bureau, allumait un cigare, grignotait quelque chose à la cuisine, bref il tournait en rond sous l'œil exaspéré de Sylvie.

Vers la fin de l'après-midi, il demanda à leur servante de faire venir une calèche. Sylvie fronça les sourcils.

— Où vas-tu ?

— J'ai un rendez-vous à Palaiseau, avec Eusapia Palladino.

— Cette vieille folle ? La séance de samedi ne t'a pas suffi ?

— Je n'y vais pas pour le plaisir, ma chérie, mais parce que je le dois.

— Tu es préoccupé, Camille, je le vois bien.

— Comment ne pas l'être ? Ma collaboratrice a été atteinte d'un mal incompréhensible, peut-être à cause de moi.

Sylvie se mit à hausser le ton.

— Comment cela, à cause de toi ? Tu n'y es pour rien, Flam. Elle a eu un accident, voilà tout. Chaque jour, en France, des milliers de personnes sont blessées sur leur lieu de travail ou tombent malades. Sa maladie est arrivée au mauvais moment, mais ce n'est pas ta faute.

Il lui en voulut de ces paroles égoïstes. En l'engageant à se débarrasser de ses responsabilités, elle l'engageait, de quelque façon, à oublier Gabrielle.

— Comment peux-tu être aussi insensible ? Il est possible que Gabrielle ne se réveille jamais, le psychiatre me l'a dit. Je ferai tout ce qu'il faut pour la tirer de là.

Sans prévenir, Sylvie fondit en larmes. Camille se dit qu'il devait en vitesse prendre son chapeau et partir avant que la discussion ne dégénère en dispute. Mais il ne pouvait se résoudre à voir son épouse pleurer, il n'avait jamais pu s'y faire et elle le savait.

— Mais enfin, Sylvie, à quoi rime cette scène ? C'est elle qui est paralysée, pas toi.

Elle lui tourna le dos et enfouit son visage dans son mouchoir.

— Je me demande si tu…

— Si je quoi ?

— Si tu t'inquiéterais à ce point s'il s'agissait de moi.

C'était bien ce qu'il craignait, une crise de jalousie. Et elle arrivait au plus mauvais moment ! Il devait gagner la porte d'Orléans pour se rendre à son rendez-vous, à l'heure fixée par Eusapia. Il savait la médium un peu rigide, elle n'aimerait pas qu'il arrive en retard.

— Je serais inquiet de la même façon, naturellement, et plus encore. Qu'est-ce qui te fait penser le contraire ?

Il regretta aussitôt d'avoir posé cette question. Sylvie allait et venait dans la pièce, la poitrine agitée par la montagne des reproches qu'elle avait à lui faire. Il sentit venir une scène de classe A, comme elle lui en avait servi deux ou trois fois dans sa vie. Des pleurs, des cris, des menaces de suicide. Chaque fois il avait su conserver son calme. Mais en ce moment, non, ce n'était pas possible. Trop d'angoisse, trop d'incertitudes, trop de culpabilité.

— Camille, j'ai accepté pendant des années tes écarts de conduite. Mais je sentais bien, ces derniers mois, que tu t'attachais vraiment à cette fille, cette Gabrielle. Nous ne sommes plus sous l'Ancien Régime, Camille. Depuis vingt-cinq ans, nous sommes en république.

— Et alors ?

— Sous la république, les épouses ne sont plus condamnées à être humiliées et rabaissées par leurs maris. Nous sommes des citoyennes comme vous, nous méritons d'être respectées comme vous.

Il eut un rire un peu méprisant.

— Ce sont les inepties que vous vous racontez dans vos clubs féministes ?

— Je suis ta femme, Camille, ce n'est pas une ineptie !

Il voulait en finir, il essaya de faire appel à son esprit de compassion.

— Sylvie, je te le répète : si je n'avais pas entraîné Gabrielle dans cette séance de spiritisme, rien ne serait arrivé. Elle m'a assisté parce qu'elle est ma collaboratrice. Hélas, la foudre est tombée sur elle.

C'est alors qu'arriva l'inacceptable.

— Et si c'était un signe du ciel, Camille ? Si c'était mieux ainsi ?

Là, c'était trop. Une impulsion qui lui était totalement étrangère le fit s'avancer vers elle et lever sa main, comme pour la gifler. Jamais, pendant toutes ces années de mariage, jamais il n'avait agi ainsi. Mais ce que sa femme venait de dire était immonde.

— Vas-y ! cria-t-elle. Fais-le, bats-moi comme un tonnelier frappe sa femme !

— Comment as-tu osé dire ça ?

— Je n'accepte pas d'être humiliée par une jeune fille qui a trente-cinq ans de moins que toi.

— Et quarante de moins que toi !

Il regretta aussitôt cette allusion à son âge, c'était grossier et méchant. Elle se figea, comme si elle ne reconnaissait plus son Flam.

— Je suis bonne à jeter, n'est-ce pas ?

Il était allé trop loin. Il s'approcha d'elle et voulut la prendre dans ses bras, mais elle se dégagea avec violence. Il se dit alors qu'il valait mieux descendre l'escalier, grimper à toute vitesse dans la calèche qui l'attendait en bas de la rue et partir à son rendez-vous avec Eusapia Palladino. Il ferait tout pour calmer les choses demain.

Pendant tout le temps que dura le voyage, il tenta de faire le vide dans sa tête. Franchement, il n'était pas très fier de lui. Jusqu'ici, en bon égoïste, il se disait que la situation un peu trouble dans laquelle il se complaisait depuis des années avait été acceptée par Sylvie. Ce n'était évidemment pas le cas. À présent, son épouse était parvenue au bout de ce qu'elle pouvait supporter.

— Nous arrivons, monsieur, lui dit son cocher.

— Merci, Antoine. Pourriez-vous venir me chercher vers minuit ?

— À minuit, mais pas plus tard, s'il vous plaît, mon épouse n'aime pas que je la réveille la nuit.

— À minuit j'aurai terminé, c'est promis.

Camille mit le pied à terre. La calèche s'était arrêtée devant une petite maison isolée, pas vraiment engageante. La nuit était tombée, une fenêtre était éclairée. Sur le portail, il y avait un écriteau : « Heather Mae Brown, voyante. » Il avait entendu parler de cette médium anglaise, qui officiait en France. Il tira la sonnette. En faisant demi-tour, le cocher lui lança un salut amical.

— Bonne chance, monsieur Flammarion !

Chapitre 28

Ercole Chiaia, le collaborateur inséparable d'Eusapia Palladino, vint lui ouvrir. Derrière lui, dans un salon à peine éclairé par la lueur d'une lampe à gaz, Eusapia était installée à une table ronde, en compagnie d'une autre femme. La médium semblait de méchante humeur. Camille alla la saluer en balbutiant des excuses.

— Je sais, Eusapia, j'ai un peu de retard, pardonnez-moi.

— Heather patiente depuis plus d'une heure, monsieur Flammarion. Et ses journées sont très chargées.

Miss Mae Brown inclina la tête sans se lever. Elle avait à peu près l'âge d'Eusapia et la même expression sévère. Elle esquissa néanmoins un sourire de politesse. Camille s'inclina à son tour et lui baisa la main.

— Je suis très honoré, madame. J'ai eu quelques ennuis familiaux au moment de partir, qui m'ont retardé. Croyez bien…

Elle lui répondit avec un accent anglais très prononcé.

— Ôtez votre manteau, monsieur Flammarion, et calmez-vous. Quelques minutes de plus ou de moins ne font aucune différence pour les esprits.

Ercole lui prit son manteau, qu'il accrocha à la patère de la porte d'entrée. Camille prit place autour de la table, aux côtés des deux femmes.

— Ne perdons pas de temps inutilement, monsieur Flammarion, lança Eusapia, Miss Brown est au courant de tout. Dans votre situation, c'est la mieux indiquée pour vous aider.

Heather Mae Brown, née à Liverpool, jouissait d'une réputation presque équivalente à celle d'Eusapia dans le monde des médiums anglo-saxons. Elle avait fait des tournées très remarquées en Angleterre, en Espagne et aux États-Unis.

— Heather, expliqua Eusapia, possède une qualité précieuse : elle se projette très loin dans le monde des esprits, beaucoup plus loin que moi. Et c'est une spécialiste de l'écriture automatique.

Elle montra, devant Heather, une rame de papier vierge.

— Si vous le voulez bien, monsieur Flammarion, j'invoquerai l'esprit de votre collaboratrice Gabrielle. Quand le contact sera établi, Heather notera sur ce papier ce que Gabrielle lui dictera. Vous pourrez naturellement lui poser les questions de votre choix. Est-ce bien d'accord ?

— C'est d'accord, Eusapia.

La médium interpella son imprésario en italien.

— *Ercole, abbassa le luci, per favore.*

Il baissa la lumière. La séance commença dans une obscurité presque totale.

— J'appelle l'esprit de Gabrielle Renaudot, proclama Eusapia. Esprit de Gabrielle, es-tu là ?

Comme souvent, elle dut répéter plusieurs fois la question.

— Gabrielle, monsieur Camille Flammarion se trouve présent à côté de moi. Il voudrait te poser quelques questions. Si tu es là, frappe un coup.

Camille sentit que la table bougeait. Elle se souleva légèrement et frappa un coup.

— Gabrielle, continua Eusapia, peux-tu parler librement ?

Deux coups. C'était non.

— Esprit de Gabrielle, dicte à Heather ton message par le moyen que tu préfères. Je répète ma question : est-ce bien toi ?

Heather se mit à respirer très fort, puis à trembler. Elle s'arma de son crayon, qu'elle posa sur le papier. Eusapia répéta une nouvelle fois sa question :

— Esprit, es-tu bien Gabrielle Renaudot ?

Le bras de Heather se mit à bouger et commença fébrilement à tracer des lettres sur le papier. Camille, qui était en face, chercha à lire ce qu'elle écrivait, sans y parvenir. Puis Heather retourna le papier :

« CGOEHGSGHTOOBMAISSERCNMAMWAOIRI. »

— C'est un message crypté, commenta Eusapia, Gabrielle se sent surveillée. Savez-vous le déchiffrer, monsieur Flammarion ?

Camille se souvint de séances avec Gabrielle au cours desquelles ils avaient reçu des messages semblables. Il suffisait de prendre une lettre, puis d'en sauter deux et de prendre la lettre suivante. Il reconstitua le message.

« CEST BIEN MOI. »

— C'est elle, Gabrielle, confirma Eusapia.

Camille eut les larmes aux yeux.

— Je suis là, mon amour, je ne t'ai pas abandonnée. Où es-tu ?

Un nouveau message chiffré, qu'ils décodèrent.

« NE SAIS PAS RIEN AUTOUR. »

— Tu es prisonnière ?

« AI PEUR. »

— De quoi as-tu peur ?

« VIENS CAMILLE TRISTE ICI. »

Heather, épuisée par cette dictée, demanda à souffler un instant. Eusapia se pencha vers Camille :

— Je crois, monsieur Flammarion, que Gabrielle est une monnaie d'échange. Les esprits l'ont enlevée pour vous atteindre, vous.

— Mais pourquoi l'ont-ils enlevée elle, et pas moi ?

Eusapia s'adressa à l'esprit.

— Esprit de Gabrielle, réponds à cette question : pourquoi M. Flammarion n'a-t-il pas été enlevé comme toi ?

« ILS T'ATTENDENT. »

— Où m'attendent-ils ?

La transe de Heather devint douloureuse.

— *Eusapia, I'm tired.*

— Heather arrive au bout de ses forces. Une dernière question, monsieur Flammarion.

— Gabrielle, donne-moi un indice. Dis-moi où je pourrai te trouver.

La réponse se fit attendre presque une minute. Puis Heather recommença à écrire sur son papier.

« TU LE SAIS DEJA. »

Heather ouvrit les yeux et se tourna vers Eusapia.

— *Someone else replied.*

— Quelqu'un d'autre a répondu, commenta Eusapia, ce n'était pas Gabrielle.

Camille tenta une autre question.

— Gabrielle, sois plus précise : où dois-je aller ?

— C'est inutile, monsieur Flammarion. C'est fini, les esprits ont coupé la communication.

— Mais que dois-je comprendre ? Ces indices sont si vagues !

Eusapia se leva.

— Nous devons arrêter là, monsieur Flammarion.

Elle fit signe à Ercole Chiaia, qui raccompagna poliment, mais fermement Camille vers la porte. Par chance, la calèche l'attendait dehors. Comme un somnambule, Camille s'engouffra dans la voiture, qui démarra. Le cocher s'inquiéta.

— Un coup de fatigue, monsieur Flammarion ? J'ai un peu de rhum, si vous voulez.

Camille prit la petite bouteille et but une gorgée d'alcool qui le plongea presque aussitôt dans une vague torpeur. Les mots « Tu le sais déjà » dansaient dans son esprit. Indiquaient-ils une destination ? Mais laquelle ?

Il se frappa le front. Bien sûr, il connaissait la réponse : Gabrielle l'attendait dans un pénitencier abandonné en pleine jungle, au cœur de la Guyane française !

Chapitre 29

En arrivant devant son immeuble de la rue Cassini, vers une heure trente du matin, Camille vit qu'il y avait encore de la lumière à la fenêtre du salon. Il paya le cocher et monta l'escalier en silence. Sylvie l'attendait, assise sur le canapé, un livre à la main.

— Tu n'as pas sommeil ?

— Je ne pouvais pas.

Il ne lui demanda pas la raison de son insomnie, il la devinait sans peine.

— Que lisais-tu ?

— *Les Contemplations*, ce que Victor a écrit de plus beau.

— Tu as raison.

Il se débarrassa de son manteau et vint s'asseoir à ses côtés. Elle ouvrit son livre à une page qu'elle avait cochée et lui lut quelques vers :

« Demain, dès l'aube, à l'heure où blanchit la campagne,
Je partirai. Vois-tu, je sais que tu m'attends. »

Elle posa le livre.

— Je t'ai attendu toute la soirée, Camille.

— Victor s'adressait à sa fille défunte, Sylvie. Je suis encore vivant.

— C'est moi qui suis morte pour toi.

Il fit non avec la tête, lui prit ses mains, les embrassa et les serra sur sa poitrine. Elle lui caressa les cheveux.

— Nous y allons parfois un peu fort dans nos disputes, n'est-ce pas ?

— Très fort. Mais ce qui nous lie l'est encore plus.

Elle sourit et posa son front contre le sien. Ils restèrent ainsi un long moment.

— Veux-tu me parler de ce qui t'inquiète ? Cela te soulagerait peut-être.

Il préféra garder le silence. Que pourrait-il lui dire ? Que Gabrielle, depuis l'au-delà, lui avait adressé des messages cryptés ? Qu'une entité la retenait prisonnière pour l'obliger, lui Camille, à se rendre jusqu'à elle dans un lointain pays d'Amérique du Sud ? Qui, même animé de la plus grande bienveillance à son égard, pourrait croire des histoires pareilles ? Il préféra s'y prendre autrement.

— Sylvie, tu es et tu seras toujours la personne que je chéris le plus au monde.

— Et toi, tu seras toujours mon Flam.

— Dans les jours qui viennent, je serai obligé de prendre des décisions qui te surprendront.

Elle pâlit.

— Par exemple ?

— Partir en voyage loin de Paris, peut-être en Amérique du Sud.

— Seul ?

— J'espère bien que non. Dans les prochains jours j'irai à Amiens, rendre une nouvelle visite à mon ami Jules Verne. J'espère qu'il sera aussi de ce voyage.

La compagnie de Jules Verne, qu'elle voyait comme un bon père de famille, rassura un peu Sylvie.

— Vous partez en Amérique du Sud pour écrire un livre à deux ?

Camille secoua la tête avec un sourire.

— Jules acceptant d'écrire un roman avec un coauteur ? Il préférerait mourir ! Nous allons plutôt monter une expédition scientifique pour résoudre un mystère qui nous occupe en ce moment.

— Le mystère de Gabrielle ?

— Pas seulement. Les êtres qui l'ont enlevée ne sont pas humains, ils m'attendent là-bas. Je ne peux pas t'en dire plus, tu n'y croirais pas.

Sylvie soupira, d'un air résigné.

— J'ai appris avec toi que l'incroyable finit souvent par être vrai. Je t'attendrai au foyer comme Pénélope, Flam. Mais promets-moi de rentrer à Ithaque le plus vite possible.

Il l'embrassa tendrement.

— Je t'en fais le serment. Et quand je serai de retour, tout sera différent, tu verras.

*

La semaine suivante, les beaux jours furent de retour. Jules Verne, accompagné par l'archéologue Nathan Watkins, attendait Camille sur le seuil de sa maison.

— Je sais, mon ami, que tu as beaucoup à nous dire. Ne perdons pas de temps. Honorine nous a préparé une citronnade et un assortiment de macarons d'Amiens.

Camille ne toucha à rien avant d'avoir raconté toute l'histoire, depuis l'enlèvement de Gabrielle jusqu'à sa visite à la médium Heather Mae Brown. Jules leva les yeux au ciel.

— S'il ne s'agissait pas de toi, Camille, je penserais au récit d'un…

— D'un mythomane ? Parfois, je pense en effet atteindre les limites du raisonnable. J'aimerais pouvoir me réveiller, découvrir que cette histoire n'était finalement qu'un horrible cauchemar. Mais non, hélas, c'était bien réel.

— Où se trouve Gabrielle à présent ?

— Son esprit, je ne sais pas. Pour ce qui est de son corps, nous l'avons transporté dans un couvent où les sœurs sont aux petits soins pour elle. Sa santé semble bonne, mais son âme est absente, partie je ne sais où.

— Es-tu certain que le message que t'a transmis la médium émanait bien d'elle ? Que cette Mae Brown ne simulait pas ?

— J'en ai la certitude, Jules. Je pense que Gabrielle est retenue dans un lieu difficile à imaginer, qu'elle-même ne pouvait décrire.

— L'au-delà ?

— Je ne crois pas à l'au-delà, en tout cas pas à celui que décrivent les religions. Elle est quelque part, dans un lieu incompréhensible pour moi. Les créatures qui l'ont enlevée espèrent me faire venir à eux, pour une raison que j'ignore. Quand j'ai réclamé plus de précisions, une entité m'a répondu : « Tu sais où aller. »

— Et tu as immédiatement pensé au récit de notre ami Watkins ?

— Cette destination m'a paru évidente.

Watkins, qui avait écouté attentivement, approuva.

— Votre réflexe était le bon, monsieur Flammarion. Seriez-vous d'accord pour que nous montions enfin cette expédition ?

— Je pense que toutes les réponses que nous attendons se trouvent dans ce pénitencier abandonné à Saint-Zacharie. Je suis prêt à investir ce qu'il faudra dans cette expédition.

Jules Verne intervint.

— Je le ferai aussi, Camille, car je viendrai avec vous.

Camille ne put s'empêcher d'avoir un regard vers son pied invalide.

— Est-ce bien prudent, Jules, dans ton état ?

L'écrivain eut un mouvement de colère.

— Pour qui me prends-tu ? J'ai quatorze ans de plus que toi, ce qui ne fait pas de moi un vieillard bon pour l'hospice.

Je ne vous suivrai peut-être pas dans la jungle, mais je vous accompagnerai le plus loin possible sur mon bateau.

— Le *Saint-Michel III* ? J'avais entendu dire que tu t'en étais séparé ?

— Je l'ai vendu, en effet, à un armateur qui l'a lui-même revendu au prince de Monténégro. Le prince Nikola est un de mes admirateurs, il a dévoré tous mes livres et m'a souvent invité à faire des conférences dans son pays. Je vais lui écrire pour lui demander de me louer son bateau avec un équipage. Il nous fera un prix d'ami. Cette histoire de spectres m'excite comme un beau diable, elle me changera les idées. Moi aussi, crois-moi, j'en ai besoin. Mon frère Paul viendra avec nous, il s'occupera de ma santé.

Jules préféra rester discret sur les difficultés intimes qu'il venait de traverser, mais Camille se promit de questionner Paul à ce sujet.

— Je prendrai des notes pendant tout le voyage, ce sera un fonds de documentation précieux pour mon prochain livre. Après *Vingt Mille Lieues sous les mers*, nous pourrions avoir *Voyage au pays des esprits*. Le succès est garanti. Qu'en pensez-vous mes amis ?

Camille restait perplexe.

— Garanti, oui, si nous en revenons.

Voyage au pays des esprits

Chapitre 30

Dans le train qui les emmenait vers Podgorica, la plus grande ville du Monténégro, Camille commença par feuilleter un épais rapport que lui avait remis Nathan Watkins. Le Monténégro, un tout petit pays des Balkans au bord de la mer Adriatique, était une ancienne possession ottomane devenue depuis peu une principauté indépendante.

Le prince qu'ils s'apprêtaient à rencontrer s'appelait Nikola Petrović-Njegoš. Il avait succédé en 1860 à son oncle le prince Danilo, victime de machinations troubles. Son propre frère, le prince Mirko, l'avait notamment accusé de crimes et de viols. Le prince Danilo périt assassiné dans une alcove et Nikola lui succéda à l'âge de dix-huit ans. Aussitôt sur le trône, il épousa une amie d'enfance, Milena Vukotić, qui lui donna douze enfants.

Nathan vint le rejoindre dans son compartiment.

— Bravo, Nathan, vous m'avez communiqué tout ce qu'il faut savoir. Vous travaillez comme un vrai scientifique.

— Venant de vous, professeur, c'est un compliment que j'apprécie.

— Oubliez les « professeur », pour vous ce sera Camille.

— Avec plaisir.

— À ce que je vois, la biographie du prince contient assez d'arguments pour écrire un roman d'aventures à la manière de Stevenson ou de Walter Scott. Il nous attend donc dans son château de Podgorica ?

— Podgorica n'est que la capitale économique du pays. La capitale du trône se trouve à trente kilomètres à l'ouest et s'appelle Cetinje. Le prince Nikola nous enverra une calèche à la gare.

C'était la première fois que Camille visitait ces mystérieux Balkans, si souvent agités par des assassinats ou des crises politiques. La compagnie de Nathan, de Jules et de Paul Verne donnait à ce trajet un vrai parfum d'aventure. Et ce n'était que le début si le prince, comme il l'avait promis, acceptait de leur louer l'ancien yacht de Jules Verne. Le groupe partirait cette fois pour un long périple vers l'inconnu et peut-être vers un grand danger. Il se demanda s'il fallait avertir le prince ou garder le secret sur le but de leur mission. Il en parlerait à ses amis avant la rencontre.

Après un excellent déjeuner au wagon-restaurant, Jules fit une petite sieste dans leur compartiment, Nathan aussi. Paul Verne, lui, était allé fumer un cigare dans le couloir du train. Camille se rapprocha de lui.

— Puis-je vous tenir compagnie, Paul ?

— Bien entendu. Et tutoyons-nous à présent, l'heure n'est plus au vouvoiement. Veux-tu l'un de ces cigares ? Ils viennent d'Espagne et comptent parmi les meilleurs.

— Merci Paul, mais fumer fait monter ma tension, j'essaye d'éviter. C'est la même chose pour l'alcool.

— Jules est comme toi. Nous devrons l'expliquer au prince, qui se flatte d'avoir une des plus belles collections de vins rouges d'Europe.

Camille baissa la voix.

— Puisque nous sommes entre nous, je voudrais te questionner à propos de Jules.

Il chercha ses mots.

— Tu t'interroges sur son état ? Tu n'es pas le premier.

— C'est que... notre expédition pourrait être dangereuse, je ne voudrais pas qu'il prenne des risques s'il est souffrant.

Paul, à son tour, se mit à chuchoter.

— Je veux bien te parler, Camille, mais cela doit rester entre nous.

— C'est promis.

— Comme tu le sais, Jules est une bonne nature. J'irai même plus loin : il n'est pas équipé, mentalement, pour les difficultés et le malheur que connaissent la plupart des gens.

— Je l'ai bien vu. Et je l'ai toujours envié pour ça.

— Oui, mais c'est aussi une faiblesse. Depuis sa petite enfance, la vie lui a fait beaucoup de cadeaux. Dès ses premiers livres, le succès est venu. Et avec lui, une très grande fortune. Fatalement, il a fini par croire que la chance le suivrait toujours. Toi qui as lu les philosophes, tu as forcément entendu parler de cette déesse grecque, la Némésis.

Camille approuva en citant Victor Hugo.

— « Némésis ! Némésis ! lève-toi, vengeresse ! » C'était une déesse, inventée par les anciens Grecs, qui interdisait aux hommes d'être trop heureux.

— Exact. En bien, la Némésis a certainement décidé que Jules était un peu trop gâté, elle lui a donc envoyé quelques embêtements.

— C'est-à-dire ?

— Cela a commencé avec son fils Michel, qui a eu très tôt des accès de démence. À partir de son adolescence, il s'est senti persécuté par le monde entier, à commencer par son propre père. Il était devenu si insupportable que Jules l'a placé pendant six mois dans une maison de redressement, puis dans un internat. Après cela, il s'est enfui avec une actrice de théâtre, a contracté des dettes au jeu, a multiplié les bêtises.

— C'est ce qui a plongé Jules dans la dépression ?

— Oui, mais il y a pire. Jules a reporté son affection sur mon propre fils, Gaston. Un gentil garçon qu'il a pris sous son aile, à qui il demandait des conseils pour ses livres. Mais un soir de 1886, sans avertir personne, Gaston s'est rendu chez Jules avec un pistolet. Quand il s'est trouvé en face de lui, il a tiré.

Camille n'en croyait pas ses oreilles.

— Mon Dieu ! Pour quelle raison ?

— Il n'en a donné aucune. Un coup de folie !

Paul avait de la peine à dissimuler son émotion.

— À croire que notre famille est maudite, au moins pour la génération de nos fils. Jules a été atteint à la jambe, Gaston s'est effondré et a été interné.

— Je comprends pourquoi tu as parlé de la Némésis.

— Espérons qu'elle est satisfaite, à présent ! Cette double épreuve a forcément retenti sur le moral de mon frère. Je crois qu'il a entrepris ce voyage pour se changer les idées. Je l'ai encouragé, car j'ai été aussi touché que lui.

La voix de Jules Verne retentit dans le couloir du train.

— Eh bien, mes amis, que signifient ces messes basses ?

— Nous parlions du prince Nikola, répondit Paul.

— Ah celui-là, un vrai personnage de roman. Rien que pour Nikola, Camille, tu ne regretteras pas le voyage !

Chapitre 31

Un soldat en grand uniforme les attendait à Podgorica, à la descente du train. Il s'inclina devant Jules Verne.

— Messieurs, je suis le duc Stjepan Marko Mažuranić, chargé par le prince Nikola Petrović-Njegoš de vous accueillir. Mes hommes s'occuperont de vos bagages. Si vous voulez bien me suivre, une calèche vous attend pour vous conduire à la résidence princière.

Il les emmena vers la malle-poste du prince. Tirée par quatre chevaux blancs empanachés et frappée du sceau du Monténégro, elle semblait sortie d'un conte de fées. Camille se pencha vers Jules.

— Je rêve...

— Et tu n'as encore rien vu !

Précédé par deux officiers à cheval, le convoi mit peu de temps pour sortir de Podgorica. En passant par *Stara Varoš*, la vieille ville, ils croisèrent quelques belles mosquées, héritées du temps de la domination turque. L'une d'entre elles, la plus imposante, était ornée de splendides céramiques bleues.

— On dirait la Mosquée bleue d'Istanbul.

— Ce n'est guère étonnant, répliqua le duc, elle a été bâtie par le même architecte, Sedefhar Mehmet Ağa,

— Le prince a-t-il gardé des contacts avec le sultan turc actuel ?

— Abdülhamid II ? Oh oui, les relations avec Son Altesse sont excellentes. Le sultan est un homme intelligent et moderne, il avait toutes les raisons de bien s'entendre avec notre prince. Ils se voient souvent et vont même chasser ensemble. L'autonomie du Monténégro n'est pas une complète indépendance, savez-vous ? La situation actuelle nous convient parfaitement, elle nous accorde les libertés dont nous avons besoin sans nous opposer frontalement à l'Empire ottoman, ce qui serait une folie.

Le voyage vers l'ouest de Podgorica leur prit moins d'une heure. La cité princière de Cetinje était édifiée dans un vaste cirque entouré de hautes montagnes, dont l'une dominait nettement les autres.

— C'est le mont Lovćen, la montagne noire, qui a donné son nom à notre pays.

— Ah oui, comprit Camille, « Monte Negro », la montagne noire.

Ils arrivèrent devant un petit palais néoclassique, au centre de la ville.

— Le palais du prince ?

— Oui, mais le prince Nikola vous attend un peu plus loin.

— Où cela ?

Le duc adopta un air malicieux.

— Mon prince, monsieur Verne, m'a demandé de vous conduire au château des Carpathes.

— Tiens donc ! s'amusa Jules Verne.

Le Château des Carpathes était le titre d'un roman récent de Jules Verne. Il mettait en scène un personnage inquiétant, Rodolphe de Görtz, qui terrorise un petit village depuis son manoir maudit de Transylvanie. L'allusion était claire : le prince, fidèle lecteur de Jules, avait voulu le recevoir dans un château évoquant celui imaginé par l'auteur français.

— Ton ami aime le spectacle, apparemment, glissa Camille à Jules.

— Je trouve cela touchant.

— Il n'en fait pas un peu trop ?

— La mentalité orientale est vite portée à la démesure, Camille.

Ils arrivèrent en vue d'un château aux allures médiévales. Le bâtiment, construit sur deux étages, était entouré d'un haut mur de pierres, garni de quatre tours à chaque angle. On entrait par un pont-levis, qui s'abaissa à leur arrivée. Un homme les attendait dans la cour, entouré de sa garde d'honneur.

— Bienvenue au plus grand écrivain français !

Le premier réflexe de Camille, en découvrant le prince Nikola, fut de réprimer un sourire. Court de taille et ventripotent, âgé d'une cinquantaine d'années, le prince était vêtu d'une tunique chargée de médailles et d'ornements colorés. Elle recouvrait un pantalon bouffant engagé dans de hautes bottes de cuir, fermé par une ceinture en tissu où était coincé un revolver à six coups. Presque totalement chauve, il portait sur la tête un fez de style turc auquel était épinglé un écusson aux armes du Monténégro. Enfin, son visage était décoré d'une magnifique moustache poivre et sel en amande, aux extrémités délicatement relevées.

Jules descendit le premier de la malle-poste. Le prince lui ouvrit les bras et lui donna l'accolade. Il se tourna vers le château.

— Je savais que tu apprécierais. N'est-ce pas l'exacte réplique de ton château hanté ?

— C'est l'idée que je m'en faisais, en tout cas. Nikola, je te présente mon ami Camille Flammarion, le meilleur astronome français. Tu connais mon frère Paul, mais voici Nathan Watkins, un brillant archéologue britannique qui a fait des découvertes qui te surprendront.

— Une délicieuse soirée en perspective !

— Vous parlez un français excellent, Majesté, commenta Camille.

— C'est que j'ai fait mes études en France, monsieur Flammarion, à la Sorbonne. Elles ne furent pas très longues, car le devoir m'a rappelé au Monténégro. À mon tour de vous présenter mon épouse Milena et mes nombreux enfants.

Milena, vêtue d'une robe richement brodée, attendait non loin de là. Ses enfants étaient rangés par ordre de taille.

— Voici Branko, Milord, Danica, Zoran, Slobodan, Radmila, Veselin, Jovanka, Olga, Vladimir et le petit Nikola junior !

Tous s'inclinèrent à l'énoncé de leur nom.

— Si vous avez bien compté, cela fait onze enfants. La douzième, Milica, ma fille aînée, nous rejoindra pendant le repas. Elle arrive du port de Bar, où elle est allée vérifier le bon état de ton bateau, le *Saint-Michel III*.

Jules marqua un franc étonnement.

— Tu as conservé son nom ?

— C'était impossible, hélas, pour des raisons administratives. Sais-tu comment je l'ai rebaptisé ?

— Le *Prince Nikola* ?

— Non, trop banal. Je l'ai appelé le *Nemo*, comme ton capitaine !

— Tu es un véritable ami, Nikola.

— Et surtout le plus passionné de tes lecteurs !

Chapitre 32

Le prince leur avait préparé un véritable festin. Dans une salle aux murs de pierre, décorés de nombreuses tapisseries, une grande table était dressée. Une trentaine de personnes avaient été conviés à ce repas. Toute la famille du prince, mais aussi ses neveux et ses cousins. Il installa Jules Verne et ses compagnons en face de lui, mais garda une place libre à sa droite.

— Ma fille n'est pas arrivée, tant pis. Nous boirons donc sans elle.

Au moment où il se levait, on entendit un bruit de pas décidés. Une jeune femme fit irruption dans la salle et courut s'asseoir auprès du prince. Camille écarquilla les yeux. Comme tout le reste depuis leur arrivée au Monténégro, elle semblait issue d'un roman d'aventures : habillée comme une amazone avec de longues cuissardes, elle retira en arrivant son bonnet de cavalière. Il dégagea une chevelure flamboyante, qui retomba en une cascade de boucles dorées sur ses épaules. Son visage fin, plutôt allongé, était surmonté de grands yeux bleu-vert, qui fixaient les nouveaux venus avec une expression rieuse. Celle-ci contrastait avec l'arc inversé de sa bouche, qui dénotait un rien de morgue orientale. Camille remarqua aussi la fine dague ouvragée, glissée dans sa large ceinture de cuir.

— Ah, Milica, tu arrives à point ! Tu n'as pas eu le temps de te changer ?

— J'arrive à l'instant du port de Bar, père. Je n'ai pas voulu rater le début du repas.

— Mes amis, je vous présente ma fille aînée. Ma chérie, tu te trouves en face de Jules Verne en personne !

Elle répondit dans un français parfait.

— Il m'a tant parlé de vous, monsieur Verne, que j'ai l'impression de vous connaître. J'ai lu plusieurs de vos romans, que j'ai trouvés palpitants.

— J'en suis très honoré, mademoiselle. J'ignorais, Nikola, que tu avais une fille aussi ravissante.

— La responsable est mon épouse Milena, qui lui a donné sa beauté. Je ne lui ai transmis, moi, que l'amour de la littérature française. Balzac, Stendhal, Victor Hugo et...

Jules réfuta par avance ce qu'il s'apprêtait à dire.

— Je ne suis rien, Nikola, à côté de ces géants, je me contente d'écrire des livres pour la jeunesse.

Le prince saisit une petite carafe en cristal et fit couler dans le verre de Jules un vin rouge vif.

— Sais-tu, Jules, que le Monténégro fait les meilleurs vins d'Europe ?

— Ah non, je l'ignorais. Mais j'ai tant de choses à apprendre sur votre pays !

— Pour moi, celui-ci est le meilleur : le Vinarija Krgović, produit à Podgorica. Mais il y en a d'autres. J'ai fait venir sur cette table quelques-uns des meilleurs crus : le Biotechički Fakultet, le Vinarstvi Hriba, le Monte Grande et d'autres encore.

Il se servit à son tour.

— Jules, je bois à ta santé, à ton génie romanesque et à la réussite de tes entreprises.

Il répéta le même toast dans sa langue, à l'intention des autres convives. Tout le monde se leva et but, même les enfants. Tout le monde, sauf... Jules Verne. Le prince s'étonna. Jules était horriblement gêné.

— Tu ne bois pas, Jules ?

— Je suis très ennuyé, Nikola, mais je suis souffrant en ce moment, mon médecin m'a interdit de boire de l'alcool.

Le prince manifesta son trouble. Paul Verne fit un signe du regard à Jules, qui saisit le verre.

— Mais en ton honneur, Nikola, je boirai volontiers de ce Vinar...

— Le Vinarija Krgović, s'exclama le prince en partant d'un grand rire. D'ailleurs, ce breuvage n'est pas du vin, mais un nectar des dieux.

Le prince frappa dans ses mains pour annoncer le début du repas. Des domestiques jaillirent de derrière les tentures, portant des plats odorants.

— Vous avez là un éventail de ce que mon pays fait de mieux : les popeci de Podgorica, le kacamak, la carpe à la poêle, les priganice. Mangez, mes amis, mangez !

Pendant que les plats se succédaient, le prince questionna Jules sur ses livres, qu'il connaissait par cœur. Il voulait tout savoir : la part de réalité et de fiction, les caractères de ses personnages et même leur destin après le mot « fin », comme s'il s'agissait de personnages réels.

— J'ai toujours regretté que tu aies fait du capitaine Nemo le fils d'un radjah indien. J'aurais tant aimé qu'il fût issu du Monténégro !

— Figure-toi que, dans la première version de *Vingt Mille Lieues...*, j'en avais fait un aristocrate polonais persécuté par les Russes. Mais mon éditeur Hetzel a craint que le livre soit interdit sur le marché russe.

— Que ce Hetzel aille au diable ! Et si tu me disais à présent ce qui t'amène ? Pourquoi veux-tu louer ton ancien bateau ?

Jules consulta du regard Camille et Nathan. Ils avaient eu le temps de se mettre d'accord sur le récit qu'ils feraient au prince.

— Nous allons te raconter toute l'histoire, Nikola. Tu vas certainement la trouver folle, mais je t'assure qu'il s'agit de la vérité. Tu commences, Camille ?

L'astronome était hésitant.

— C'est toi le romancier, Jules.

— Hélas, ce merveilleux vin de Nikola m'a plongé dans un état second. Commence, puis je prendrai le relais.

Le prince se pencha en avant, comme un enfant gourmand d'entendre une belle histoire.

— Je vous écoute, monsieur Flammarion.

— Eh bien, Majesté…

— Nikola, appelez-moi Nikola.

— Il faut que vous sachiez, Nikola, que depuis de nombreuses années je suis un adepte de cette pratique qu'on appelle le spiritisme.

— Tu veux parler des tables tournantes ? Mais c'est passionnant, ça !

— Passionnant, mais dangereux, commenta Jules Verne. Continue, Camille…

Chapitre 33

Le récit que firent Camille et Jules étant fait en français, aucun des convives, excepté le prince et sa fille, n'en comprit un traître mot. Mais les expressions du prince témoignaient que l'histoire contée par ses invités était captivante, à tel point qu'un silence total régna dans la grande salle pendant les quarante minutes qu'il dura. Chacun s'employa à mimer, tout du long, les mêmes expressions faciales que Nikola : un intérêt marqué tout d'abord, puis l'incrédulité, puis la stupéfaction et enfin l'effarement. À la fin, il poussa un long soupir.

— Es-tu certain, Jules, que vous ne m'avez pas résumé le contenu de ton prochain roman ?

— Je préférerais qu'il s'agisse d'une fiction, Nikola, mais la vie de la jeune Gabrielle est en jeu. Pour le moment, elle n'est qu'une morte-vivante, son esprit lui a été ravi.

Milica prit le relais de son père.

— Je vous crois, messieurs, je ne vois pas quel intérêt vous auriez à mentir. Je rends hommage, au contraire, à votre sincérité. Si vous nous aviez raconté des fariboles, nous l'aurions détecté très vite.

Elle s'adressa à son père.

— J'ai entendu parler de ces séances de tables tournantes, Père, par des amis dignes de foi. Je crois en l'existence des fantômes.

Camille réagit immédiatement.

— Non, Milica, les esprits ne sont pas des fantômes, ce sont des êtres vivants. Mais ces êtres n'existent pas sur le même plan que nous. Peut-être viennent-ils d'une autre dimension ou d'une autre planète, je l'ignore encore.

— Ni Camille ni moi ne croyons aux fantômes, renchérit Jules. Puisque tu connais mes romans, Nikola, rappelle-toi ce fameux fantôme des Carpathes. Dans l'épilogue, j'explique qu'il s'agissait d'une habile projection que Rodolphe de Görtz faisait passer pour un revenant. J'ai la certitude que, dans notre cas aussi, nous trouverons la clé de l'énigme.

— C'est le plus extraordinaire défi dont j'aie entendu parler : vous vous proposez, ni plus ni moins, de résoudre le mystère des esprits qui font tourner les tables.

— Notre objectif premier est de sauver Gabrielle Renaudot, précisa Camille. Si nous y parvenons, nous aurons réussi. Pour le reste, nous verrons bien.

— Mais pourquoi avez-vous besoin de ce bateau en particulier ? demanda le prince. N'importe quel autre navire aurait convenu.

— Appelle cela de la superstition si tu veux, mais je connais bien le *Saint-Michel*… pardon, le *Nemo*. Je pourrais même me mettre aux commandes, s'il le fallait. J'ai le sentiment qu'il nous portera chance, nous en aurons peut-être besoin.

— Le yacht est prêt à prendre la mer, annonça Milica, je l'ai visité de fond en comble. Mais vous ne pourrez pas naviguer seul, il vous faudra un équipage.

— C'est évident. Je pensais l'engager sur place, ou bien utiliser le vôtre. Tous les frais seront à notre charge, naturellement.

Le prince et sa fille échangèrent un long regard. Jules ne comprit pas le sens de leur sous-entendu.

— Nikola, je pourrais comprendre que tu hésites à nous le louer, je ne puis te garantir de rapporter le yacht en parfait état, après un aussi long voyage. Camille et moi avons de l'argent, nous paierons les dégâts s'il y en a.

Sans prévenir, Milica se leva de table et sortit prestement de la pièce.

— Que se passe-t-il ? s'étonna Jules. Ai-je dit quelque chose qui l'a choquée ?

— Je ne crois pas, sourit le prince. Milica a souvent des attitudes brusques, qui me surprennent moi-même. Elle va revenir. D'ailleurs, la voilà...

La jeune fille revint vers eux, munie d'une carte géographique qu'elle étala sur la table.

— Essayons de résumer ce voyage. Quelqu'un a-t-il un crayon ?

Jules sortit le sien.

— C'est l'instrument de travail de l'écrivain.

Milica traça une ligne sur la carte.

— Le bateau partira de Bar, sur la côte adriatique. Puis il filera plein sud et contournera la botte italienne...

Jules continua.

— Après cela, nous longerons les côtes d'Afrique du Nord, puis nous passerons le détroit de Gibraltar...

— Et vous irez droit à l'ouest, vers la Guyane française.

Jules fit non avec la tête.

— Je préfère limiter les risques. Nous descendrons d'abord vers le sud en longeant la côte du Maroc, puis l'Afrique de l'Ouest. Nous ferons une halte à Dakar, pour nous ravitailler en eau et en vivres. Et de là, nous franchirons l'Atlantique.

— Vous avez raison, la traversée de l'océan sera moins longue.

— Le bateau est sûr, mais nous ne sommes plus des jeunes gens, excepté Nathan.

— Et après ?

— Après, nous aviserons. Il nous faudra remonter le fleuve qui nous conduira jusqu'à Saint-Zacharie.

Le prince applaudit.

— Un bien beau voyage, mes amis ! Je regrette tellement de ne pouvoir être des vôtres.

À cet instant, Milica se pencha vers son père et lui murmura quelque chose à l'oreille. Ils se levèrent tous les deux de table et s'éloignèrent afin de poursuivre leur conciliabule.

— Que font-ils ? demanda Camille.

— J'ai une petite idée, répondit Jules.

Le prince revint vers eux en affichant un grand sourire.

— Jules, après en avoir parlé avec Milica, je pense pouvoir t'aider au-delà de ce que tu m'as demandé.

— Ah ?

Camille et Paul échangèrent un regard méfiant. Que voulait-il dire ?

— Je te propose… je vous propose de vous prêter mon yacht gratuitement. J'y ajouterai, toujours à titre gracieux, un équipage de douze marins monténégrins, des gens de toute confiance. En échange, ma fille Milica viendra avec vous. Cette histoire de fantômes l'intéresse énormément.

Jules ne savait trop quoi répondre. Paul Verne lui fit discrètement signe d'accepter. Nathan et Camille étaient d'accord aussi.

— Eh bien, c'est extrêmement généreux de ta part, Nikola. Mais je ne voudrais pas qu'il arrive quoi que ce soit à Milica.

— Ne la sous-estimez pas, Milica a le grade de colonel dans mon armée. Ce grade, elle l'a conquis par son mérite, non parce qu'elle est ma fille. Elle sait se battre et donner des ordres. C'est elle qui commandera le détachement de douze marins soldats qui formeront l'équipage du navire. Tous seront armés. Tu auras besoin, peut-être, d'utiliser la force.

— Encore une fois, Nikola, je ne sais comment te remercier.

— Moi je sais, répondit le prince : en écrivant un nouveau roman sur votre expédition, qui se passera en partie au Monténégro. J'ai dans l'idée qu'il sera encore plus palpitant que ton *Voyage au centre de la Terre.*

— Je m'y emploierai, Nikola. Et ce roman, dont je ne connais pas encore le titre, te sera dédié.

À nouveau le prince leva son verre.

— Buvons tous à la nouvelle odyssée du *Nemo,* à ses passagers et à son nouveau capitaine, dame Milica Petrović-Njegoš !

*

Aux approches de minuit, le petit groupe gagna les chambres que le prince leur avait réservées dans son château. En dépit de l'allure austère de la forteresse, elles étaient décorées avec goût et pourvues de tout le confort. Avant d'aller dormir, Camille s'isola un moment avec Jules.

— Si je m'attendais…

— Il est certain, estima Jules, que sa proposition nous délivre d'un grand poids : trouver un équipage au Monténégro sans parler la langue du pays n'aurait guère été facile.

— Sa fille me semble avoir du caractère, nous verrons si elle est compétente.

— Je parie que oui. Et nous aurons douze soldats pour nous protéger.

Camille réfléchissait.

— Je me demande quand même ce que ça cache, je ne crois pas trop à cet intérêt subit de Milica pour le monde des esprits.

— À quoi penses-tu ?

— Le prince m'a semblé très intéressé quand Nathan a suggéré que les survivants du Déluge, s'il s'agit bien d'eux, pourraient avoir plusieurs siècles d'avance sur le reste de l'humanité. Peut-être cherche-t-il à mettre la main sur des armes nouvelles ?

— Dans quel but ?

— Le sultan Abdülhamid lui a accordé l'autonomie, mais le Monténégro n'est pas indépendant. Peut-être Nikola cherche-t-il des moyens originaux qui lui permettront de se débarrasser définitivement de la tutelle ottomane.

Jules réfréna un bâillement.

— C'est de la politique, Camille, ce n'est pas notre problème. Dans l'immédiat, je te propose d'aller dormir. Je vais me glisser dans ces draps et faire le plus beau des rêves : je me retrouve à bord de mon *Saint-Michel III*, pour traverser les mers et les océans !

Chapitre 34

Le lendemain, Camille fut réveillé par des coups répétés frappés à sa porte. Il se leva à la hâte, inquiet. C'était un valet du prince.

— Que se passe-t-il ?

— C'est l'heure, monsieur. Dame Milica vous attend dans la salle à manger pour une collation avant le départ.

— Mais quelle heure est-il ?

Le valet montra une horloge dans le couloir.

— Quelques minutes avant cinq heures du matin.

Le même manège se répéta avec les autres. Jules, coiffé de son bonnet de nuit, avait du mal à tenir debout.

— Mais pourquoi si tôt ? demanda Camille au valet.

— C'est l'usage dans notre armée. Chacun doit être prêt au combat à six heures du matin.

— Mais le Monténégro est en paix !

— Qu'importe, l'usage est l'usage.

Tous se retrouvèrent trente minutes après dans la salle à manger, devant plusieurs cafetières. Nathan, qui parlait avec Milica, salua Camille.

— Goûtez à ce café, monsieur Flammarion, c'est le plus merveilleux qu'il m'ait été donné de boire. Pourtant je suis anglais, ce n'est pas ma boisson quotidienne.

Camille y trempa ses lèvres. Non seulement le breuvage était brûlant, mais il le trouva si fort qu'il ne put en avaler qu'une toute petite quantité. Milica sourit.

— Vous avez du thé sur la table, monsieur Flammarion, si vous préférez.

— Je pense, oui.

Il regarda autour de lui.

— Et Jules ? Il s'est rendormi ?

— Non, lui répondit Nathan, il fait sa gymnastique sur le perron.

Camille alla voir. En dépit de son pied blessé, Jules faisait des mouvements destinés à renforcer ses abdominaux.

— Pour se mettre en forme, cela vaut mieux que leur abominable café. Tu ne fais pas de gymnastique, Camille ?

— Non, mais si leurs petits-déjeuners ressemblent tous à celui d'aujourd'hui, je crois que je vais m'y mettre.

— À partir de demain, c'est moi qui ferai le café.

Un coup de trompette dans la cour annonça que leur convoi était prêt à partir. Ils aperçurent Milica sur son cheval, en compagnie d'un officier d'ordonnance.

— Cette fille est pire qu'un adjudant-chef, confia Camille.

— Mais Nathan semble beaucoup l'apprécier, répliqua Jules avec un clin d'œil complice.

*

Le port de Bar n'était pas un port à franchement parler, plutôt une zone de mouillage. Il était protégé par une longue digue et pourvu d'une jetée en bois. Milica ordonna au convoi de s'arrêter et s'adressa à Jules dans la diligence.

— Monsieur Verne, j'ai pensé que vous aimeriez voir votre bateau depuis cette hauteur.

Très ému, Jules descendit de la voiture. Le navire, d'une blancheur éclatante, semblait étinceler au milieu des pauvres barques de pêcheurs.

— Magnifique !

Elle lui tendit une paire de jumelles.

— Comme vous pouvez le constater, nous en avons pris soin. Remontez dans la voiture, nous allons le voir de plus près.

Comme son nom l'indiquait, le *Saint-Michel III* n'était pas le premier bateau de Jules Verne, mais c'était le plus imposant. Un steam-yacht en métal de trente-trois mètres de long, associant un gréement de goélette à une machine à vapeur à double cylindre. L'équipage attendait, aligné sur le pont. Paul s'approcha de Camille.

— Jules a toujours regretté de l'avoir vendu. Je crois que ce bateau, c'est son véritable enfant.

L'écrivain avait le plus grand mal à cacher son émotion. Il s'approcha du nom inscrit sur la proue.

— *Nemo*, finalement, c'est encore mieux que *Saint-Michel.*

— Après vous, monsieur Verne, lui proposa Milica en lui indiquant l'échelle de coupée. Jules monta lentement, suivi par les autres. Quand il arriva sur le pont, il tira son chapeau à l'intention des marins. Un coup de clairon, suivi d'un ordre sec de Milica, les fit se mettre au garde-à-vous. Jules avait les larmes aux yeux.

— Merci, mes enfants, merci.

Milica leur fit visiter l'intérieur du navire, luxueusement aménagé. Un grand salon aux belles boiseries cirées, une petite chambre pour chaque invité, une salle à manger.

— Nous avons conservé l'aménagement général, mais nous y avons ajouté quelques éléments typiquement monténégrins. Nous mangerons la cuisine du pays, le chef ne connaît que celle-là, mais c'est un maestro dans son domaine.

— Ce sera parfait, Milica. Puis-je visiter la cabine de pilotage ?

— C'est le moment, nous lèverons les amarres dans quelques minutes.

Paul suggéra discrètement à Nathan et à Camille de laisser Jules assister seul au départ.

Chapitre 35

Une heure plus tard, le *Nemo* avait quitté le port. Camille vit que Jules était accoudé sur la passerelle du navire. Il s'approcha de lui.

— Un bien beau bateau, parfaitement conservé.

— Tu peux le dire ! Quand je pense que je l'ai vendu en 1886 pour une somme ridicule à un armateur qui l'a lui-même revendu au prince Nikola. Quelle stupidité...

— Des soucis financiers, peut-être ?

— Non, plutôt des affaires de famille.

Il n'en dit pas plus, mais Camille se rappela que cette année-là, à ce que disait Paul, son neveu Gaston lui avait tiré dessus. Le chagrin l'avait sans doute poussé à se débarrasser de son navire, à n'importe quel prix.

— C'était mon troisième bateau, je l'ai gardé moins de dix ans.

— J'ignorais que tu aimais la mer à ce point.

— La plupart de mes lecteurs croient que j'ai sorti mes *Voyages extraordinaires* de ma tête seule. Ils ignorent que j'ai sillonné toutes les mers. Mon premier navire, le *Saint-Michel I*, n'était qu'une simple chaloupe. C'est pourtant à son bord que j'ai écrit *Vingt Mille Lieues sous les mers.* Puis, à force d'insister, j'ai fini par être accepté au Yacht Club de France, comme écrivain et comme marin. J'ai donc acheté un cotre, qui me servait aussi de cabinet de travail. C'était le *Saint-Michel II*. Trois ans après, j'ai vu ce yacht à vapeur et j'en suis tombé amoureux. Il était noir, je l'ai fait repeindre en blanc, puis aménager. Pendant des mois, j'ai navigué au sud comme au nord de l'Europe. J'écrivais allongé sur le pont, c'est ainsi que j'ai rédigé *Un capitaine de quinze ans* et *Les Cinq Cents Millions de la Bégum*. J'étais heureux comme un roi. Quand j'y repense, je crois que je m'en suis séparé pour me punir, peut-être parce que le succès m'avait rendu égoïste. Pendant que je sillonnais les mers, ma pauvre Honorine m'attendait à la maison. À peine rentré, je passais quelques semaines avec elle, puis je repartais.

Camille, pensif, songea à Sylvie. Lui ne voyageait pas sur les mers, mais dans les étoiles. À présent, il était parti au bout du monde pour sauver sa jeune maîtresse. Fort opportunément, un fumet appétissant détourna son attention.

— Je crois, Jules, que c'est l'heure du déjeuner. Rappelle-toi que nous sommes debout depuis cinq heures du matin !

*

Au bout du deuxième jour de voyage, le *Nemo* commença à longer la côte italienne.

— Demain nous arriverons en vue de la Sicile, annonça Milica en faisant passer le plat de viandes cuisinées à la façon monténégrine. Puis nous mettrons le cap vers l'Afrique du Nord.

— Le plus redoutable nous attend ensuite, ajouta Jules, avec la traversée de l'Atlantique.

— Que peut-il nous arriver ? s'enquit Camille. Rencontrer le calmar géant de *Vingt Mille Lieues sous les mers* ?

— C'est une de mes plus belles inventions, admit Jules, mais ce n'est qu'une invention littéraire.

— Alors votre imagination est clairvoyante, corrigea Nathan Watkins. Les biologistes qui étudient les fonds marins ont signalé l'existence d'un monstre semblable, qu'ils ont nommé *Architeuthis dux.*

— Ce garçon est une encyclopédie vivante, s'étonna Camille.

— Parce que j'ai travaillé, il y a quelques années, sur ce thème des monstres marins dans la mythologie. L'*Architeuthis* est long de vingt mètres, si l'on compte les tentacules. Quant à ses yeux, leur diamètre atteint bien quarante centimètres. Ce sont les plus grands yeux du règne animal.

— Je n'aimerais pas être espionné par deux yeux de quarante centimètres, s'amusa Camille.

— La nature est bien plus inventive que l'imagination des romanciers, conclut Paul. Redoutez-vous la rencontre de tels monstres, Milica ?

— Je suis comme vous, je n'ai jamais traversé l'Atlantique. Moi, je crains surtout les tempêtes et les vagues géantes. On en signale certaines, aussi grandes que des montagnes. Mais ne vous inquiétez pas, messieurs, je serai là pour vous protéger !

Il y eut un éclat de rire général.

— Il est vrai que la mer est un milieu dangereux, convint Jules, mais c'est aussi un merveilleux espace de liberté. N'avez-vous pas le sentiment, depuis que nous avons pris le large, d'avoir largué les amarres avec le reste du monde ?

Milica approuva.

— C'est tout à fait vrai. C'est même l'une des raisons qui m'ont encouragée à vous accompagner. Les hommes, à terre, sont si mesquins et si étroits d'esprit !

Nathan voulut lui en faire dire plus.

— Le Monténégro est pourtant un beau pays, Milica, et le prince est votre père. Que vous manque-t-il ?

La réponse ne se fit pas attendre.

— Ce qu'il me manque ? Respirer…

Elle avait prononcé ces mots avec un tel élan de sincérité, que tous en furent gênés. Jules préféra recaler la conversation sur ses rails.

— Je crois que le jour où les hommes quitteront la Terre pour s'en aller dans l'espace, si cela arrive un jour…

— C'est inévitable, Jules, l'interrompit Paul, puisque tu l'as annoncé.

— Eh bien, ce jour-là, leur sentiment sera le même : une ivresse qui est peut-être celle de la vraie liberté.

Paul sortit un petit carnet de sa poche, celui dont il se servait pour consigner leurs notes pendant leurs voyages.

— Alors, reprit-il, je citerai un mot de l'illustre personnage qui a donné son nom à ce bateau : « La mer est un immense désert où l'homme n'est jamais seul, car il sent frémir la vie à ses côtés. Ah ! monsieur, vivez, vivez au sein des mers ! Là seulement est l'indépendance ! Là je ne reconnais pas de maîtres ! Là je suis libre. »

— Belles paroles, applaudit Nathan.

— Et si vraies, approuva Milica.

Chapitre 36

Après avoir longé les côtes de l'Algérie et du Maroc, le *Nemo* s'apprêta à traverser le détroit de Gibraltar. Camille observa que leur navire était suivi par de grands poissons aux écailles brillantes, de deux ou trois mètres d'envergure.

— Ce sont des thons, tout simplement, lui apprit Nathan.

— Je ne les savais pas aussi gros.

— Les champions pèsent presque cinquante kilos. Ils aiment accompagner les bateaux, certains s'amusent même à faire la course. Si vous les observez bien, vous verrez qu'ils nagent en triangle, comme les oiseaux.

— Finalement, ajouta Nathan, l'ordre et la géométrie règnent partout, y compris dans la nature sauvage.

Camille approuva.

— C'est un émerveillement pour celui qui explore l'univers lointain. Jusqu'à perte de vue, les astres obéissent à des lois invisibles, qui les agencent en formations durables.

— Dieu est un géomètre, pensez-vous ?

— Ou bien la nature déteste le désordre, à chacun sa foi. L'ordre est la garantie de la continuité.

Jules intervint dans la conversation.

— Mais la mort, Camille ? Quand le corps, cette merveilleuse machine, est dévoré par les vers ou s'envole en poussière, n'est-ce pas le triomphe absolu du désordre ?

— On pourrait le croire, mais les esprits que nous pourchassons en Guyane ont peut-être vaincu la mort biologique.

— Par la grâce de la magie ?

— Ou d'une science bien plus avancée que la nôtre.

Il se tourna vers Nathan.

— Vous qui avez étudié leur civilisation, mon ami, à combien estimez-vous l'avance des survivants du Déluge ?

— Les Pontiques ? On ne peut que faire des suppositions. Ils avaient atteint l'âge de la machine à vapeur quand le reste de l'humanité sortait à peine de l'âge de pierre. Ils auraient donc entre cinq et dix mille ans d'avance sur nous.

Ce chiffre les laissa songeurs.

— Qui sait où ils en sont, à présent ?

— Nous le saurons bientôt. Peut-être le but ultime de l'évolution humaine est-il de se débarrasser de ce corps biologique, voué à la maladie et à la mort ?

*

En fin d'après-midi, alors que le *Nemo* longeait le détroit de Gibraltar, Camille se bourra une pipe, la seule de la journée, dans le grand salon du navire. Il n'entendit pas Milica entrer.

— Où sont les autres ? demanda-t-elle.

Camille se retourna, surpris.

— Pardon, Milica, je ne vous ai pas vue. Je crois qu'ils sont tous réunis à l'avant du bateau, pour admirer les colonnes d'Hercule. À cette heure, quand elles sont éclairées par la belle lumière du soleil couchant, c'est un très beau spectacle.

— Mais vous avez préféré vous isoler dans le salon ?

— Comme vous, dit-il en souriant.

— J'aime la solitude.

Elle s'installa au piano et commença à jouer une pièce enveloppante, que Camille écouta avec délice.

— C'est merveilleux. Qu'est-ce que c'est ?

— Schumann, un extrait des *Fantasiestücke*, celui consacré à la tombée du soir. Schumann a dédié sa pièce à une pianiste qu'il aimait beaucoup, mais nous n'en savons pas plus sur leur relation.

Elle s'arrêta de jouer et se tourna vers Camille.

— Monsieur Flammarion, puis-je vous poser une question personnelle ?

Généralement, Camille redoutait les conversations qui commençaient ainsi, elles suggéraient une intrusion dans son intimité. Mais que pouvait-il refuser à Milica ?

— Posez-la, je verrai bien si je puis vous répondre.

— Si j'ai bien compris, c'est à votre initiative que nous avons entrepris ce voyage ?

— Nous l'avons fait d'un commun accord avec Nathan, Jules et Paul. Nous avions tous nos raisons, mais les motivations de chacun sont comme les affluents d'un grand fleuve, elles l'alimentent et l'enrichissent.

— Soyez plus précis.

— Nathan, au départ, voulait monter une expédition scientifique pour donner du poids à sa découverte archéologique. Jules avait besoin de chasser ses idées noires, Paul l'a accompagné, comme il le fait toujours.

— Et vous ?

— Pour être franc, j'ai d'abord hésité. Puis un incident grave m'a décidé à y aller à mon tour.

— La disparition de Gabrielle ?

— Oui.

— Êtes-vous marié, monsieur Flammarion ?

— Oui, je le suis.

— Comment s'appelle votre épouse ?

— Sylvie.

Camille aimait de moins en moins l'allure que prenait cette conversation.

— Aimez-vous votre femme ?

— Oui, beaucoup.

— Cette Gabrielle est donc votre maîtresse ?

Que pouvait-il répondre ? Le regard de Milica était si intense qu'il semblait pouvoir traquer le mensonge au plus profond de son âme.

— Eh bien, le mot « maîtresse » me paraît un peu réducteur. C'est une jeune femme que j'aime profondément.

— Ce n'est pas uniquement pour le sexe ?

— Croyez-vous, Milica, que je serais ici si c'était le cas ? Nous allons affronter beaucoup de dangers en Guyane, peut-être même y laisserai-je la vie. Oui, je l'aime au point de tout risquer pour la sauver.

— Je vous crois, monsieur Flammarion. Donc vous aimez deux femmes.

Comme s'il faisait fi de la dimension des émotions, le raisonnement de Milica restait mathématique.

— Et alors ? Cela vous paraît impossible d'aimer deux personnes ?

— Totalement impossible. J'ai connu beaucoup d'hommes, j'en ai aimé quelques-uns, mais je ne pouvais aimer qu'un homme à la fois. L'amour est exclusif, monsieur Flammarion, sinon ce n'est pas de l'amour.

Encore une fois, que pouvait-il répondre ?

— C'est une discussion philosophique intéressante, Milica, mais je ne sais pas si c'est bien le moment de…

— Encore une question : quel âge avez-vous, Monsieur Flammarion ?

— Cinquante-trois ans.

— Et Gabrielle ?

— Disons autour de vingt ans.

— Vous avez des enfants ?

À présent, il avait hâte que quelqu'un, Jules, Nathan, n'importe qui, arrive pour mettre un terme à cet entretien.

— Non, je n'ai pas eu d'enfant avec Sylvie.

— Si je comprends bien, vous aimez Gabrielle comme si elle était votre fille, mais avec le sexe en plus ?

Il se rendit compte à cet instant de l'étrangeté de sa situation. Un collègue psychiatre lui avait parlé d'un médecin viennois, le docteur Freud, qui traitait les maladies nerveuses par des questionnements de ce genre. La seule différence, c'est que lui, Camille, n'était pas malade. Il préféra riposter par une contre-offensive.

— Que vous importe ma réponse, Milica ? Voyez-vous, j'ai choisi l'astronomie par amour des mathématiques. J'ai vite compris qu'elles étaient très éloignées de l'esprit humain parce qu'il était fait, lui, de mille tensions contradictoires. Vous-même, qui aimez tant la clarté, faites-vous la route avec nous pour le seul plaisir du voyage ou avez-vous quelque chose à fuir ?

Elle eut un sourire triste.

— Touché, monsieur Flammarion.

L'arrivée de Jules interrompit fort à propos ces confessions mutuelles.

— Ah, je vous trouve en pleine discussion sérieuse ?

— Nous parlions des mérites de ce docteur Freud, qui a mis au point une méthode originale pour sonder les âmes.

— Freud ? J'ai connu son maître, le professeur Charcot. Il estimait que ce jeune médecin irait loin. Un jour, j'écrirai un roman sur ce beau thème : après l'exploration du fond des mers et du centre de la Terre, celle des profondeurs de l'esprit humain.

Les autres s'installèrent autour de la table pour le dîner. Milica se leva et s'adressa à tous.

— Demain, messieurs, nous longerons les côtes du Maroc et nous prendrons la direction des îles Canaries, où nous accosterons. Compte tenu de la chaleur, je vous suggère fortement d'oublier vos costumes de lainage et de revêtir des pantalons de toile et des chemises légères. Nous avons tout ce qu'il faut pour cela à bord du bateau.

— Faudra-t-il aussi porter un casque colonial ? s'amusa Jules.

— C'est fortement indiqué, il sera indispensable pour vous protéger du soleil.

— L'aventure commence, fit Jules en levant son verre.

Chapitre 37

Pendant que les marins du *Nemo* approvisionnaient le navire en vivres et en eau, le petit groupe, accompagné de Milica, prit un moment pour visiter la petite ville de Santa Cruz, la deuxième cité la plus peuplée des Canaries.

— C'est étrange, s'étonna Nathan, on se croirait en Amérique latine. L'architecture, l'habillement des gens me font penser au Pérou ou à la Bolivie.

— Les îles Canaries sont un monde à part, mes amis. Et vous n'avez pas encore vu le plus impressionnant.

— Quelle surprise nous réservez-vous, Milica ?

— Vous qui êtes astronome, monsieur Flammarion, je vais vous emmener sur un autre monde !

La jeune femme, qui parlait couramment l'espagnol, loua deux calèches et les emmena visiter la région du volcan Teide, un des plus hauts du monde, avec ses 3 700 mètres. Après avoir cheminé pendant près d'une heure, les deux véhicules firent un arrêt. Le cocher s'adressa dans sa langue à Milica.

— Nous allons descendre ici, proposa la jeune femme. Notre cocher vous suggère de faire l'ascension de cette petite colline. Vous serez étonnés.

Tous mirent pied à terre.

— Monsieur Verne, demanda Milica, voulez-vous que je vous aide ?

— Inutile, répondit Jules, vexé. Pour qui me prenez-vous ?

Milica comprit son erreur. Comme d'habitude, elle corrigea sa bévue en donnant un ordre.

— Je vous conseille de coiffer vos casques, le soleil tape fort par ici !

Quand la pente s'accentua, Paul aida son frère à progresser. Fort heureusement, l'ascension fut de courte durée. Au sommet, ils furent récompensés de leurs efforts par un paysage unique de cratères, de cheminées volcaniques, de coulées de lave pétrifiée.

— N'est-ce pas ainsi que vous imaginiez la Lune, monsieur Verne ?

— Je pense plutôt à Mars, suggéra Camille. Ou à la surface désolée de Mercure.

Nathan alla examiner une roche.

— Le volcan est à peine éteint, les roches volcaniques ne sont pas altérées par l'érosion.

— C'est magnifique et angoissant, estima Paul. Et ce silence…

— Un silence minéral, ajouta Nathan. Celui qui régnait sur notre Terre avant l'apparition de la vie.

Camille était pensif.

— Beaucoup de planètes, hélas, ont sans doute cette allure.

Jules s'étonna.

— Je te trouve bien pessimiste, Camille. Dans tes livres, tu décris des mondes qui grouillent de vie. Des Sélénites, des habitants sur Vénus ou sur Jupiter…

— La vérité, Jules, est que je n'en sais fichtrement rien. La vie est peut-être très rare, une expérience de laboratoire montée sur notre Terre par quelque dieu biologiste.

— Quelle imagination, Camille !

Milica proposa une idée.

— Puisque vous parlez d'expérience, professeur Flammarion, j'aimerais beaucoup que demain, quand nous serons de nouveau en mer, vous nous montriez une expérience de spiritisme.

Camille se montra réticent.

— Sur le bateau ? Je ne sais pas si ça marchera.

— Quelque chose l'interdit ? demanda Jules.

— Non, mais personne ne l'a jamais fait. Et je ne suis pas médium, Milica. Pour qu'une séance obtienne des résultats, il faut un médium.

— Moi je le suis, lança-t-elle avec assurance.

— Comment pouvez-vous le savoir, si vous n'avez jamais pratiqué le spiritisme ?

— Depuis mon enfance, j'ai des dons. Je devine des évènements à l'avance, j'ai aussi échangé des pensées avec mon père.

— Vous savez, Milica, beaucoup de gens estiment avoir des « dons », comme vous dites. Puis ils sont déçus.

Jules estima qu'il fallait donner satisfaction à la fille du prince.

— Essayons, Camille. Contempler la ligne d'horizon sur un bateau devient vite monotone. Au pire, nous passerons une bonne soirée ensemble.

*

— La table du salon fera-t-elle l'affaire ?

— Non, répondit Camille, elle est trop grande. Nous devons être proches les uns des autres, je préférerais un petit guéridon.

— Je vais vous trouver ça.

Milica ordonna à un marin d'aller chercher un petit meuble qui se trouvait dans sa chambre. Il revint une minute plus tard avec une petite table à trois pieds.

— Celui-ci ira-t-il ?

— Je pense que oui, estima Camille.

— Alors prenons nos places et commençons.

Jules, Camille, Nathan, Paul et Milica s'installèrent autour de la table.

— Normalement, ajouta Camille, nous posons nos mains à plat sur le plateau, comme ceci.

Tous l'imitèrent.

— Et maintenant ?

— Celui qui est le médium invoque l'esprit.

— C'est donc moi, répliqua Milica. Comment fait-on ?

— Le plus simplement du monde : vous appelez celui qui est disponible.

— Ou « celle », s'il s'agit d'une femme. Y a-t-il des esprits femmes, monsieur Flammarion ?

— Le mot « esprit » est neutre, on l'emploie donc au masculin.

— Très bien.

Elle leva les yeux vers le plafond.

— Esprit, je t'appelle...

Rien.

— Le plus souvent, on dit : « Esprit, es-tu là ? »

Milica reprit.

— Esprit, es-tu là, qui que tu sois ?

Rien.

— Il faut être patient, Milica. Si vous avez vraiment des dons de médium, l'esprit se manifestera. Sinon, rien n'arrivera. Recommencez, s'il vous plaît.

Elle se fit plus impérative.

— Esprit, réponds !

Rien.

Camille sentit le regard incrédule des uns et des autres.

— Le plus difficile, ce sont les premières séances, car l'esprit ne connaît pas le médium. Après, il s'habitue. Parfois, au début, on y passe des jours et des nuits sans que rien ne se passe. Puis, au moment où l'on s'y attend le moins, il...

Camille s'interrompit. Il avait senti une vibration.

— J'ai senti quelque chose, confirma Jules.

— Moi aussi, approuva Nathan.

— C'est bizarre, observa Paul, ce n'est pas le guéridon. Il est parfaitement immobile.

La vibration s'amplifia.

— C'est le bateau qui tremble, suggéra Nathan.

En effet, chacun pouvait constater que les parois du navire vibraient, comme lors d'un séisme.

— Comment est-ce possible ? s'étonna Camille. Je n'ai jamais vu ça.

Un vase tomba à terre et se cassa, un tableau se décrocha d'un mur.

— Peut-être est-ce dû au fait que nous nous trouvons dans un véhicule en mouvement. D'habitude, les séances de spiritisme se pratiquent dans des appartements.

Une nouvelle secousse, plus forte que les autres, fit craquer l'armature du navire.

— Il faut cesser, s'alarma Jules, le yacht pourrait se briser !

— Esprit, arrête ! cria Milica.

Peu à peu, le tremblement cessa.

— Je préfère ça, souffla Camille.

Ils virent alors un marin descendre dans le salon. Son visage était blanc. Il s'adressa à Milica.

— *Moj pukovniče... (Mon colonel...)*

— *Šta se dešava ?* (*Qu'y a-t-il ?)*

Le marin balbutia.

— *Naš brod...*

— Que dit-il ? demanda Camille.

— Il parle du bateau.

— *Lebdi iznad vode !*

— Quoi ?

Les autres l'interrogèrent du regard.

— Il dit qu'il flotte au-dessus de l'eau !

Tous ne firent qu'un bond, grimpèrent l'escalier et se précipitèrent sur le pont. En se penchant par-dessus la passerelle, ils virent que le *Nemo* lévitait à un mètre environ au-dessus des vagues. Milica courut voir à l'arrière du navire, où les marins s'étaient rassemblés. L'hélice, toujours actionnée par les cylindres du moteur, tournait librement dans l'air.

— Comment avez-vous fait cela, Milica ?

— Je n'ai rien fait du tout, je vous ai dit que j'ai ce don depuis l'enfance.

— Attention, cria Nathan, le navire va replonger !

Le *Nemo* regagna la mer, en effet, en soulevant de grandes gerbes d'eau.

— Accrochez-vous !

Après avoir un peu tangué, le yacht retrouva son équilibre et continua sa route. Jules s'essuya le front.

— Je viens d'avoir la plus grande peur de ma vie !

Tandis que les marins s'agenouillaient pour prier, Camille prit Milica à part.

— Rassurez-les, parlez d'un méchant coup de mer, une vague géante, n'importe quoi. Mais oubliez le spiritisme, vous allez les effrayer.

Il sentit une inquiétude inhabituelle chez la jeune femme.

— Comment expliquez-vous ce qui s'est passé, monsieur Flammarion ?

— Je ne l'explique pas, Milica. Je pense que nous avons mis en mouvement des forces inconnues.

Elle acquiesça, perplexe, puis alla réunir les marins pour leur parler. Pendant ce temps, Nathan s'approcha de Camille.

— Comment Milica a-t-elle pu faire cela, Camille ?

— Milica n'y est pour rien, Nathan. Je crois plutôt que les esprits qui nous attendent en Guyane viennent de nous adresser un petit bonjour à leur manière !

Chapitre 38

Avant d'entreprendre sa traversée de l'Atlantique, le *Nemo* fit une dernière escale sur l'île de Gorée, en face de la ville de Dakar.

— Nous ne mouillerons pas longtemps, messieurs, annonça Milica. Mais si vous souhaitez visiter l'île, c'est à votre convenance, Gorée n'est pas un endroit comme les autres.

— Que veut-elle dire ? demanda Jules.

Nathan leur expliqua.

— Gorée fut un haut lieu de la traite des esclaves en Afrique. C'est ici qu'étaient rassemblés les milliers d'esclaves africains qui partaient chaque année pour l'Europe et l'Amérique.

— Un sinistre négoce, commenta Jules.

— Ce commerce a pourtant fait la prospérité du monde dit « civilisé », ajouta Nathan, ne l'oublions pas.

Compte tenu du peu de temps dont ils disposaient, le petit groupe ne visita que la Maison des esclaves, sur le côté est de l'île. Ils louèrent sur place les services d'un guide local, qui parlait un excellent français.

— Suivez-moi, messieurs.

La Maison des esclaves était un grand bâtiment aux murs épais, desservi par un escalier double. De l'extérieur, elle ne ressemblait pas à une prison. Mais à l'intérieur…

— Dès leur arrivée, précisa leur guide, les esclaves enlevés dans leurs villages étaient rassemblés par groupes de vingt dans ces petites cellules. Ils étaient enchaînés, le dos contre le mur. Il y avait des cellules pour les hommes, d'autres pour les femmes et les enfants. On ne les libérait que deux fois par jour, pour satisfaire leurs besoins. Puis on les enchaînait à nouveau.

— Combien de temps attendaient ces malheureux ?

— Parfois des jours, parfois des semaines ou même des mois. Beaucoup mouraient sur place.

— Où partaient-ils ?

— Tout dépendait de la clientèle. La plupart allaient en Louisiane ou aux Antilles. Ils n'avaient plus de noms, on les remplaçait par leurs numéros matricules. Beaucoup périssaient en mer.

La visite se poursuivit pendant une heure, alignant les détails sordides. Jules fut le plus choqué par l'organisation quasiment industrielle de la traite négrière.

— Vous savez, mes amis, si je crois tant au progrès, ce n'est pas uniquement pour le plaisir ingénu d'admirer des machines, c'est parce qu'elles travailleront pour nous. Les voilà, nos futurs esclaves, ce seront des esclaves d'acier ! Les machines renverront cette pratique abominable de l'esclavage aux oubliettes de l'Histoire.

— J'aimerais avoir ton optimisme, Jules, objecta Camille, mais je crains que les hommes trouvent d'autres moyens, encore plus sophistiqués, pour asservir leur propre espèce.

— Nous le saurons peut-être bientôt, suggéra Nathan. Si les survivants du Déluge ont plusieurs siècles d'avance sur l'humanité actuelle, comme je le pense, nous verrons bien où ils en sont.

En regagnant le yacht, le petit groupe fut témoin d'une discussion animée entre Milica et ses marins.

— Que se passe-t-il ?

— Je ne comprends rien à ce qu'ils disent, Milica nous expliquera.

Au bout d'un moment, un coup de sifflet du maître d'équipage renvoya tout le monde au travail. Milica vint leur résumer la situation.

— Je m'y attendais. Deux marins ont profité de notre escale à Gorée pour déserter. Ils ont été effrayés en voyant notre bateau flotter au-dessus de l'eau. Ils ne croient pas à mes histoires de vague géante, ils pensent que vous êtes des sorciers ou quelque chose comme ça. Tant pis pour eux, leurs familles en subiront les conséquences.

Ces derniers mots choquèrent Camille, qui se sentait un peu responsable de la situation.

— Comment cela, leurs familles ?

— Ces marins sont aussi des soldats. Au Monténégro, nous fusillons les déserteurs. À défaut, nous persécuterons leurs familles.

— Milica, plaida Camille, soyez charitable, personne ne s'attendait à ce qui est arrivé. Il y avait de quoi être effrayé.

— Je vous l'accorde, mais nous ne pardonnons pas aux déserteurs.

— Et les autres marins ? s'enquit Jules.

— Je les ai calmés en les traitant de lâches et de femmelettes !

Elle eut un geste vers l'étui qui contenait son revolver.

— Je leur ai fait comprendre que j'exécuterais moi-même celui qui ferait une nouvelle tentative.

Sur ce, elle tourna les talons.

— Je la trouve moins sympathique à présent, commenta Jules.

*

Le *Nemo* se remit en marche, cette fois vers le grand large. L'incident du « yacht volant » avait un peu cassé l'ambiance. Alors qu'ils étaient sur le pont, Jules se pencha sur la passerelle.

— Regardez, des dauphins !

Un petit groupe de dauphins avait décidé de suivre le navire. Ce fut un vrai plaisir de les voir bondir autour du *Nemo*, avec leur face réjouie.

— Ne leur prêtons pas nos émotions, nuança Nathan. Leur gueule est largement fendue, ce qui peut leur donner cette allure souriante, mais c'est une apparence.

— Ils sont quand même très sociables, non ?

— Ils vivent en groupe, c'est pour eux un facteur de survie. Ils ont aussi de grandes capacités de communication. Tous ces facteurs en font une espèce dont l'homme peut se sentir proche.

— Notre intelligence nous a un peu isolés du reste des êtres vivants, suggéra Camille. C'est rassurant de se trouver des amis parmi les animaux.

— Ce n'est pas une raison, protesta Nathan, pour se raconter des fariboles. Des collègues anglais, qui les ont étudiés de près, ont rapporté que les dauphins sont capables d'une grande violence envers leurs femelles. Les mâles forment parfois des alliances pour les séquestrer et les violer, individuellement ou en groupe. D'autres fois, ils attaquent des marsouins sans raison apparente, juste pour le plaisir de les tuer.

Jules se détourna avec un air dégoûté.

— Vous êtes un rabat-joie, Mr Watkins, vous nous empêchez de rêver.

— Je vous dis la vérité, Jules, c'est tout.

Les conversations cessèrent, car Milica vint les rejoindre.

— Alors, messieurs ? Vous admirez les dauphins ?

Camille ne savait plus trop comment se comporter avec elle.

— Nous étions en train de comparer leurs mérites et leurs défauts.

— Vous avez raison, il ne faut jamais s'illusionner. Ni sur les dauphins, ni sur les hommes. Je venais vous prévenir : une tempête se prépare. Rien de bien méchant, mais ne restez pas trop longtemps sur le pont, les grains dans ce secteur arrivent d'un coup.

Chapitre 39

Milica avait raison. En quelques minutes, le ciel devint très sombre, la pluie tomba en rafales et le vent se mit à souffler en tempête. Secoué par de hautes vagues, le navire se mit à tanguer sérieusement.

— Tu es tout blanc, Camille, s'amusa Jules.

— Je ne suis pas rassuré. Es-tu certain que le bateau ne se brisera pas ?

— Aucune inquiétude, mon *Saint-Michel* en a vu d'autres !

Les passagers s'étaient réfugiés dans le salon et contemplaient le déchaînement des éléments à travers les hublots.

— N'ayez pas honte d'avoir peur, Camille, murmura Paul Verne. Même les marins les plus expérimentés craignent la tempête. C'est ce qui évoque le plus la colère des dieux.

Camille saisit la balle au bond et cita un passage de l'*Odyssée*, qu'il connaissait par cœur :

— « Et il saisit de ses mains son trident et il déchaîna la tempête de tous les vents. Et il enveloppa de nuages la terre et la mer, et la nuit se rua de l'Ouranos. Les genoux d'Ulysse et son cher cœur furent brisés, et il dit avec tristesse dans son esprit magnanime : malheureux que je... »

Il s'interrompit, intrigué par une lueur qui illuminait le pont avant du navire.

— Jules, viens voir, ce n'est pas la foudre...

Jules Verne regarda à son tour.

— Ce sont des feux de Saint-Elme. Cela arrive parfois, pendant les tempêtes.

— Je dois aller voir ça.

Il se dirigea vers la sortie. Nathan, qui avait compris ce qu'il voulait faire, le retint par le bras.

— Camille, non !

— Nathan, je suis astronome, je veux observer ce phénomène de mes propres yeux.

— Alors j'irai avec vous.

Prudemment, en s'agrippant fermement à ce qu'ils pouvaient, les deux hommes se hasardèrent sur le pont. Camille leva la tête.

— Merveilleux !

Des lumignons électriques bleu-vert s'étaient formés aux sommets des mâts. Par contraste avec l'obscurité ambiante, le navire avait l'allure d'un sapin de Noël illuminé ou d'un navire fantôme, selon les goûts.

— C'est dangereux ? demanda Nathan.

— Non, mais mieux vaut rester à distance. Ce sont des phénomènes électriques provoqués par une différence de potentiel entre les nuages et le bateau. Une décharge se produit à la pointe des mâts, en émettant les lueurs que nous voyons. Normalement, elle y reste. Mais la foudre est capricieuse, mieux vaut rester où nous sommes.

— Pourquoi ce nom, Saint-Elme ?

— Parce que l'évêque saint Elme était le protecteur des marins. Souvent, les feux de Saint-Elme annoncent la fin de l'orage.

Ce fut le cas. Comme par magie, la tempête cessa aussi brutalement qu'elle était venue. Tous montèrent sur le pont. Le ciel était redevenu bleu et un calme plat avait succédé à l'agitation des flots.

— Après avoir manqué de périr noyés, s'amusa Jules, nous allons rôtir pendant des heures. Ce sont les caprices de la météo marine.

Milica approuva.

— Je vous suggère de boire beaucoup d'eau, messieurs, nous avons rempli nos réserves à Gorée. Et comme nous approchons de l'équateur, j'ai décidé d'organiser une petite fête, ce soir.

— Bonne idée !

— Nous ouvrirons quelques bouteilles de rakija, notre boisson nationale. Et mes hommes vous montreront quelques danses de mon pays.

Nathan se pencha vers Camille.

— L'équateur ? Il me semble que nous en sommes loin ?

— Elle cherche un prétexte pour dégeler l'atmosphère avec ses marins. Toutes les raisons sont bonnes, tant pis pour la géographie.

Au crépuscule, quelques notes d'accordéon annoncèrent le début des réjouissances. Marins et passagers s'étaient rassemblés sur le pont. Milica se joignit à eux, vêtue du costume traditionnel de son pays. Un chemisier blanc et brodé, serré dans une jupe rouge plissée, sur lequel elle avait enfilé un long gilet vert pâle, lui aussi brodé. Ses cheveux, rassemblés en deux longues tresses, étaient surmontés par un petit chapeau plat.

— Vous êtes magnifique, Milica ! s'exclama Nathan.

— Dommage que nos marins n'aient pas emporté leurs costumes, mais nous sommes en mer.

Elle leva un verre de rakija.

— À votre santé, messieurs, et à celle de notre expédition !

Camille trempa prudemment ses lèvres dans le verre qu'elle lui avait tendu.

— C'est fort !

— Chaque région du Monténégro a sa recette, répliqua Milica. Le rakija que je vous ai servi est le meilleur, il contient 80 % d'alcool.

— Seigneur ! s'écria Paul, c'est quasiment un médicament.

L'accordéon se mit de la partie. Les marins formèrent un cercle autour de Milica, qui se mit à virevolter avec une grâce sensuelle. Elle lança un appel à ses invités.

— Venez, ne me laissez pas seule !

Jules montra son pied.

— Dans mon état, Milica, c'est difficile. Vas-y toi, Camille.

— Pitié, Jules, je ne danse même pas la valse.

— Eh bien moi, j'y vais ! s'écria Nathan.

Il se défit de son gilet et entra dans la danse. Milica lui tendit la main et ils improvisèrent une ronde au centre du cercle.

— Il se débrouille bien, ton jeune ami.

— Comment résister à cette fille ? Si j'avais son âge…

Le rakija, qui coulait en abondance, donna très vite à la fête une dimension endiablée. Les marins, à tour de rôle, entrèrent dans la ronde. Après avoir avalé plusieurs verres de la liqueur monténégrine, Camille et Paul improvisèrent quelques pas sous le regard amusé de Jules, resté en retrait.

— Eh, où sont-ils passés ? demanda Camille.

— Qui ?

— Milica et Nathan. Ils ne sont plus là…

Jules lui adressa un clin d'œil.

— Je présume que Milica dévoile à Nathan d'autres richesses de son pays. Nous devons nous satisfaire, nous, de ce merveilleux rakija.

Un bref instant, Camille pensa à Gabrielle. « Elle pourrait être ta fille », lui avait lancé Sylvie au plus fort de leur dispute.

— Ah, c'est fini, déplora Jules.

Un coup de sifflet du maître d'équipage venait d'interrompre la musique et les danses. Aussitôt, les marins rangèrent les bouteilles, nettoyèrent prestement le pont et reprirent leur poste. La fête était terminée.

Le lendemain matin, Milica prit le petit-déjeuner avec eux. Elle semblait radieuse, mais Nathan était absent.

— Votre ami ne tient pas bien l'alcool, leur annonça-t-elle, laissez-le dormir. Avec un peu de chance, aujourd'hui, nous devrions apercevoir la côte de l'Amérique du Sud.

Camille et Jules montèrent sur le pont.

— Le voyage n'aura pas été si long, finalement.

— Parce que le *Nemo* est un bon bateau. Ah, voilà notre ami Nathan !

Le malheureux archéologue se tenait à la rampe. Il était très pâle.

— À l'avenir, mes amis, je ne boirai plus jamais une goutte d'alcool. Et encore moins de rakija.

— Était-ce seulement l'alcool ? lui demanda Jules avec un sourire entendu.

— Cette fille est folle, se contenta de répondre Nathan, elle confond l'amour et la lutte gréco-romaine. Je suis rompu !

Chapitre 40

À mesure que le navire s'approchait de la côte, une nouvelle ligne d'horizon se dessina pour les passagers. C'était une gigantesque masse verte, aussi étendue qu'un océan, composée de millions d'arbres luxuriants.

— La Guyane ? s'étonna Camille. Je ne vois aucune trace d'installation portuaire.

— Je ne pense pas que nous soyons arrivés en Guyane, estima Jules. À mon avis, la tempête nous a fait dévier un peu plus au sud, vers la côte du Brésil.

Ils allèrent s'en informer auprès de Milica, qui confirma.

— Nous sommes arrivés en face du cap Orange, à la pointe de l'État d'Amapá, tout près de la frontière franco-brésilienne. Nous allons suivre la côte vers le nord, jusqu'à Cayenne. Profitez-en pour découvrir ce continent, messieurs, vous saurez mieux ce qui vous attend.

Ils suivirent le conseil de Milica et se regroupèrent tous les quatre sur la passerelle. Devant eux, à petite vitesse, défilait la côte brésilienne, prolongée par la jungle amazonienne, d'une épaisseur redoutable.

— Dès que le regard porte dans la profondeur de la forêt, il rencontre l'obscurité.

— Comme lorsqu'on plonge sous l'eau, ajouta Jules : le soleil disparaît et on pénètre dans un autre monde.

Ils restèrent un instant silencieux devant ce spectacle intimidant.

— Il va falloir s'habituer à ce boucan, mes amis. Des millions d'oiseaux vont nous casser les oreilles toute la journée.

— Ajoute les mouches et les moustiques, poursuivit Nathan, qui ne nous laisseront jamais en paix. Et, pire que tout, les papillons !

— Pourquoi les papillons ?

— On dit que les papillons de Guyane sont les plus toxiques du monde. S'ils entrent en contact avec ta peau, tu souffriras pendant des jours d'une épouvantable maladie, la papillonite. Ne riez pas, cela existe vraiment. Des démangeaisons sur tout le corps, qui rendent fou.

— Sans parler des serpents, ajouta Paul Verne. J'ai lu dans un guide que les crotales abondent dans les hautes herbes.

— Ce n'est pas un monde fait pour l'homme, mes amis. C'est le meilleur exemple de ce qu'était la Terre avant l'apparition de l'espèce humaine. L'Éden de la Bible avait tout d'un enfer.

— En voilà une idée, Camille !

— Je crois fermement qu'il existe des millions de planètes-jungles dans l'univers. Dieu, quand il a façonné ces autres mondes, a certainement pensé aux scorpions et aux fourmis plus qu'à l'homme, une espèce si fragile.

Ils virent alors Paul Verne chuchoter à l'oreille de Jules.

— Vas-y, dis-leur.

— Tu as raison, il faut les prévenir.

— Il y a un problème, Jules ? demanda Camille.

— En ce qui me concerne, mes amis, je crains d'avoir un peu présumé de mes forces. J'en ai déjà parlé à Paul. J'ai de plus en plus de mal à supporter cette chaleur humide, j'ignore si je pourrai vous suivre dans cette jungle. Non qu'elle me fasse peur, mais mon âge et mon pied me rendent la marche difficile.

— Ne vous en faites pas, Jules, le rassura Nathan, j'y ai pensé. Vous nous suivrez jusqu'où vous pourrez, puis vous nous attendrez sur le bateau avec Paul.

Il se tourna ensuite vers Camille.

— Vous aussi, Camille. Si c'est trop difficile, n'hésitez pas à me le dire, je continuerai avec Milica et les marins soldats.

Camille fronça les sourcils.

— Je suis venu pour retrouver Gabrielle, Nathan. Rien ne m'arrêtera.

— Pense tout de même à ta santé, insista Jules.

Camille préféra changer de sujet.

— Tout ce que nous venons de dire pose d'ailleurs une grande question : si votre hypothèse est juste, Nathan, si les survivants du Déluge se sont bien réfugiés au cœur de la forêt amazonienne, pourquoi ont-ils choisi un endroit aussi inhospitalier ?

— Parce qu'il est loin de tout, répondit l'archéologue. C'est la meilleure cachette possible, s'ils ne veulent pas être dérangés.

— Votre réponse ne tient pas, il y a d'autres endroits isolés sur la planète. L'Alaska ou les déserts d'Afrique, par exemple. Il y fait très froid ou très chaud, mais on peut se protéger du froid et de la chaleur. Pourquoi auraient-ils échappé au Déluge pour aller se perdre dans la jungle, où ils risquent la maladie et la mort à chaque pas ? Ce n'est pas un hasard si les Français ont choisi l'île du Diable pour en faire un bagne, ou Saint-Zacharie pour y bâtir un pénitencier. La jungle est une prison.

— Elle est invivable, oui, répondit Nathan, mais pour des êtres de chair. Et si les descendants du Déluge étaient d'une autre nature ?

— Pure spéculation, répliqua Camille.

— C'est bien ce que suggérait le dernier message de Gabrielle.

— Alors je pose la question : comment ces gens sont-ils devenus des esprits ? Avant le Déluge, ils étaient des humains comme nous. Comment sont-ils passés d'un état à l'autre ? Est-ce un résultat de leur science ?

— Peut-être. Des philosophes comme Platon disaient que le but de toute vraie philosophie était d'apprendre à se débarrasser de la chair. Pourquoi n'auraient-ils pas réussi à le faire ?

Chapitre 41

— Cayenne, enfin !

Le port de Cayenne n'était ni le plus beau, ni le plus vaste des ports, mais c'était une des rares enclaves françaises sur cet immense continent.

— Grâce à Louis XIV, précisa Jules. Il a repris Cayenne aux Hollandais et installé durablement une colonie en Guyane. Puis le bagne et les chercheurs d'or ont fini de peupler la ville.

— Quand nous serons à terre, proposa Milica, notre première tâche sera de trouver un bon guide pour nous emmener vers l'intérieur du pays. J'ai examiné la carte, Saint-Zacharie est au cœur de la jungle. Je vais demander une audience au gouverneur de la Guyane française, il pourra sans doute nous aider.

— Milica, suggéra Camille, dites-lui que vous serez accompagnée par Jules Verne. Avec un peu de chance, il aura lu un de ses livres.

— Et par le plus grand astronome de France, ajouta Milica, ce qui ne gâte rien !

Elle fit préparer un des chevaux transportés sur le bateau, l'enfourcha et prit la direction du centre de la ville.

— Je me demande ce que nous aurions fait sans elle, sourit Camille.

*

Henri Félix de Lamothe était le gouverneur temporaire de la Guyane française, avant de rejoindre un nouveau poste au Congo. Après un passage dans le journalisme, il avait occupé plusieurs postes de gouverneur à Saint-Pierre-et-Miquelon, puis au Sénégal.

Milica obtint rapidement satisfaction, il les reçut tous les cinq dans son palais qui donnait sur la place des Palmistes, au centre de Cayenne. Lamothe était un homme légèrement ventripotent à la fine moustache, qui se plaisait à jouer les hommes du monde. Il salua Milica avec un baisemain.

— Je suis très honoré, madame, d'accueillir la fille du prince Nikola Ier du Monténégro. D'autant que vous êtes venue en excellente compagnie.

Il serra chaleureusement la main de Jules Verne.

— Monsieur Jules Verne, vos romans m'ont fait rêver partout où me conduisaient mes missions. J'ai vu de nombreux paysages exotiques dans ma carrière, mais vous avez le talent, dans vos ouvrages, d'ajouter la poésie à l'esprit d'aventure.

Puis il se tourna vers Camille.

— Je suis tout aussi honoré de rencontrer l'auteur de l'*Astronomie populaire*. Apprenez, monsieur Flammarion, que j'étais moi-même féru d'astronomie dans mon jeune âge. Mais le temps a passé et le ciel d'aujourd'hui n'est sans doute plus celui de ma jeunesse.

— Nous avons fait de nombreuses découvertes ces dernières années, en effet.

— La vraie question pour moi, et même l'unique, est : sommes-nous seuls dans l'univers ?

— Un vaste problème, Excellence.

Il salua enfin Paul Verne et Nathan, puis invita tout le monde à s'asseoir.

— Et si vous me disiez la raison de votre présence ici ?

Jules prit la parole et lui livra le scénario préparé à l'avance avec ses amis.

— Je médite un nouveau roman, tout simplement. Il se déroulera dans votre fascinant pays. Je suis donc venu en repérage sur les lieux, mes lecteurs ne me pardonneraient pas la moindre inexactitude. Mes amis m'ont accompagné pour leur seul plaisir.

— Bien, bien. Et quel sera le sujet de ce roman ?

— Une histoire de vengeance. Un prisonnier évadé du bagne de l'île du Diable tente de recouvrer la liberté en traversant la jungle pour gagner le Brésil.

À la seule mention du célèbre bagne, le gouverneur dressa l'oreille.

— Rien de politique, j'espère ? Vous n'ignorez pas, j'imagine, que le traître Dreyfus est emprisonné à l'île du Diable ?

— Rassurez-vous, Excellence, il ne s'agit que d'un roman d'aventures, à la manière du *Comte de Monte-Cristo*. J'ai tellement la tête dans la littérature que j'ai à peine prêté attention à l'actualité politique. On peut dire la même chose pour mon ami Camille qui vit, lui, la tête dans les étoiles.

Rassuré, le gouverneur afficha son meilleur sourire.

— Eh bien, tant mieux ! En ce qui me concerne, mon travail se borne à veiller à l'incarcération de Dreyfus. Je suis d'ailleurs tranquille, car on ne s'évade pas de l'île du Diable.

Son œil se fit malicieux.

— À ce propos… je connais votre imagination, monsieur Verne, mais je me demande bien comment fera votre héros pour trouver la sortie.

Là encore, Jules avait préparé ses arrières.

— Eh bien, je ne sais pas encore. Peut-être ai-je mal choisi mon bagne ? J'ai entendu parler d'un autre pénitencier, construit en pleine jungle, à…

Il fit mine de chercher le nom, mais il fut aidé par le gouverneur.

— Saint-Zacharie ? Il n'existe plus, il a été déménagé. Vous avez raison, ce serait une meilleure idée pour votre roman. Dans la mesure où le pénitencier a disparu, vous serez libre d'écrire ce que vous voulez.

— Pourquoi a-t-il été déménagé ? s'informa Camille.

— Oh, c'est une histoire très embrouillée. Vous en parlerez ce soir avec le préfet de police. Car vous êtes invités à ma table, madame et messieurs.

— Avec plaisir, Excellence, répondit Milica. Ici même, au palais ?

— Dans la salle des fêtes, à huit heures précises. Je vous présenterai mon épouse et quelques notables locaux. Ils rivaliseront d'idées pour vous aider à réussir ce nouveau succès du grand Jules Verne !

*

Dès qu'ils entrèrent dans la salle des fêtes, Milica capta l'attention générale. Elle avait revêtu une robe de soirée largement décolletée qui attira les regards des hommes et ceux, légèrement courroucés, de leurs épouses. Le gouverneur avait pris soin d'inviter tout le gratin de Cayenne, une vingtaine de notables avec leurs épouses.

Au cours du cocktail qui précéda le repas, tous se pressèrent autour de Jules pour le questionner sur ses romans. Camille, lui, se rapprocha du préfet de Guyane.

— Qu'est-ce qui peut bien attirer un astronome en Guyane, monsieur Flammarion ?

— Oh, je me contente d'accompagner Jules Verne, mais je pense aussi à l'avenir. Le jour où les hommes disposeront d'engins assez puissants pour aller dans l'espace, la Guyane sera un lieu de lancement idéal.

— Ah ? Et pourquoi donc ?

— À cause de la force centrifuge créée par la rotation de la Terre. Elle tourne plus vite à l'équateur qu'ailleurs dans le monde. Elle fera donc bénéficier les futurs engins interplanétaires d'un effet de fronde.

— Quel intérêt si ces engins sont lancés par un canon géant ? C'est bien ce que prédit Jules Verne dans *De la Terre à la Lune* ?

— Ce n'est qu'un roman d'imagination, monsieur le préfet. Je crois plutôt que les engins de l'avenir emporteront leur combustible dans leurs flancs. Ils le brûleront pour atteindre la vitesse de libération qui leur permettra de quitter notre planète.

L'épouse du gouverneur s'adressa à ses convives pour les inviter à passer dans la salle à manger.

— Ce soir, avertit Henri Félix de Lamothe, nos invités goûteront aux meilleurs mets de notre belle contrée.

Prévenant, il s'adressa à Milica.

— Notre cuisine est parfois fort pimentée, madame. Souhaitez-vous que nous vous servions les mêmes plats dépourvus de piment ?

Elle répondit avec un sourire désarmant.

— Au contraire, Excellence, sachez que rien n'est jamais assez pimenté pour moi.

Le gouverneur, qui ne savait trop comment prendre la chose, s'inclina.

Dès le début du dîner, la conversation roula sur le grand sujet du moment : le séjour d'Alfred Dreyfus à l'île du Diable.

— Pour le moment, il ne s'exprime pas, leur apprit le préfet. Il semble prostré, anéanti par ce qui lui est arrivé.

— À quoi pouvait-il s'attendre après sa trahison ? s'exclama une dame.

— Vous l'avez enfermé dans une cellule ? demanda Camille.

— Non, dans une case de pierre de quatre mètres de côté. Il est surveillé jour et nuit par cinq gardes armés.

— Je vous l'ai dit, appuya le gouverneur, personne ne peut s'évader de l'île du Diable. C'est la raison pour laquelle j'ai suggéré à monsieur Jules Verne de situer son roman à Saint-Zacharie.

C'était le moment d'en apprendre plus. Camille s'adressa à nouveau au préfet.

— Des histoires folles circulent sur Saint-Zacharie. J'ai entendu dire que le pénitencier était hanté ?

— C'est une histoire très étrange, admit le préfet, qui m'a été confirmée par plusieurs gendarmes. On entendait des bruits de machines, qui venaient de l'intérieur de la terre. On m'a parlé aussi de créatures démoniaques surgissant au cœur de la nuit. Les gardiens de la prison avaient si peur qu'ils ont relâché leur surveillance, des bagnards en ont profité pour s'évader. Ce sont aujourd'hui des bandes de sauvages qui survivent dans la forêt en écumant les chercheurs d'or.

— Excellent, applaudit Jules. Mon héros, injustement condamné, pourrait profiter du désordre pour s'enfuir vers le Brésil.

Le préfet éclata de rire.

— Eh bien je lui souhaite bonne chance ! Seul dans cette jungle, avec ces bagnards qui n'attendent qu'une occasion pour lui couper le cou, il ne tiendra pas plus de trois jours. Mais tout est possible dans les romans, n'est-ce pas ?

Camille en vint rapidement au point qui l'intéressait.

— Monsieur le préfet, pourriez-vous nous indiquer un guide qui pourrait nous conduire à Saint-Zacharie ?

Le haut fonctionnaire perdit son sourire.

— Vous ne pensez pas sérieusement vous rendre là-bas ?

— Mais oui, insista Jules, j'ai besoin de voir les lieux pour raconter mes histoires. Sinon, je n'écrirai qu'un roman à deux sous, comme il y en a tant.

Le préfet paraissait ennuyé.

— Le problème, c'est qu'aucun de mes gendarmes ne voudra y retourner. En revanche...

Il s'interrompit quelques secondes pour réfléchir.

— J'ai entendu parler d'un chercheur d'or... un Portugais, je crois... il aurait passé une nuit de terreur dans le pénitencier. Il a quand même réussi à s'enfuir et à regagner le village le plus proche. J'ai lu son témoignage, il fait froid dans le dos.

— Savez-vous où nous pourrions le trouver ?

— Je sais qu'il s'appelle Rafael et qu'il travaille dans un bistrot de Cayenne. J'enverrai demain un gendarme à votre bateau avec son adresse. Utilisez son récit pour en faire un roman, monsieur Verne, mais évitez de vous rendre dans la jungle. En cas de danger, je ne pourrai rien faire pour vous.

— Vous avez peut-être raison, dit Jules, habilement conciliant. Le témoignage de ce Rafael sera peut-être suffisant.

— Et si nous parlions d'autre chose ? proposa l'épouse du gouverneur. Vos histoires de fantômes vont m'empêcher de dormir !

Chapitre 42

Le préfet tint parole. Tôt le lendemain, un gendarme se présenta à l'embarcadère du *Nemo* avec un pli pour monsieur Jules Verne. Camille et Milica se joignirent à leur ami.

— Voici l'adresse où vous pourrez trouver Rafael Fonseca, le chercheur d'or du pénitencier…

— Notre ami n'a pas tardé, se félicita Jules. Adressez-lui nos plus vifs remerciements.

Mais le gendarme n'en avait pas fini.

— Monsieur le préfet précise que le bistrot où travaille ce Rafael Fonseca est particulièrement mal famé et qu'il se situe dans le quartier le plus dangereux de Cayenne. Il vous recommande la plus grande prudence et d'y aller armé.

— Ne craignez rien, nous aurons ce qu'il faut sur nous.

Ces paroles de Milica inquiétèrent le gendarme.

— Vous comptez y aller aussi, mademoiselle ?

— Et pourquoi pas ?

— Prenez garde, ces hommes sont à peine humains. Pour la plupart, ce sont des orpailleurs qui passent le plus clair de leur temps à chercher de l'or dans la jungle en solitaires… c'est-à-dire sans femmes, comprenez-vous ?

Milica avait parfaitement saisi.

— Sachez, monsieur, que je suis colonelle dans l'armée du Monténégro et que j'ai appris à me défendre. Au besoin, je protégerai mes amis.

Le gendarme estima qu'il ne pouvait rien ajouter. Il les salua, tourna les talons et enfourcha son cheval.

— Jules et Paul resteront sur le *Nemo*, proposa Milica, nous irons avec Camille et Nathan.

Elle se tourna vers le maître d'équipage.

— Un pistolet pour chacun, Bosco !

*

Le bistrot qu'ils cherchaient se trouvait dans le coin le plus pauvre de Cayenne : le quartier chinois, réputé pour sa saleté et ses mauvaises odeurs. Les poubelles renversées, les prostituées de tous âges, les jeunes désœuvrés assis sur le seuil des maisons faisaient penser aux *favelas* de Rio de Janeiro, que Camille avait visitées quelques années auparavant. Les regards qui se portèrent vers Milica étaient évocateurs et laissaient craindre le pire.

— Êtes-vous certaine de vouloir continuer le voyage ? demanda Camille.

— Compte tenu du style de ces gens, nous n'obtiendrons rien par la discussion. Je vous serai utile, vous verrez.

La calèche les déposa devant un bar, O'Gusto, installé au beau milieu d'une rue miteuse.

— Vous y êtes, annonça le cocher. La petite dame y va avec vous ?

— Occupez-vous de vos chevaux, répliqua Milica. Et retrouvez-nous au même endroit dans deux heures. Je vous réglerai l'aller et le retour quand nous serons revenus au bateau.

— Entendu, princesse. Mais soyez prudente.

L'intérieur du bar était bondé. Au début, personne ne fit attention à eux, les clients étaient tournés vers deux hommes qui s'affrontaient au centre de l'établissement. Assis de part et d'autre d'une petite table en bois, ils venaient de commencer une partie de bras de fer. Ce n'était pas franchement un jeu, car des clous avaient été plantés, pointes en l'air, à droite et à gauche de la table. Le perdant était destiné à s'y empaler, sauf s'il déclarait forfait en renonçant évidemment à sa mise.

— Savez-vous où je pourrais trouver Rafael Fonseca ? demanda Nathan au tenancier, en utilisant le peu de portugais qu'il connaissait.

— Rafael ? C'est celui qui est en train de gagner, dit l'homme derrière le bar en désignant l'un des deux adversaires.

Rafael, puisque c'était lui, était torse nu. Son visage hâlé était garni d'une barbe épaisse. Il ne devait pas être bien vieux, mais les épreuves l'avaient prématurément vieilli. Son besoin de chasser la malchance se traduisait dans la rage qu'il mettait à vaincre son partenaire, un énorme bonhomme qui n'avait pour lui que ses muscles. Peu à peu, Rafael gagna du terrain, sa main droite fit pencher dangereusement la main de son challenger vers les clous. Rassemblant toutes ses forces, il poussa un « rhhâââ » sauvage qui lui donna l'énergie nécessaire pour…

— Stop, lança le gros, j'abandonne !

Tous les clients du bar applaudirent bruyamment et se partagèrent les sommes pariées. Rafael, lui, empocha les quatre livres sterling de son adversaire, débarqué d'un navire anglais. Puis il se tourna vers la foule.

— Qui en veut encore ?

Il y eut un grand silence quand Milica se présenta comme son nouvel adversaire. Rafael n'en croyait pas ses yeux.

— Une femme ?

— Quelles langues parles-tu, Rafael, en dehors du brésilien ?

— Je connais un peu de français.

Il l'avait appris pendant ses longs mois de travail dans un ranch du Suriname. Le fermier, allez savoir pourquoi, avait engagé un groupe de Français.

— Alors nous parlerons en français. Mille cinq cents francs pour toi si tu gagnes, la même somme pour moi si tu perds.

Rafael était stupéfait.

— Mais je n'ai pas cet argent !

— Alors il ne te reste qu'à gagner ou à prendre la fuite comme un pleutre, devant une femme.

Pour une fois, se dit Rafael, la chance me tombe du ciel. Et c'est une folle qui me l'offre ! Avec mille cinq cents francs, il pouvait envisager de monter la petite scierie dont il rêvait, c'était quand même plus sûr que de continuer à chercher de l'or. Il accepta.

Nathan se pencha vers Milica.

— Es-tu certaine de ce que tu fais ?

— Certaine. Comme il n'a pas l'argent, il ne pourra rien nous refuser. Nous lui demanderons de nous guider jusqu'à Saint-Zacharie.

— Penses-tu vraiment que tu vas gagner ? Cet homme est un dur.

— Je m'y connais en hommes. C'est un faible qui pense être un dur, je le vois dans ses yeux. Quelle est la pire injure en portugais ?

— Euh… je n'en connais qu'une : *Burro do caralho.*

— Et ça veut dire ?

— « Bite d'âne. » C'est une expression qu'on utilise pour désigner un sombre crétin.

— Entendu, ça m'ira.

Le barman, qui s'improvisa arbitre pour l'occasion, demanda aux deux adversaires de poser leurs coudes droits sur la table, à équidistance des clous.

— *Atenção… vamos !*

Milica et Rafael s'empoignèrent fermement. La jeune femme planta ses yeux dans ceux du Portugais et lui lança, avec une grimace de mépris :

— *Rafael, burro do caralho !*

Il écarquilla les yeux. Milica utilisa cette seconde de surprise pour plaquer la main de Rafael sur la table, d'un coup sec.

— Ahhhhhhh !

Sa main fut percée par les clous. Le sang gicla, le cercle du public recula. Rafael était cloué à la table, il pleurait et jurait. Milica se leva et écarta les autres.

— Laissez, dit-elle, je vais m'occuper de lui, je suis aussi médecin. Apportez une bassine d'eau chaude, des linges et de l'alcool.

Camille échangea un regard réjoui avec Nathan.

— Elle a réussi. Et maintenant, elle le soigne !

Chapitre 43

— Eh, ce pouilleux va salir ma calèche, protesta le cocher.

— Je vous paierai le nettoyage, dit Milica. Amenez-nous au bateau avec le blessé, faites vite !

Les clients du café, encore sous le coup de la scène violente à laquelle ils avaient assisté, étaient sortis dans la rue pour voir Milica, Camille et Nathan grimper dans la calèche avec Rafael, qui grimaçait de douleur.

— Où l'emmenez-vous ? demanda le barman, c'est un de mes serveurs.

— À présent, il me doit de l'argent et il travaille pour moi, répliqua Milica en exhibant son revolver.

Le cocher, qui n'avait pas envie de s'attarder dans le coin, fouetta ses chevaux. Camille, qui s'était assis près de Rafael, vit le malheureux s'effondrer sur son épaule.

— Il a perdu connaissance.

— C'est ce qui peut lui arriver de mieux, estima Milica.

— Êtes-vous vraiment médecin, Milica ?

— Pensez-vous ! J'ai raconté ça pour qu'on nous laisse l'emmener. Nous ferons appel à un vrai médecin sur le bateau.

*

Quelques heures après, Rafael reprit ses esprits. Penché sur lui, un médecin de Cayenne terminait un bandage qui lui immobilisa la main.

— Il n'y a pas trop de dégâts. Dans quelques jours, il retrouvera l'usage de sa main. Comment s'est-il fait ça ?

— Une partie de bras de fer qui a mal tourné, expliqua Camille.

— Ces jeux sont idiots. Un jour, ils finiront par s'entretuer. C'est un de vos marins ?

— J'étais sur le point de l'engager, répondit Milica.

— Vous êtes sûre que c'est un bon choix ?

— Je me pose justement la question.

Une fois le docteur payé et parti, Milica s'adressa à Rafael.

— Tu me dois mille cinq cents francs, Rafael, tu le sais ?

L'autre haussa les épaules.

— Je t'ai dit que je n'avais pas d'argent.

— Peut-être, mais une dette est une dette.

— Que voulez-vous ?

— Que tu travailles pour nous. Tu vas nous guider jusqu'au pénitencier de Saint-Zacharie. Tu connais le chemin, je crois ?

Rafael secoua énergiquement la tête.

— Jamais je ne retournerai là-bas !

— Écoute-moi bien, Rafael. Si tu refuses, tu subiras le sort de ceux qui ne payent pas leurs dettes. Au Monténégro, mon pays, on leur coupe tous les doigts. C'est ce que tu veux ?

— Non, non.

Elle avait inventé la punition de toutes pièces, mais sa conviction était telle qu'il la crut.

— Si tu acceptes, en revanche, j'efface ta dette et je rajoute mille cinq cents francs de plus en récompense.

Elle avait marqué un point. Rafael avait la tête qui tournait. À quoi jouait la chance avec lui ? Elle l'avait d'abord abandonné, puis il avait cru la voir revenir, puis elle était partie pour revenir à nouveau avec cette proposition.

— Qu'est-ce qui vous intéresse tant, à Saint-Zacharie ?

— C'est notre affaire. Toi, tu nous conduis là-bas, puis tu nous ramènes ici. Je te payerai et tu seras riche. Tu me réponds maintenant ou je te fiche à l'eau !

Le ton de Milica n'appelait aucune réplique.

— C'est d'accord. Maintenant, laissez-moi tranquille, je veux dormir.

*

En fin de journée, un des marins soldats accompagna Rafael dans le salon du *Nemo*. Camille, Jules et les autres l'y attendaient.

— Assieds-toi, lui proposa Milica. Raconte-nous depuis le début ce que tu as vu à Saint-Zacharie.

Rafael s'exécuta. Il se sentait un peu intimidé par l'écoute attentive de ces messieurs, qui semblaient être un groupe de savants.

— Parfois, murmura-t-il, je me demande si je n'ai pas rêvé. Je sais que non, car j'ai appris depuis que d'autres ont vécu la même expérience. Je sais aussi que le pénitencier a été fermé et que…

Milica s'impatienta.

— Ton récit, Rafael !

— Eh bien, je m'étais installé au bord d'un affluent de l'Oyapock avec un groupe d'orpailleurs clandestins qui venaient du Brésil…

Il raconta son histoire pendant une quarantaine de minutes, en donnant à ses auditeurs le sentiment qu'il la revivait. Il en tremblait encore.

— J'ai cru que j'étais arrivé en enfer. Je me suis couché et j'ai attendu l'arrivée de ces démons, mais…

— Mais ?

— Rien. Une heure, puis deux se sont écoulées. Aux premières lueurs du soleil, j'ai jeté un coup d'œil par la fenêtre. Il n'y avait plus personne, tous avaient disparu.

— Pas même une trace ?

— Franchement, je n'ai pas cherché à savoir. Je suis sorti du bâtiment et j'ai fui dans la forêt. J'ai couru aussi vite que je pouvais, en m'écorchant les pieds. Sur le fleuve, j'ai croisé une pirogue d'indiens Wayampi qui ont bien voulu me prendre avec eux. Contre un peu de poudre d'or, ils m'ont accueilli dans leur camp et m'ont donné à manger. Puis ils m'ont cédé une de leurs pirogues, avec laquelle j'ai descendu le fleuve jusqu'à Ouanary. J'ai travaillé deux mois dans une scierie, puis j'ai filé sur Cayenne. Il m'a fallu attendre d'être en ville, loin de la forêt, pour retrouver le sommeil. Vous comprenez pourquoi je ne voulais pas retourner dans ce pénitencier ?

Nathan prit la parole.

— Rafael, si mes amis sont d'accord, je vais jouer carte sur table avec toi.

Les autres approuvèrent.

— Ces monstres ne sont pas des démons, comme tu le crois, mais des hommes comme toi et moi.

Rafael n'en croyait pas ses oreilles.

— Des hommes ? Hauts de trois mètres, avec la face d'une bête sauvage ?

— Peut-être est-ce l'apparence qu'ils se donnent, pour éloigner les intrus. Mais ce sont bien des hommes, issus d'une civilisation plus évoluée que la nôtre.

Rafael ne comprenait rien à ce qu'il racontait.

— Et vous-même, qui êtes-vous vraiment ?

— Je suis archéologue, Jules est écrivain, Camille astronome. Nous pensons qu'un peuple très ancien se cache à Saint-Zacharie. Je ne sais pas exactement où, peut-être dans le sous-sol. Comme l'installation du pénitencier par les Français les dérangeait, ils ont fait croire qu'il était hanté. Ils ont réussi au-delà de toute espérance. À présent que tout le monde a fui, ils ont retrouvé leur tranquillité.

— Qu'est-ce que ça vous apportera, d'aller là-bas ?

— Nous avons deux objectifs : le premier est la simple curiosité scientifique. Si ce peuple existe, s'il a vraiment des siècles d'avance sur l'humanité actuelle, ce sera merveilleux de pouvoir prendre contact avec lui.

— Et le deuxième objectif ?

— Il s'agit de retrouver une jeune femme, Gabrielle, à laquelle nous tenons beaucoup. Nous avons de bonnes raisons de penser qu'elle a été enlevée par ce peuple dont je t'ai parlé.

— Pourquoi l'auraient-ils enlevée ?

— Je n'en sais rien. Peut-être pour nous attirer à eux, peut-être ont-ils quelque chose à nous demander ?

Rafael agita la tête en les regardant les uns et les autres.

— Vous savez qu'il s'agit d'un grand voyage à travers la jungle ? Même si je vous guide, ce sera très difficile.

— Nous aurons huit soldats de notre armée qui nous accompagneront, annonça Milica.

— Vos soldats ne pourront rien contre les serpents, les araignées venimeuses et les maladies. Rien non plus contre l'épuisement de la marche dans la jungle. Pardonnez-moi de vous le rappeler, ajouta Rafael, vous n'êtes plus très jeunes, messieurs.

— Nous sommes résolus, répliqua Camille, cela nous suffit. Jules et Paul nous attendront sur le bateau, à l'embouchure de l'Oyapock. En ce qui me concerne, je tiendrai le coup.

— Très bien, approuva Rafael. Vous avez une carte de la Guyane ?

Chapitre 44

Milica donna des ordres pour remettre le *Nemo* en route. Pendant que les marins faisaient le nécessaire, elle alla trouver Rafael et les autres dans le grand salon. À nouveau, elle déploya sa carte sur la table.

— Nous suivrons la côte jusqu'à Ouanary, où nous accosterons. Je connais un endroit où nous pourrons louer un petit bateau à vapeur pour remonter le fleuve jusqu'à Café-Soca. Puis nous louerons deux pirogues pour continuer sur l'Oyapock jusqu'à Saint-Zacharie.

— On devrait pouvoir le faire, estima Nathan. Sur la carte, c'est tout droit.

— Ne vous y fiez pas ! Après Café-Soca, le fleuve devient dangereux à cause des rapides. Nous progresserons très lentement. Pour passer certaines chutes, nous devrons le faire à pied, en portant nos pirogues. Combien seront du voyage ?

— Je pense que Jules et Paul resteront sur le yacht, avec quatre de nos soldats.

Elle se tourna vers Camille.

— Monsieur Flammarion, toujours d'accord pour le voyage ? Ce ne sera pas de tout repos, vous l'avez compris.

— Si Gabrielle est là-bas, elle aura besoin de moi.

— Je resterai près de Camille, plaida Nathan, au besoin je l'aiderai.

Milica s'inclina.

— C'est votre expédition, messieurs, c'est vous qui décidez.

— Alors, à la grâce de Dieu !

*

Après un court trajet le long de la côte guyanaise, le *Nemo* s'amarra à l'embouchure de l'Oyapock, non loin du petit village d'Ouanary. Le « port » se résumait à quelques cabanes de pêcheurs et un embarcadère. Rafael mit pied à terre pour négocier la location d'un *steamboat* réduit à sa plus simple expression : une chaudière rouillée, installée sur une grande barque de bois. Visiblement, il était attendu.

— Comment savaient-ils que nous arrivions ? demanda Nathan.

— Rafael a de bons relais, expliqua Milica. Les nouvelles vont vite, par ici.

Après une rapide discussion avec le propriétaire du *steamboat*, Rafael fit signe au *Nemo* qu'un accord avait été trouvé.

— Le patron voudrait un acompte.

— Dis-lui que c'est d'accord, lui cria Milica.

Sur le navire, le petit groupe formé par Camille, Nathan, Milica et six marins soldats se prépara à son tour à débarquer. Milica s'adressa à Jules et Paul :

— Nous laissons le *Nemo* à votre garde, messieurs, avec quatre de nos hommes. J'ignore combien de temps nous resterons absents, mais vous ne manquerez de rien. Au pire, vous pourrez toujours envoyer deux marins à Ouanary acheter des fruits, de la viande ou des légumes.

Jules embrassa Milica et serra chaleureusement la main de Nathan et de Camille.

— Vous savez à quel point j'aurais préféré vous accompagner. Soyez prudents, mes enfants. J'espère de tout cœur que vous trouverez ce que vous cherchez à Saint-Zacharie. De toute manière, vous serez sous bonne garde.

Les marins monténégrins semblaient en effet équipés comme pour partir en campagne. Milica attacha la ceinture de son revolver autour de sa taille.

— Nathan, Camille, faites comme moi, armez-vous.

Camille ne savait trop quoi faire de son arme.

— Je n'ai jamais utilisé une arme, Milica.

— Je vous apprendrai en chemin. Ce sont des *Rast & Gasser* autrichiens, très faciles à utiliser. Prenez aussi une ceinture de cartouches.

Ils rejoignirent Rafael, qui les attendait près du *steamboat.*

— Pas d'arme pour moi ? demanda le Portugais.

— Pour l'instant tu nous guides, rétorqua Milica. Nous jugerons en chemin si tu mérites notre confiance. As-tu inspecté le bateau ?

— Nous nous serrerons un peu, mais il fera l'affaire. Le voyage jusqu'à Café-Soca ne sera pas très long. Le patron met à notre disposition Lam Cham, son meilleur capitaine.

Le Chinois leur adressa son plus large sourire asiatique. Si le capitaine semblait sympathique, le bateau portait de nombreuses traces de rafistolage.

— De toute manière, nous n'avons pas le choix.

Milica régla l'acompte demandé, puis elle ordonna à ses six marins soldats d'embarquer avec les vivres, les armes et l'eau. Elle les suivit avec Camille, Nathan et Rafael.

— Tu conduiras la marche, Rafael.

Ayant fait le plein de ses passagers, Lam Cham fit cracher la vapeur de son *steamboat,* qui commença sa remontée de l'Oyapock pour un périple de quarante kilomètres à travers la jungle amazonienne.

Chapitre 45

Camille s'installa avec Nathan à l'avant du bateau. Il avait le sentiment grisant de visiter une autre planète.

— Le jour où nous disposerons de véhicules qui nous propulseront dans l'espace, c'est ainsi que j'imagine une arrivée sur un nouveau monde, Vénus ou Mars...

— Notre Terre elle-même n'a pas fini de nous surprendre, observa Nathan. J'ai entendu dire que des tribus d'Amérindiens, en Amazonie, n'avaient jamais vu un homme blanc. Quand les premiers explorateurs sont arrivés, ils les ont pris pour des démons.

— Nous rencontrerons aussi ces Indiens ?

Nathan posa la question à Lam Cham. Dans son langage imagé, le capitaine leur fit signe de se méfier. Il mima un tir à l'arc.

— Que veut-il dire ?

— Que certains d'entre eux sont dangereux. Les tireurs restent cachés sur les berges et tirent sur les intrus avec de longues flèches. D'après ce que j'ai lu dans mon guide, nous croiserons des camps d'indiens Wayampi. Ils sont réputés pacifiques, mais si notre tête ne leur revient pas...

— Ne l'écoutez pas, dit Rafael, il s'amuse à vous faire peur ! Les Wayampi sont des braves gens, c'est grâce à eux que j'ai pu me sauver de Saint-Zacharie.

*

Bien que toujours haut dans le ciel, le soleil disparut peu à peu derrière les frondaisons des arbres, qui formaient au-dessus d'eux un épais tunnel de verdure. Sur les berges, des enfants accouraient, attirés par ce curieux équipage composé d'Européens et de marins soldats monténégrins en armes. Effrayés par le bruit de la chaudière, des milliers d'animaux invisibles se manifestaient par des cris rauques.

— Regardez, une cascade !

Elle sortait d'une paroi rocheuse, déversant dans l'Oyapock une eau claire, jaillie des entrailles de la terre.

— Une douche, ça vous dirait ? proposa Milica.

La forte chaleur humide les avait fait transpirer abondamment, une douche était la bienvenue. Lam Cham comprit et ralentit son bateau, qu'il dirigea habilement vers la cascade. Aussitôt, Milica se débarrassa de son chemisier et de son pantalon.

— Faites comme moi, vous n'allez pas vous doucher habillés !

Nathan en fit autant.

— Elle a raison, Camille, pas de fausse pudeur.

Ils se mirent tous les deux en caleçon, Rafael suivit le mouvement.

— Quel bonheur ! s'écria Milica.

L'eau fraîche et claire, ajoutée au rude massage de la cascade, chassa en un clin d'œil la fatigue de la journée. Lam Cham leur apporta des linges pour s'essuyer.

— Elle n'est pas très nette, sa serviette de bain, remarqua Camille.

— Quelle importance ? s'amusa Nathan. Nous sommes dans la forêt amazonienne, Camille, pas dans un chalet suisse !

— Café-Soca, annonça Lam Cham.

Le lieu-dit Café-Soca marquait la frontière entre la partie navigable de l'Oyapock et son cours agité, où il fallait utiliser des pirogues. Ce n'était même pas un village, plutôt quelques cabanes édifiées sur un îlot rocheux. Le long d'un embarcadère, plusieurs pirogues attendaient chez un loueur, que Lam Cham connaissait. Lui aussi avait été prévenu de leur arrivée par le bouche-à-oreille, qui se propageait dans la jungle avec une efficacité redoutable. Il leur indiqua les deux plus grandes pirogues, qui leur avaient été réservées.

— Jusqu'ici, observa Nathan, c'était presque un voyage d'agrément. Maintenant, les choses sérieuses commencent.

Le groupe mit pied à terre. Un casse-croûte frugal était servi chez le loueur sous un carbet, un de ces abris ombragés typiques où les Guyanais mangeaient ou accrochaient leurs hamacs pour y dormir. Vers la fin du repas, Rafael alla vérifier l'état des pirogues.

— Elles ne sont plus toutes jeunes, mais elles ont l'air solides. Dites à vos passagers qu'il faudra ramer.

— Comptez sur moi, dit Camille en ôtant sa veste.

— Gardez quand même votre casque et votre chemise, conseilla Milica, sans quoi gare aux mouches et aux moustiques !

Elle ordonna à ses six marins soldats d'embarquer sur une pirogue avec les vivres, les armes et l'eau. Camille, Nathan et Rafael montèrent avec elle dans la pirogue de tête.

— Tu conduiras la marche, Rafael.

— Entendu.

— Combien de temps pour atteindre le pénitencier ?

— Je dirais deux ou trois jours. Quand vous apercevrez sur les berges ces démons de trois mètres, vous saurez que vous êtes arrivés !

Chapitre 46

Dès que les pirogues furent mises à l'eau, le trajet sur l'Oyapock changea de caractère. Camille eut le sentiment de naviguer sur un véritable torrent, comme certains cours furieux des Hautes-Alpes françaises. Rafael, placé à l'avant de la première pirogue, donnait ses instructions, Milica traduisait pour ses marins soldats.

— Attention au banc de sable sur la gauche !

Ils devaient pagayer, autant pour avancer que pour éviter d'être déviés de leur route et aller buter contre les berges ou les obstacles du milieu du fleuve.

— Le premier saut est à deux cents mètres, avertit Rafael. Après, c'est plus tranquille.

En Guyane, les sauts sont des affleurements de roches volcaniques qui forment comme de véritables chutes d'eau. Quand ils sont modestes, on peut les franchir, mais il faut s'accrocher.

— C'est du grand sport ! s'écria Nathan.

— Camille, ça va ? s'inquiéta Milica.

— Non, j'ai perdu ma rame.

— On vous en trouvera une autre, ne lâchez pas les bords de la pirogue !

Si ma pauvre Sylvie me voyait, songea l'astronome, elle qui tremblait quand nous faisions du canot sur la Seine...

Le premier saut fut franchi, non sans quelque bousculade.

— Et voilà ! annonça Rafael.

Presque immédiatement, l'Oyapock redevint un cours d'eau tranquille, laissant derrière eux le vacarme de la chute.

— C'est une chose étrange, observa Camille. J'avais beaucoup moins peur quand je me trouvais sur un aérostat, à mille deux cents mètres d'altitude.

— Parce que vous aviez l'expérience du vol en ballon, expliqua Nathan. Là, c'est encore nouveau pour vous. Après quelques sauts, la peur disparaîtra.

— Espérons-le !

L'instant de frayeur passé, il s'aperçut qu'il était inondé de sueur.

— Mon Dieu, qu'il fait chaud !

Avec le retour du grand calme, la chaleur moite reprit le dessus. Camille déplia un mouchoir et le trempa dans l'eau. Puis il le posa sur sa tête.

— Si j'étais vous, objecta Rafael, je ne ferais pas ça.

— Pourquoi ? Ça rafraîchit.

— C'est le meilleur moyen d'attraper une horrible migraine. Remettez plutôt votre casque et dépliez votre moustiquaire, sans quoi vous serez dévoré par les insectes.

Le saut suivant, une vingtaine de kilomètres en amont, était plus sérieux. En accord avec Milica, Rafael prit la décision d'accoster.

— Mettez tous les bagages à terre, nous allons transborder les pirogues.

Une fois les bateaux déchargés, quatre hommes prirent en charge chaque pirogue. Milica et Camille suivirent en portant ce qu'ils pouvaient des bagages. Les deux pirogues furent acheminées sur huit cents mètres, jusqu'au point où le cours d'eau redevenait navigable. Puis les soldats allèrent chercher le reste des bagages.

— Combien de fois faudra-t-il faire ce manège ? demanda Camille à Nathan. C'est exténuant !

— Jules a bien fait de rester sur le *Nemo*. Nous savions ce qui nous attendait, Camille. Ce n'est que le début, je le crains.

— Si tes survivants du Déluge voulaient rester cachés, ils ont bien choisi leur endroit. Comment ont-ils fait le voyage ?

— Ils avaient peut-être des moyens que nous n'avons pas.

Quand les pirogues furent à nouveau chargées, Milica donna l'ordre d'embarquer.

— Ramez ! ordonna Rafael.

Et le voyage reprit son cours, jusqu'au prochain saut.

*

Après deux nouvelles heures de navigation, Camille se pencha discrètement vers Nathan.

— Quelque chose a bougé sur la berge, Nathan... quelque chose de gros.

— Un animal ?

— Je l'ai à peine vu. Peut-être un caïman.

Un hurlement jaillit depuis la seconde pirogue, celle des marins monténégrins. Un jeune soldat tendit son doigt vers la berge.

— *Drakoon !*

— Il dit qu'il a vu un dragon, traduisit Milica.

Elle sortit son revolver et tira en l'air. Aussitôt, une grosse bête à l'échine dentelée et aux pattes griffues, longue de plus d'un mètre, disparut à grande vitesse dans la forêt.

— Qu'est-ce que c'était ?

— Un iguane vert, répondit Rafael. On en trouve quelques-uns par ici. Les Indiens les tuent et les mangent. Les œufs des femelles sont excellents. Ça vous tente ?

— Sans façon, répondit Camille.

— Ne craignez rien, ils ne sont pas beaux à voir, mais ils sont inoffensifs. Je vois que nous sommes bien défendus avec vos soldats monténégrins, lança-t-il, moqueur, à Milica.

— Ce soldat sera puni, décida la jeune femme, il s'est conduit comme un lâche !

Nathan fit un commentaire discret à Camille.

— Elle fait la bravache, mais je l'ai vue, elle a eu aussi peur que lui !

Rafael proposa à ses passagers de stopper le convoi.

— Et si nous dormions dans le coin ? La journée a été longue et la nuit ne va pas tarder.

— D'accord, approuva Milica, cherchons un endroit favorable un peu plus loin.

— Le plus loin possible de l'iguane, commenta Nathan en souriant discrètement.

Chapitre 47

Le petit groupe dressa son campement dans un endroit dégagé, au bord du fleuve. Le dîner se composa de ce qu'ils avaient emporté dans leurs bagages : de la viande séchée, des fruits et des œufs durs. Et surtout des litres d'eau additionnée de jus de citron, que tout le monde apprécia. Puis Milica ordonna l'extinction des feux et chacun s'enfouit dans sa couchette.

— Faut-il vraiment fermer la couchette ? demanda Camille. On va mourir de chaud, là-dedans.

— C'est préférable, conseilla Rafael. Le sol fourmille de petites bêtes, la couchette vous protégera.

Deux sentinelles armées, relayées toutes les deux heures, furent postées par Milica de chaque côté du campement. Avant de s'endormir, Camille leva ses yeux vers les étoiles. À mesure qu'il s'habituait à l'obscurité, elles surgissaient, scintillantes, du fond noir du ciel. Il observa plusieurs constellations qui restaient invisibles dans l'hémisphère Nord. La Croix du Sud, facile à repérer à cause de son aspect de croix latine. Puis, dans son prolongement, Alpha et Bêta du Centaure, les deux étoiles les plus proches du Soleil. Après cela, le sommeil eut raison de son intérêt pour le ciel de Guyane.

Pas longtemps. Car au milieu de la nuit, Nathan s'approcha de lui.

— Camille, venez voir.

Il chuchotait, pour éviter de réveiller les autres.

— La sentinelle a vu quelque chose…

— Un autre iguane ?

— Non, c'est plus sérieux.

Camille se leva et rejoignit Rafael, qui se tenait près du fleuve et regardait vers la berge opposée.

— Qu'y a-t-il, Rafael ?

Le guide lui tendit ses jumelles.

— Un peu plus à gauche, vous le verrez.

Une silhouette apparut dans l'oculaire. Sa forme était humaine, mais son visage évoquait celui d'une bête sauvage. Elle semblait regarder dans leur direction. Rafael lui reprit les jumelles.

— Ce sont les créatures que vous avez vues au pénitencier ?

— Les mêmes, oui. Celui-là est seul, il nous surveille.

Nathan s'avança délibérément vers la berge. Il fit un signe à l'intention de l'intrus.

— Eh, vous !

À ces mots, la créature rebroussa chemin. En comparant sa taille avec celle des arbres, Camille jugea que l'homme – si c'était un homme – était très grand, un peu plus de trois mètres. Derrière eux, Milica était en train d'armer un fusil.

— Non, Milica, l'arrêta Nathan. Il ne nous a pas menacés, il se contente de nous observer.

— Je n'aime pas qu'on m'observe sans s'être présenté.

— Vous avez raison, tempéra Camille, mais la pire des manières d'aller vers eux serait de les traiter en ennemis.

Elle désarma son fusil.

— Entendu, c'est votre expédition, après tout.

Nathan se rapprocha de Camille.

— Ou je me fais des idées, ou…

Il chercha ses mots.

— Appelez cela de la déformation professionnelle, mais mon métier m'a amené à fouiller dans plusieurs capitales de l'Antiquité, notamment à Ninive, au nord de la Mésopotamie. Cette créature me fait penser à un dieu assyrien, Pazuzu. Il était redouté de tous à cause de son pouvoir malfaisant et destructeur. Certains mythologues pensent qu'il pourrait être à l'origine du mythe de Satan.

— Vos Pontiques, s'il s'agit d'eux, auraient pu s'inspirer de ce dieu d'Assyrie pour imaginer leurs gardiens ?

— C'est bien possible. Dans ce cas c'est plutôt réussi, ces créatures sont effrayantes.

Milica, l'air préoccupé, interpella Rafael.

— Combien de temps pour arriver au pénitencier ?

— Je dirais deux jours de pirogue, tout au plus.

— Retournez dormir, je vais poster quatre hommes aux extrémités du camp.

Ni Camille, ni les autres, ne fermèrent l'œil du reste de la nuit.

*

Milica donna le signal du départ dès les premières lueurs de l'aube, afin de profiter de la fraîcheur du matin. Chacun retourna aux pirogues et se mit à ramer.

— Nous allons pénétrer dans la partie la plus profonde de la forêt, prévint Rafael. Ouvrez l'œil, il peut y avoir du danger.

La consigne était de ramer en gardant le silence. Tous avaient le sentiment intimidant d'entrer par effraction dans un lieu réservé, une imposante cathédrale verte interdite aux humains. Au-dessus de leurs têtes, des singes macaques passaient joyeusement d'arbre en arbre, en poussant des cris aigus. Un couple d'aras au plumage rouge et vert vint se poser à l'avant de la pirogue de tête.

— N'y touchez pas, conseilla Rafael, leur bec est redoutable.

Les deux perroquets ne s'attardèrent pas et passèrent leur chemin. Milica murmura alors à l'intention des autres.

— Sur la droite… des hommes nous regardent.

Réflexion faite, c'était trois jeunes enfants.

— Ce sont des Wayampi, expliqua Rafael, je vous en ai parlé. Ils ont plusieurs campements au bord du fleuve.

L'un d'eux, le corps vêtu d'un simple pagne qui lui cachait le sexe, tenait un arc plus grand que lui. Il leur fit un signe amical. Camille lui répondit de la même façon.

— Ce sont de très bons chasseurs, même les enfants.

Rassurés par cette présence pacifique, Nathan se détendit un peu.

— Au retour, je suggérerai à Jules d'écrire un roman sur un petit Européen élevé par des animaux de la jungle. Devenu adulte, il lutterait contre les contrebandiers ou les chercheurs d'or qui détruisent la forêt.

— Bonne idée, ça le changera de ses histoires de maîtres du monde, approuva Camille.

À mesure qu'ils avançaient, l'odeur de bois mort et de feuilles pourries se fit de plus en plus oppressante. Bientôt, ils butèrent contre une haie végétale.

— Le fleuve s'est rétréci, expliqua Rafael. Il est barré par des branches mortes qui se sont accumulées. L'eau continue de se faufiler, mais nous devrons haler les pirogues par-dessus cette barrière.

— Encore ! déplora Camille.

— Restez sur la berge, monsieur Flammarion, proposa Milica, mes soldats s'en chargeront.

Vexé, Camille refusa tout net.

— Pas question, j'ai décidé de venir avec vous, je prendrai ma part du travail.

— Alors ne vous plaignez pas !

Camille se mit au travail avec les autres, il avait compris la leçon. Rafael dirigea la suite des opérations en distribuant quelques conseils.

— Soyez méfiants en foulant ce bois mort. Ce sont souvent des cachettes idéales pour des guêpes sauvages ou des araignées géantes, très venimeuses.

Le passage de cette barrière inattendue leur prit trois bonnes heures. Puis le petit équipage regagna les deux pirogues pour continuer le voyage. Tous étaient épuisés, les marins soldats monténégrins également.

— Il est temps qu'on arrive au but, murmura Milica.

Soudain, Camille se redressa et montra quelque chose sur la rive gauche du fleuve.

— Là, des maisons !

On distinguait en effet les vestiges d'une petite cabane construite non loin de la berge. Et une autre derrière, puis une troisième.

— Saint-Zacharie ?

— Je ne crois pas, estima Rafael, Saint-Zacharie se trouve un peu plus haut sur le fleuve.

— Où sommes-nous, alors ?

Méfiante, Milica sortit son arme.

Chapitre 48

Le village avait un nom, à moitié effacé sur une pancarte de bois : Saint-Just.

— Comme le compagnon de Robespierre ?

— Il semble que ceux qui ont fondé cet endroit aient préféré la foi républicaine à la foi catholique, s'amusa Camille.

Ils se rapprochèrent de la rive. Rafael, le premier, sauta sur la berge.

— Ne sortez pas des pirogues, je vais voir.

Milica lui tendit son revolver.

— Prends ça, Rafael.

— Merci, princesse.

Arme au poing, il s'avança prudemment vers les maisons. Il appela.

— Ohé !

Aucune réponse.

— Personne. Je propose d'accoster et de passer la nuit ici, nous réserverons Saint-Zacharie pour demain.

— Bonne idée, approuva Camille. De jour, les fantômes nous sembleront moins dangereux.

Tous mirent pied à terre. Il y avait en tout sept maisons bâties en bois, plutôt en bon état. Milica inspecta la plus proche.

— Les gens qui vivaient ici ont emporté le minimum transportable, ils ont abandonné leurs meubles lourds. Qu'en penses-tu, Rafael ?

— Ces maisons appartenaient aux gendarmes qui gardaient le pénitencier. J'ai vu les mêmes à Saint-Zacharie. Ils sont partis à la hâte, sans demander leur reste.

Avec l'accord de Milica, les marins soldats choisirent une des maisons pour entreposer leurs équipements.

— Je vous propose d'occuper les six autres pour dormir, suggéra la jeune femme, elles nous protégeront des serpents et des moustiques.

— Enfin un toit, se réjouit Camille.

Un marin alluma un feu et commença à préparer le repas.

— Notre menu ne changera guère, prévint Rafael, nous manquerons bientôt de fruits et de légumes frais.

— Parce qu'il fallait à tout prix atteindre notre but, estima Milica. À présent que nous y sommes, nous devrons trouver le moyen de varier notre alimentation.

— D'accord avec vous, approuva Nathan, j'ai de plus en plus de mal à avaler cette viande séchée !

L'obscurité tomba vite. Avant de proposer à ses invités d'aller dormir, Milica plaça deux sentinelles sur les bords du fleuve.

— Réveil demain à l'aube, annonça Rafael. Bonne nuit à tous.

*

Quand Camille ouvrit l'œil, sa première surprise fut de constater que le soleil était déjà haut dans le ciel. Il s'inquiéta.

— On a raté le réveil ?

À peine sorti de la maison, il comprit la situation. Les deux soldats de Milica gisaient à terre, des filets de sang coulaient de leurs cous. Ils avaient été égorgés. Une vingtaine d'inconnus les entouraient. À leurs haillons de costumes rayés, à leurs allures patibulaires, Camille comprit qu'il s'agissait des bagnards évadés signalés par le gouverneur Lamothe. L'un d'eux s'adressa à Camille.

— Venez rejoindre vos amis. Sans un geste, sans quoi vous finirez comme vos gardes.

Rafael, Milica, Nathan et le reste des marins soldats étaient tenus en respect, les mains levées, au centre du village. Camille se joignit à eux. Celui qui semblait commander la bande fit une annonce.

— Vous allez vider vos poches, nous prenons tout. Les armes, l'argent, les montres, les bijoux, tout.

— Même vos vêtements, lança un autre, les nôtres sont trop voyants !

— Très bien, accepta Rafael. Lentement, il sortit son revolver en tenant la crosse par deux doigts.

— Vas-y doucement, dit le bagnard. Et jette ça à terre.

Vif comme l'éclair, Rafael retourna son arme et vida son chargeur sur les trois hommes qui lui faisaient face. Il en abattit deux. Les quatre marins soldats et Milica l'imitèrent. Surpris par une réaction qu'ils n'attendaient pas, les bagnards ouvrirent le feu à leur tour. Rafael tira Camille par la manche.

— Venez vous abriter !

Nathan leur emboîta le pas. Derrière eux, le combat faisait rage. Plusieurs cadavres, dont deux nouveaux soldats monténégrins, jonchaient le sol.

Les bagnards se regroupèrent sur la berge, derrière les pirogues. Milica, accompagnée par les deux marins soldats survivants, s'abrita dans une maison. Non loin de là, recroquevillés derrière les arbres, Camille et Nathan étaient terrorisés.

— Ils sont trop nombreux, ils vont les tuer.

Nathan pressa le bras de Camille, en lui indiquant une présence sur la gauche. C'était Rafael, qui haletait. Camille se précipita.

— Vous êtes blessé ?

— Une égratignure au flanc, ne vous occupez pas de moi.

Ils l'aidèrent à se relever. En restant caché, il regarda vers le village. Les derniers soldats monténégrins avaient été abattus. Les brutes s'emparèrent de Milica, qu'ils maltraitèrent en l'abreuvant d'injures.

— Et les autres, où sont-ils passés ?

— J'en ai eu un, le reste a disparu dans la forêt. On ne les reverra plus.

À deux cents mètres de là, dissimulés derrière les racines aériennes d'un arbre géant, Rafael, Camille et Nathan observaient la scène.

— Ils retiennent Milica, prévint Rafael. Elle va passer un sale moment.

Nathan prit son revolver, puis vérifia le nombre de balles dans le barillet. Rafael avait compris.

— Ils sont quinze, vous n'avez aucune chance.

— Je m'en moque, j'y vais.

Pendant ce temps, deux bagnards maintenaient Milica par les bras. Un autre s'approcha à quelques centimètres de son visage.

— Toi et tes soldats d'opérette, vous avez tué cinq de mes hommes. Je vais te crever ! Mais avant…

Il déchira son chemisier et découvrit sa poitrine. Elle lui cracha au visage. L'autre ricana en se tournant vers les autres.

— Ne vous inquiétez pas, les gars, tout le monde aura son tour.

À cet instant, Nathan surgit de la forêt et tira sur les deux forçats qui maintenaient Milica. Ils s'effondrèrent. La jeune femme se redressa d'un bond et s'empara de l'arme d'un des bagnards. Elle fit signe à Nathan de s'enfuir.

— Dans la forêt, vite !

Les autres bagnards répliquèrent. Milica et Nathan, atteints, tombèrent à la renverse. Mais d'autres tirs en sens inverse abattirent deux nouveaux bagnards. C'était Rafael. Il avait fait feu des deux mains, en brandissant son revolver et celui de Camille. Les autres bagnards reculèrent et regagnèrent la cabane qui leur servait d'abri. Nathan se releva.

— Aidez-moi, Camille, Milica est blessée.

Les trois fugitifs, encouragés par Rafael qui les couvrait, s'enfoncèrent dans la jungle.

— Courez, ils vont revenir à la charge.

Un nouveau tir eut raison cette fois du Portugais, qui s'effondra.

— Ils ont eu Rafael ! cria Camille.

— On est fichus, désespéra Nathan, ils sont trop nombreux.

Soudain, tout s'embrasa.

— Mon Dieu ! Que se passe-t-il ?

Surgi de nulle part, un feu intense ravagea le peu qu'il restait des habitations de Saint-Just.

— Couchez-vous ! cria Nathan à Camille et Milica.

La chaleur était si forte qu'ils pouvaient la ressentir de là où ils étaient. Quand ils relevèrent la tête, les maisons finissaient de brûler. Les cadavres des bagnards n'étaient plus que des corps carbonisés, qui se consumaient en émettant une odeur de chair grillée.

— Regardez !

Nathan désigna une haute silhouette, qui disparaissait dans la forêt. Elle avait une face de félin.

— Encore eux, les démons de la forêt.

— Ne nous plaignons pas, Camille, il nous a sauvés.

Chapitre 49

Milica respirait avec difficulté. Camille examina ses blessures. Sans être médecin, il avait une petite expérience de la physiologie humaine.

— Je pense qu'elle a un poumon perforé. Si nous ne trouvons pas de l'aide rapidement, elle ne survivra pas.

Nathan, lui, s'était penché sur le corps de Rafael.

— Pour lui, hélas, il n'y a plus rien à faire.

Ils firent quelques pas vers ce qu'il restait du village. Pas grand-chose. Le sol était aussi brûlant que des braises.

— Il nous reste une ressource, proposa Camille : le pénitencier. Si vos hypothèses sont justes, Nathan, ils nous viendront peut-être en aide.

— S'ils existent...

Camille eut un mouvement d'humeur devant ce scepticisme soudain.

— Ce serait bien la peine d'être venus jusqu'ici, Nathan, pour un résultat nul. Bien sûr qu'ils existent !

Sans un mot, Nathan déplia la carte d'état-major qu'il avait gardée dans son sac.

— Au jugé, Saint-Zacharie est à environ deux kilomètres au nord-ouest, ce n'est pas grand-chose. Vous avez raison, Camille, il faut y aller.

— Au fait, Nathan, nous pourrions en profiter pour nous tutoyer.

— Je n'ai jamais réussi avec Jules, j'espère y arriver avec toi.

En les voyant revenir vers elle, Milica tenta de se mettre debout.

— Je vous ai entendus, mes amis, je ne suis pas certaine de pouvoir vous suivre jusqu'à Saint-Zacharie. Laissez-moi ici et allez chercher du secours.

— Milica, plaida Camille, nous ne savons même pas ce que nous allons trouver là-bas. Dans votre état, vous serez la proie des bêtes. Vous venez avec nous ou personne n'ira.

— Il a raison, approuva Nathan.

— Vous êtes deux vrais mulets du Durmitor !

Camille se tourna vers Nathan

— C'est quoi, le Durmitor ?

— On s'en fiche, aide-moi à la soulever.

En soutenant Milica, ils firent quelques pas en avant.

— Nos pirogues sont encore praticables ? s'enquit Camille.

— Trouées comme des passoires. Il faudra passer par la jungle, mais j'ignore comment on s'oriente là-dedans.

— Avec vous comme guides, ricana Milica, je me sens entre de bonnes mains !

— Rafael aurait été plus sûr, admit Nathan, hélas, il est mort.

— Il a été très courageux, s'émut la jeune femme, je n'en attendais pas tant de lui.

Elle ferma les yeux, tant sa douleur était intense.

— Appuyez-vous sur moi, Milica.

— Nous pourrions nous aussi nous tutoyer, Camille. Et toi aussi, Nathan

— Tutoyer une princesse ? Jamais de la vie !

*

Une heure après, Milica perdit à nouveau connaissance et tomba sur le sol.

Camille s'enfouit le visage dans ses mains.

— Nous n'y arriverons jamais, Nathan, pas comme ça. Je suis à bout.

— Reposons-nous un moment, nous reprendrons la marche quand nous aurons soufflé.

— Depuis le village, nous avons progressé d'un kilomètre, guère plus. Et encore, si nous n'avons pas tourné en rond !

Il tâta le pouls de Milica.

— Elle s'affaiblit, Nathan, elle a perdu beaucoup de sang.

Le jeune homme proposa alors une solution.

— Restez ici tous les deux, je vais me rendre à Saint-Zacharie tout seul. Quand je serai en vue du pénitencier, je reviendrai vous chercher.

— C'est la solution la plus raisonnable, j'en profiterai pour lui faire un pansement décent avec ma chemise.

Nathan lui posa chaleureusement la main sur l'épaule.

— Tenez le coup, tous les deux, je ne serai pas long.

— Pas de discours, file !

Une fois Nathan parti, Camille fit ce qu'il pouvait pour prendre soin de Milica. Elle ne saignait plus, mais était devenue très pâle. Il s'allongea sur le sol, en regardant vers le ciel.

— Je n'ai jamais cru en toi, Seigneur, ou si peu. Mais cette fois, c'est le moment de me prouver que tu ne t'es pas retiré du monde.

Il ferma les yeux. Milica, Gabrielle, deux jeunes femmes pour qui il aurait volontiers donné sa vie. Il songea aussi à Sylvie, sa compagne de toujours, à son regard si bienveillant, à sa main si douce, si chaude.

— Camille...

C'était Milica qui avait repris conscience.

— Quand il reviendra, remercie Nathan pour tout ce que vous avez fait pour moi. Il faut m'oublier, maintenant.

— Mais non, voyons. Avec un peu de…

— … de chance ? Elle nous a donné tout ce qu'elle pouvait, Camille. Mais pour moi, elle a tiré sa révérence.

Il sentit qu'elle n'aimait pas qu'on lui raconte des histoires.

— Pardon, Milica, de vous… de t'avoir entraînée dans cette histoire de fous.

— C'est moi qui ai voulu venir, je voulais tant m'éloigner du Monténégro et de mon père.

— Le prince Nikola ? Ne sois pas injuste, il te traitait comme une reine.

Elle eut un rire triste.

— As-tu vu le rôle qu'il m'a obligée à jouer ? Un colonel de son armée, il ne manquait que la moustache ! Je me suis transformée en homme pour une seule raison : lui échapper. Il voyait en moi une femme idéale, tellement plus belle, tellement plus brillante que ma mère. J'étais celle qu'il aimait en rêve, à défaut de pouvoir me posséder. Je n'en pouvais plus. Quand vous êtes arrivés, tous les quatre, j'ai sauté sur l'occasion. Non, Camille, tu n'es coupable de rien. Tu crois en Dieu ?

— J'y songeais, justement. J'aimerais bien, surtout en ce moment.

— Moi, j'y crois. Je n'ai rien fait de très bon dans ma vie, ni non plus de très mal. Je ne sais pas de quel côté penchera la…

Elle s'interrompit et poussa un long soupir.

*

À moins d'un kilomètre de là, Nathan Watkins stoppa net. Il venait d'apercevoir un grand édifice en forme de U, troué de nombreuses fenêtres garnies de barreaux. Il était arrivé à Saint-Zacharie.

Chapitre 50

Quand Nathan revint vers Camille, il comprit en voyant son visage que Milica était morte.

— Elle a souffert ?

— Je ne crois pas, elle a accepté sa fin sans protester, c'était une jeune femme courageuse.

Les yeux de Nathan se mouillèrent de larmes. Il s'agenouilla devant le corps inerte et lui caressa la joue.

— Nous ne sommes plus que deux, Camille. Le pénitencier était tout proche, il nous aurait suffi de quelques heures de plus pour l'atteindre avec Milica.

Camille eut un geste d'impuissance.

— Qu'allons-nous faire de son cadavre ?

— Nous n'aurons pas la force de creuser une fosse pour l'enterrer, nous n'avons aucun outil.

Camille était bien forcé de le reconnaître. Au point où ils en étaient tous les deux, il ne leur restait, sauf miracle, que peu de temps à vivre. Il se releva.

— Dans quelle direction, le pénitencier ?

— Suis-moi.

Saint-Zacharie était bien tel que Rafael l'avait décrit : un village fantôme, plutôt sinistre, avec le bâtiment de la prison en arrière-plan. Une pellicule gris-vert, mélange de mousse et de pourriture, tapissait les murs des maisons, toutes vides.

— Je pense que les gardiens vivaient ici et les gendarmes à Saint-Just.

Les portes métalliques qui donnaient accès au pénitencier étaient restées battantes. Elles ouvraient sur une grande cour déserte.

— Rafael disait qu'il s'était réfugié au premier étage, dans les cuisines. On y va ?

— Entendu, je trouverai peut-être de quoi me soigner.

Camille s'aperçut que l'épaule de Nathan saignait.

— Tu es blessé ?

— Je crois qu'une balle m'a traversé le bras, mais aucun os n'a été touché. S'il reste de l'alcool, j'en profiterai pour nettoyer la plaie.

Ils arrivèrent devant l'entrée du bâtiment.

— On appelle ?

— Appeler qui ? Tu sais bien qu'il n'y a personne.

— Juste pour manifester notre présence, au cas où quelqu'un se cacherait à l'intérieur.

Camille approuva. Nathan disposa ses mains en porte-voix :

— Ohé ! Y a-t-il du monde ici ?

Ils se figèrent, attendant une réponse qui ne vint pas. Mais Camille fit signe à Nathan d'écouter attentivement.

— Tu entends ce ronronnement ?

— Oui, Rafael nous en a parlé. On dirait un bruit de soufflerie, comme si le sous-sol était alimenté en air frais, venant de l'extérieur.

— Ils seraient donc dessous ?

— Je l'ai toujours pensé. Ils sont cachés dans le sous-sol, peut-être depuis longtemps.

Camille poussa la porte d'entrée, qui s'ouvrit sans difficulté. Comme l'avait décrit Rafael, le rez-de-chaussée était réservé à l'administration, alignant une suite de bureaux.

— Eh, regarde là-bas…

Ils virent une porte marquée « Infirmerie ». Ils entrèrent. Sur les étagères, on voyait beaucoup de flacons brisés, d'autres à moitié évaporés. Camille, fébrile, ouvrit tous les placards.

— J'ai trouvé quelque chose !

Il avait mis la main sur des rouleaux de pansements.

— Et moi j'ai de l'alcool, annonça Nathan, triomphant.

— Assieds-toi, je vais te soigner.

Une fois le bandage terminé, ils reprirent leur exploration.

— On va voir au premier étage ?

C'était l'étage des cellules. Toutes vides, les portes ouvertes.

— Quand je pense qu'ils enfermaient leurs prisonniers dans ces réduits, avec cette chaleur !

— Pas étonnant que ça les ait rendus fous, comme ceux qui nous ont agressés. Si on allait voir aux cuisines ?

Comme Rafael, ils trouvèrent des dizaines de boîtes de biscuits, encore comestibles.

— Mange, on a besoin de reprendre des forces.

— De la viande, ce serait mieux.

— On fait avec ce qu'on a.

Nathan ouvrit un robinet qui laissa échapper un filet d'eau rougeâtre.

— Ne bois pas, conseilla Camille, elle est polluée par la rouille.

— Je m'en moque, j'ai trop soif. La rouille, c'est du fer. C'est bon pour l'organisme, le fer.

— Et les moisissures ?

— Au point où on en est…

Tous deux burent largement à même le robinet. Puis ils s'accroupirent sur le sol.

— Et maintenant ?

— On attend. Ils savent que nous sommes là. Tu faisais l'hypothèse qu'ils ont enlevé Gabrielle pour nous attirer à eux. S'ils existent, ils vont venir.

— Méfie-toi des hypothèses. Un jour, je cherchais la trace d'un gros astéroïde avec ma lunette astronomique. D'après mes calculs, il devait se trouver à un endroit précis du ciel. J'ai pointé ma lunette…

— Et ?

— Rien. J'en ai conclu que la vie est toujours plus compliquée que les hypothèses.

— Compris. Si on dormait un peu ?

Quand Nathan ouvrit l'œil, il faisait nuit. Il éveilla Camille.

— J'ai entendu un bruit.

— On a dormi longtemps ?

— Six ou sept heures, je crois. On en avait besoin.

Nathan entraîna Camille à la fenêtre.

— J'ai vu quelque chose bouger, à gauche dans la cour.

— Préparons-nous, ils arrivent.

Camille tendit l'oreille.

— Quelqu'un monte l'escalier.

On entendait nettement des bruits de pas, très lourds.

— Ils sont plusieurs…

Comme deux enfants apeurés, ils se blottirent épaule contre épaule.

— Professeur Camille Flammarion, je… j'ai été très honoré de faire votre connaissance.

— Moi de même, docteur Watkins. Dommage que notre rencontre ait tourné court !

— J'y pense, Camille… as-tu fermé la porte de la cuisine ?

— Je ne laisse jamais une porte ouverte derrière moi.

— Il y avait une serrure ?

— Je n'ai pas fait attention.

La porte s'ouvrit avec un gémissement.

— Il y avait une serrure, admit Camille, mais je n'ai pas fermé. Quel idiot je fais !

En dépit de l'obscurité, ils virent qu'une ombre géante s'était dessinée dans l'encadrement de la porte. Soudain, Nathan respira avec difficulté.

— C'est quoi, ça ?

Une brume à l'odeur douceâtre avait envahi l'espace où ils se trouvaient.

— Ils nous enfument !

En peu de temps, la brume envahit toute la pièce. Fébrilement, Nathan porta un mouchoir à son nez.

— Camille, fais comme…

Trop tard. L'un et l'autre sombrèrent dans l'inconscience.

Le monde des EMS

Chapitre 51

Camille ne put dire combien de temps s'était écoulé. Des heures ? Des jours ? Il se réveilla allongé sur un petit lit, dans une pièce qui ressemblait à une chambre d'hôpital. Il était nu. À trois mètres de lui, dans un lit identique, Nathan Watkins était encore inconscient. Son pansement était propre, il avait été refait avec un soin de professionnel.

Camille se redressa sur sa couche. À ses pieds, il vit une petite table sur laquelle on (mais qui ?) avait posé une assiette, des couverts, une carafe d'eau et une soupière. *Idem* pour Nathan. Il se leva et alla voir. La soupière contenait un potage épais, qui dégageait une bonne odeur. Pour le moment, Camille avait surtout soif. Il se versa un verre d'eau. Elle était fraîche et désaltérante.

— Vous devriez goûter au potage, il est excellent, dit une voix.

La voix n'appartenait à personne, car la chambre était close. Camille comprit qu'elle résonnait dans sa tête.

— Qui êtes-vous ?

— Appelez-moi Simonidès. Ce n'est pas mon vrai nom, mais la langue que parlait mon peuple du Pont est trop gutturale pour que vous puissiez le prononcer. J'ai donc choisi ce nom, Simonidès, qui sonne comme celui d'un citoyen de la Grèce antique. En réalité, j'étais astronome, comme vous.

Nathan avait donc raison sur toute la ligne, ils étaient bien arrivés chez les survivants du Déluge. Il voulut le réveiller, mais la voix l'en dissuada.

— Non, Camille, laissez-le se reposer. Sa blessure était infectée. Nous l'avons soigné, mais il a besoin de repos. Il nous rejoindra dans quelques heures.

— Nous rejoindre ? Où donc ? Et d'abord, où êtes-vous ? Vous m'obligez à m'exhiber devant vous, sans préserver ma pudeur. La moindre des courtoisies serait de vous montrer et de vous présenter.

— Je vous demande de me pardonner, Camille, la pudeur est une habitude que j'ai perdue avec mon corps. Vous trouverez une robe de chambre dans le placard à votre gauche.

Il y avait en effet une petite armoire de bois près de la porte. Camille y trouva deux robes de chambre, une pour lui, une autre pour Nathan. Il enfila la sienne. Non qu'il eût froid, mais il se sentait plus à son aise ainsi. Il repensa aux derniers mots de son interlocuteur.

— Vous disiez, Simonidès, que vous avez perdu votre corps. Où est-il passé ?

— En ce qui me concerne, je l'ai abandonné au début du IIe siècle de votre ère, quand nous avons mis au point la technique des Émulations.

— Je ne comprends rien à ce langage !

— Je vais vous le dire autrement : mon corps de chair repose quelque part en Asie Mineure, dans une fosse où il ne reste de lui que quelques fragments d'os. Le reste a été dévoré depuis longtemps par la vermine. Mais mon esprit survit, depuis dix-sept siècles, à l'intérieur d'une machine. Chaque détail de mon cerveau a été recopié et reconstitué, en conservant ses souvenirs et sa personnalité.

— Vous êtes donc un esprit ?

— Je n'aime pas ce mot, à cause de ses résonances religieuses. Je ne suis plus une entité biologique, mais une émulation de cerveau humain. Nous appelons cela un EM, avec des majuscules.

— Comment est-ce possible ?

— C'est vous qui me demandez cela, monsieur Flammarion, vous, un grand savant ? Vous avez accompli de grands progrès à la fin du XIXe siècle. La science en fera d'autres au siècle suivant, puis d'autres encore au XXIe siècle. Un jour, comme nous l'avons fait bien avant vous, vous parviendrez à conserver la vie sans les inconvénients de la vie, sans la fragilité de la chair. Vous ne craindrez plus la maladie ni la mort, parce que vous aurez atteint le dernier stade de l'évolution humaine : la fin de la biologie, l'adieu au corps.

— Ce que vous appelez un EM, une émulation ?

— Exactement, monsieur Flammarion. Bienvenue dans notre monde des EMS !

C'était donc cela, se dit Camille, le bout du voyage. Puis la voix reprit.

— Êtes-vous sûr de ne pas vouloir goûter à votre dîner ?

— Je n'ai pas faim, je veux seulement en savoir plus.

— Dans ces conditions, plutôt que de continuer à vous parler par énigmes, je vais vous emmener chez nous. Étendez-vous sur le lit, je vous prie. C'est préférable, pour éviter les chutes.

Camille hésita, mais la voix insista.

— Je vous en prie…

L'astronome se décida à suivre son conseil.

— À présent, libérez votre esprit.

Il n'était guère simple de faire le vide, quand tant de questions tournaient dans sa tête, mais Camille s'y efforça. Il fut alors pris d'un vertige, comme si son esprit partait ailleurs. Transmission de pensée ? Hypnose ? Autre chose ? Il s'en fichait et se laissa faire.

Chapitre 52

Autour de lui, il n'y avait rien.

Enfin, presque rien. Juste un camaïeu de nuances de gris, qui se fondaient les unes dans les autres. Mais ni sol, ni plafond, ni limites. Lui-même n'avait plus rien de tangible : ni bras, ni jambes, ni poitrine, rien.

Il était devenu un souffle, léger comme l'air.

Ce fut sa première impression : les EMS évoluaient dans un monde qui avait perdu son caractère matériel. Comment était-ce possible ?

— Comment vous sentez-vous, Camille ?

C'était à nouveau Simonidès. Camille ne pouvait le voir, mais il savait qu'il était là, il sentait parfaitement sa présence.

— Je suis devenu un esprit ?

— Pas comme nous. Votre corps est resté sagement étendu sur le lit de la petite chambre. Soyez sans crainte, vous le retrouverez intégralement quand vous repartirez.

Camille songea à l'état végétatif dans lequel était plongée sa pauvre Gabrielle. Avait-elle subi la même expérience que lui ? C'était probable. Il se rappela son dernier contact avec elle, chez la médium Heather Mae Brown. Elle avait décrit un lieu indéfini, gris, sans rien autour. Peut-être était-elle tout près d'ici ? S'il retrouvait sa trace, il pourrait la libérer. Mais il fallait se montrer rusé, s'informer avant de tenter quoi que ce soit.

— Nous avons décidé de vous offrir une simple simulation, reprit Simonidès, pour vous permettre de mieux nous connaître.

Camille fut saisi d'un doute. Et si cet homme pouvait lire dans son esprit ? Il fallait dissimuler ses intentions, au risque d'être découvert. Le mieux était de le faire parler de lui. C'était une ruse des psychologues, quand ils voulaient détourner l'attention des patients les plus dangereux. Les gens adorent parler d'eux.

— Racontez-moi votre histoire, Simonidès, je veux comprendre où nous sommes.

— Je vous l'ai déjà dit, nous sommes dans une machine.

— Comment est-ce possible ? Quel genre de machine ?

— Avez-vous entendu parler de la machine de Babbage ?

Oui, Camille connaissait cette invention. Charles Babbage, un mathématicien britannique, avait mis au point une machine à calculer révolutionnaire, qui utilisait des cartes perforées pour ses données et ses instructions. Grâce à elle, son fils Henry avait réussi à produire en 1888 les 44 premiers multiples de pi.

— Imaginez une machine de Babbage, mais qui serait des millions de fois plus puissante. Elle n'utilise pas des chiffres, mais un langage particulier, fait de 0 et de 1, que nous appelons le langage binaire. Son moteur, un multiprocesseur, lui permet de calculer si vite qu'il peut faire des miracles. Nous avons mis au point une telle machine dans notre refuge de Babylonie, cinq mille ans après la catastrophe qui a détruit la presque totalité de mon peuple.

En l'écoutant raconter son histoire, Camille songea à Nathan. Quel dommage qu'il ne soit pas en ce moment à ses côtés ! Il triompherait, puisqu'il avait deviné la vérité avant tout le monde !

*

Le peuple de Simonidès était bien issu des survivants du Déluge, les fameux Pontiques de Nathan. Après le cataclysme, la centaine de Pontiques encore en vie s'était disséminée parmi les populations du Moyen-Orient, qui émergeaient alors de la Préhistoire.

Ils se cachèrent, du mieux qu'ils pouvaient. Soit en se fondant dans la population (ils se faisaient commerçants ou artisans), soit en aménageant des grottes ou des caves dans les régions désertiques de Mésopotamie. En secret, à mesure que passaient les millénaires, ils continuèrent à inventer et à expérimenter des techniques de plus en plus élaborées. Ils avaient emporté avec eux des quantités de diamants, qu'on trouvait en abondance dans leur vallée d'origine. Grâce à cette ressource, qu'ils écoulaient sur les marchés antiques, ils pouvaient vivre à l'aise.

Les plus clairvoyants, cependant, étaient pessimistes. À brève échéance, le peuple des Pontiques finirait par disparaître. Ils se reproduisaient exclusivement entre eux, mais en très petit nombre pour éviter de donner l'éveil. Si, par malheur, ils avaient été découverts, on les aurait pris pour des sorciers ou des êtres maléfiques, qu'on aurait brûlés vifs.

Au IIe siècle après J.-C., dans un de leurs refuges proches de la ville d'Ur, en Babylonie, un Pontique expert en mathématiques appliquées mit au point la technique des supercalculateurs. C'était une étape décisive. Il devenait possible de conserver, sur des mémoires magnétiques, toutes les informations qu'on désirait. C'est alors qu'un autre Pontique eut cette intuition : qu'est-ce que le cerveau humain, sinon un ensemble hypercomplexe d'informations ? Serait-il possible de les copier telles qu'elles sont à un instant T et de les télécharger dans les circuits de nos supercalculateurs ?

— Quel intérêt ?

— L'éternité, mon bon ami ! La chair est fragile et condamnée à terme, pas les informations. En procédant ainsi, nous permettions à notre peuple, si peu nombreux dans un environnement si hostile, de vivre éternellement et de construire une nouvelle civilisation, celle des émulations de cerveaux, les EMS. Je fus, moi Simonidès, un des premiers à expérimenter cette nouvelle technique.

— Vous avez accepté de sacrifier votre corps physique ? Il vous fallait du courage, reconnut Camille.

— Le courage est le meilleur remède contre la médiocrité de l'habitude, mon ami. J'ai donc confié mon corps à nos techniciens, qui ont injecté dans mes veines un poison mortel. Puis ils ont retiré mon cerveau de sa boîte crânienne. Ils l'ont recouvert d'une substance qui l'a durci (nous appelons ce processus la plastination), puis ils l'ont découpé en très fines lamelles qu'ils ont photographiées avec une technique très élaborée. L'ensemble des lamelles cartographiées a formé un « connectome », une projection en trois dimensions de mes circuits neuronaux à l'instant T de ma mort. Il restait à introduire ce fichier dans notre supercalculateur… et je me suis retrouvé ici.

— Seul dans cet endroit gris et triste, si semblable à la mort ?

— Au début. Mais je ne suis pas resté seul très longtemps. D'autres « Pontiques », puisque c'est ainsi que vous nous appelez, m'ont suivi. Ensemble, à l'intérieur de la machine, nous avons commencé à nous organiser, à bâtir notre décor immatériel, à construire un monde bien à nous : le monde des EMS.

— Mais comment êtes-vous arrivés ici, à Saint-Zacharie ?

— Nous avons attendu le moment favorable. Nous avons mis à profit les désordres créés par la chute de l'Empire romain, au IVe siècle de votre ère, pour commencer une grande migration vers un des endroits les plus reculés de la planète, la forêt amazonienne. Les derniers Pontiques qui avaient conservé une forme humaine – hommage leur soit rendu – ont organisé le transport de nos machines vers l'Amérique du Sud, en payant les capitaines des navires avec nos diamants. Surtout, ils emportaient avec eux les galettes à mémoire contenant la plus grande partie de notre peuple dématérialisé. Une fois sur place, ils ont arrosé de diamants les chefs de tribus locales, qui ont mis des centaines d'esclaves amérindiens à notre service pour construire notre abri dans les cavernes naturelles de Saint-Zacharie. Une fois nos machines installées, et afin de conserver notre secret, les Indiens ont tous été éliminés, chefs compris.

À l'image de ces tyrans faisant construire leur tombeau, puis exécutant les bâtisseurs, se dit Camille. Quand il s'agit de leur survie, les peuples, même les plus civilisés, ne reculent devant rien.

— Et comment s'organise votre vie, ici ?

— Suivez-moi.

— Vous suivre ? Mais comment ?

— Pas avec vos pieds, puisque vous n'avez plus de pieds, mais avec votre esprit. Il suffit de le vouloir, comme dans les contes de fées !

Chapitre 53

Sur une impulsion, Camille se sentit plonger en avant, comme s'il tombait dans le vide. Puis il vira à droite et à gauche, en souplesse. C'était facile et même enivrant. Il entendit à nouveau la voix de Simonidès.

— Vous voyez ? Au début c'est merveilleux, on n'a plus le sentiment du poids qui nous encombre, seul l'esprit commande. Puis on s'y habitue. Vous me suivez ?

Il vola à sa suite, en plongeant vers les profondeurs de ce monde si nouveau pour lui. Peu à peu, le gris uniforme des lieux céda la place à un début de géographie. Une ligne bleutée de montagnes se dessina, mais ce n'étaient pas de vraies montagnes, elles étaient à peine indiquées par des lignes simples, comme si un peintre avait tracé les esquisses préalables à la reconstitution ultérieure d'un paysage réaliste. Après les montagnes, une vallée apparut, semée çà et là de petits villages. Mais rien qui ressemblât à une contrée alpine, ce n'étaient que des simulations de paysages, destinées à structurer le gris uniforme qui était la vraie couleur de l'endroit où ils se trouvaient. Ils survolèrent ainsi un faux fleuve, en suivant ses méandres. À mesure qu'ils allaient de l'avant ou changeaient de direction, la géométrie générale se modifiait, au gré des calculs complexes de la machine que Simonidès avait appelée un supercalculateur.

— Il ne manque que des vaches, comme dans les Alpes, lança-t-il à Simonidès.

— Elles vous décevraient, la machine n'en a jamais vu, elle ne sait pas les générer. Nous pourrions nous passer de ce décorum un peu ridicule, mais nos concitoyens se sentent mieux quand ils évoluent au sein d'un décor, même s'ils savent parfaitement qu'il s'agit d'une illusion.

Il avait prononcé le mot « concitoyens ». Quel type de société avaient donc construit les EMS dans cet endroit si particulier ? Camille posa la question.

— Une république, répondit Simonidès. Une république comme à Athènes au temps de Périclès, ou chez vous aujourd'hui en France. Nous avons trop vu de tyrannies ou de dictatures au cours des siècles, et nous les avons prises en horreur. De tous les régimes, la république est ce qu'on a trouvé de mieux.

Puis le décor se transforma à nouveau, devenant plus urbain. Des villes surgirent du néant, avec leurs avenues, leurs places et leurs quartiers.

— Elles sont vides, vos villes !

— Évidemment, que ferions-nous dans ces immeubles alors que l'espace tout entier nous appartient ? Les immeubles sont là pour le décor, rien d'autre.

Simonidès plongea vers la cité, comme s'il avait décidé d'atterrir. Camille sentit alors la présence d'une foule invisible qui allait et venait, comme n'importe quelle foule dans les villes françaises, composée de gens occupés à leurs tâches quotidiennes.

— Nous sommes sur l'agora de notre cité, annonça Simonidès.

La fameuse « place du marché » des anciens Grecs, où les citoyens pouvaient échanger leurs idées sur la politique, élire leurs représentants ou procéder à des votes. Confiants dans les forces de l'esprit, les EMS ne croyaient pas à la contrainte.

— Nous sommes deux millions à présent, les descendants des quelques dizaines qui ont fait la même expérience que moi, en choisissant l'immortalité dans la machine.

— Vous vous êtes donc reproduits ? Mais où sont les hommes, où sont les femmes ?

— Le sexe tel que vous l'entendez n'existe plus chez nous. Comme nous n'avons plus de corps, nous n'avons évidemment plus de vie sexuelle.

— Et le plaisir ne vous manque pas ?

— Pas du tout. Nous connaissons d'autres formes de plaisirs, bien plus intenses que les pauvres orgasmes des humains.

Camille n'insista pas. Mais il voulut tout de même savoir : comment les quelques dizaines d'EMS du début étaient-ils devenus des millions ?

— C'est simple : puisque l'existence de chacun d'entre nous se résume à un fichier numérique, nous nous recopions en nous dupliquant, comme on recopie un fichier.

— Vous êtes donc tous identiques ?

— Justement non. Si vous voulez insulter un EM, traitez-le de clone, il vous crachera virtuellement au visage ! En réalité, les EMS dupliqués ressemblent à des jumeaux vrais, c'est-à-dire qu'au bout de quelques années, ils ne se ressemblent plus vraiment. Leurs expériences, leurs interactions, leurs itinéraires dans la vie virtuelle ont vite fait d'eux des EMS distincts.

C'était bien le plus étonnant : les EMS invisibles que Camille et Simonidès croisaient sur l'agora de la cité n'étaient pas des entités impersonnelles. Chacun avait un passé, celui qu'il avait hérité au moment du grand saut dans la machine. Chaque EM pouvait donc avoir des sentiments, être heureux, triste, hautain, craintif, froid, chaleureux, sympathique, tyrannique. Il pouvait aussi avoir des amis, des collaborateurs, des collègues. Bref, les EMS avaient conservé tout l'éventail des émotions humaines.

Évidemment, ils n'avaient pas d'âge, ils n'en avaient plus. Simonidès lui confia que tous les EMS dématérialisés l'avaient été à l'âge de quarante ans, quand ils avaient atteint leur pic d'efficience.

— Donc tout le monde ici a quarante ans ?

— Tout le monde. Nous sommes une société d'adultes, monsieur Flammarion, des gens sérieux.

Adieu les vieillards, se dit Camille. Et adieu aussi les enfants !

Chapitre 54

Une nouvelle question surgit, parmi les mille que se posait Camille sur ce peuple qui ne ressemblait, décidément, à aucun autre.

— Tous les EMS que nous côtoyons dans ce simulacre de ville me semblent très occupés. Que font-ils donc ?

Simonidès parut étonné par cette question.

— Ils travaillent, monsieur Flammarion, comme tout le monde !

— Mais à quoi travaillent-ils ? S'ils sont bien ce que vous dites, de purs esprits dématérialisés, ils n'ont plus besoin de se nourrir, ni de bâtir des maisons pour y habiter. Quel est leur travail ?

— D'abord, il y a des tâches de maintenance, qui restent indispensables pour assurer le bien-être de notre communauté. Ensuite...

Il hésita.

— La vérité, Camille, est que nous sommes tous mobilisés par un grand projet.

— Lequel ?

— Vous le saurez bientôt. Vous comprendrez alors pourquoi nous avons fait appel à vous.

— Vous excitez ma curiosité, Simonidès !

— Je vous dirai tout, Camille, mais en temps et en heure.

Camille se résolut à patienter. Pour l'instant ; il n'obtiendrait rien de plus de Simonidès, qui avait l'intention de ne distiller ses informations qu'au compte-gouttes.

— Suivez-moi encore.

Il continua de guider Camille dans les dédales (qui semblaient infinis) du monde des EMS. Camille utilisa alors une astuce qu'un ami linguiste lui avait enseignée, pour décoincer les bouches les mieux fermées. Il sautait volontairement du coq à l'âne, ce qui avait pour effet de surprendre ses interlocuteurs et de casser leurs défenses. Il agit ainsi avec Simonidès.

— Dites-moi, Simonidès, les EMS sont-ils plus intelligents que les humains ?

— Et comment !

La réponse avait jailli spontanément, à la vitesse de l'éclair. Puis Simonidès retrouva sa maîtrise habituelle, gêné d'en avoir peut-être trop dit.

— Leur intelligence n'est pas biologique, mais numérique. Elle fonctionne avec la vitesse de calcul permise par les processeurs d'un supercalculateur. Voulez-vous un exemple ?

— Avec plaisir.

— Demandez-moi le résultat de la multiplication de deux nombres à quatre chiffres.

Camille fut pris de court.

— Euh... 5 682 multiplié par 6 341 ?

La réponse de son interlocuteur fut instantanée :

— 36 029 562. Vous pouvez vérifier.

— Je vous crois sur parole. Mais la vitesse de calcul n'est pas tout, Simonidès. L'intelligence, à mes yeux, ne se confond pas seulement avec les mathématiques ou la logique.

— Vous avez raison, cette habileté au calcul ne donne à mes semblables aucune supériorité réelle sur les humains.

Il avait parlé comme s'il s'empressait de rassurer Camille sur la possibilité d'une coexistence avec les hommes de chair. Une nuance apportée à sa réponse trop rapide de l'instant d'avant.

— Tous les hommes sont égaux, n'est-ce pas, même s'ils sont différents. Nos EMS ont des qualités que vous n'avez pas, ce qui n'en fait pas pour autant des surhommes.

— Tout de même, votre puissance de calcul vous a permis des progrès fulgurants ?

— Parce que nous sommes une très ancienne race, monsieur Flammarion, trop vieille peut-être. Nous aurions pu construire des engins qui nous auraient permis de quitter la Terre et d'explorer l'espace, mais à quoi bon ? La Lune et Mars sont des astres morts et les autres planètes sont bien trop lointaines pour être accessibles. En revanche, nous avons beaucoup progressé dans le domaine de l'intelligence artificielle. Nous avons construit des androïdes, c'est-à-dire des êtres artificiels qui veillent sur notre cité.

— Vous voulez parler de ces géants à la face bestiale que nous avons croisés en arrivant ?

— Exact. L'un d'eux vous a sauvé la vie, non ?

— C'est vrai.

— Ils nous sont très utiles pour nous protéger des intrus, qui les redoutent comme des démons. Nous avons cherché à leur donner une taille et une allure menaçante, nous avons trouvé un modèle dans la mythologie antique.

— Pazuzu, le démon des Assyriens ?

Simonidès parut étonné par la clairvoyance de son invité.

— Bravo, vous l'avez reconnu ! C'était en effet l'un des démons les plus redoutés en Assyrie. À cause de leurs forces et de leur grande taille, nos Pazuzu nous servent aussi d'ouvriers-maçons, pour assurer le bon état de notre abri souterrain. Les EMS qui les pilotent sont téléchargés dans ces machines humanoïdes, le temps nécessaire pour agir dans le monde réel. Nous n'en avons qu'une dizaine, mais ils nous suffisent pour l'instant.

Pourquoi « pour l'instant » ? se demanda Camille. Y aurait-il une suite ?

Camille et Simonidès s'arrêtèrent dans l'ébauche d'un petit square, bien plus calme que l'agora sillonnée par des foules affairées. Camille voulut savoir si les EMS, en plus de leur intelligence, étaient guidés par des principes éthiques. La question sembla étonner Simonidès.

— Encore une fois, Camille, nous sommes en république. Pour nous, la liberté est la valeur suprême. Nous nous sommes inspirés de la mythologie assyrienne pour nos démons-gardiens et des Grecs de l'époque classique pour notre philosophie politique.

— Des EMS copiant sur les humains ? lança Camille avec une petite touche d'ironie, comment est-ce possible ?

— Vous voyez, nous savons prendre les bonnes idées où qu'elles se trouvent.

La réalité, se dit Camille, était que ces êtres immatériels avaient certes une formidable intelligence analytique, mais qu'ils manquaient peut-être d'imagination. Il avait vu cent fois le cas chez les humains. Des mathématiciens de l'école polytechnique complètement dépassés quand il fallait faire un peu de bricolage, ou avouer leur amour à la femme qu'ils aimaient. Ces malheureux en restaient bouche bée. Et s'il en était de même chez les EMS ? Ils construisaient des supercalculateurs, mais quand il fallait inventer ou parler avec son cœur, ils puisaient chez les humains !

Quant à leur sens démocratique, il était discutable. Camille comprit vite, en écoutant parler Simonidès, que la liberté qu'il célébrait sur tous les tons était celle de la concurrence généralisée. En 1859, l'Anglais Charles Darwin avait publié un livre révolutionnaire, *L'Origine des espèces*, dans lequel il dévoilait ce moteur de l'évolution : la concurrence pour la survie du plus apte. Chez les EMS, on passait du darwinisme biologique au darwinisme numérique. Chaque EM était habité par un seul souci, celui de la performance. Les meilleurs se recopiaient, les autres disparaissaient, c'était aussi simple que cela. Au fil des générations de recopies, seuls les EMS les plus compétents avaient survécu.

Mais compétents pour quoi faire ? Ce qui revenait, pour Camille, à répéter sa question à Simonidès : quel était ce fameux projet sur lequel ils travaillaient ?

— Soyez patient, monsieur Flammarion, vous le saurez bientôt. Et vous saurez aussi, par la même occasion, quel rôle nous vous avons réservé. Attendons seulement que Nathan Watkins nous ait rejoints.

Camille fut rassuré par cette nouvelle. À eux deux, avec Nathan, ils sauraient prendre les bonnes décisions.

— Comment va-t-il ?

— À cette heure, je l'apprends à l'instant, il vient juste de s'éveiller. Je vais vous abandonner un petit moment pour aller l'accueillir. Profitez de cette interruption pour visiter notre monde à votre guise.

Aussitôt, Simonidès disparut.

Camille se retrouva seul, au milieu de la grande ville-simulacre. Où aller ? Il prit son envol, quitta l'agora et survola un grand parc (une ébauche de parc), qui lui fit penser au parc Montsouris, où il aimait se promener avec Sylvie le dimanche. Une fois de plus, ses pensées vagabondèrent. Il vit Sylvie angoissée à Paris, qui attendait des nouvelles de sa folle équipée en Amazonie. Et Gabrielle qui l'attendait aussi, peut-être tout près d'ici. Il avait résolu de laisser parler Simonidès assez longtemps pour lui arracher des informations sur Gabrielle.

Des EMS flânaient près de lui, d'autres discutaient, comme dans n'importe quel parc d'une grande ville. Il sentit alors une présence dans son dos. Une voix prononça son nom :

— Camille ? Camille Flammarion ?

Il connaissait cette voix.

— Victor ?

C'était Victor Hugo.

Chapitre 55

— Camille, vous êtes mort, vous aussi ? s'étonna Hugo. Vous étiez pourtant bien plus jeune que moi.

— Non, Victor, je ne suis pas mort, je suis ici en… invité.

Que pouvait-il répondre d'autre ? C'était la vérité.

— Plus rien ne m'étonne, Camille. Venez, on va s'asseoir sur un banc. Enfin, ce qu'ils appellent un banc dans cet horrible endroit, une *idée* de banc. Tout est éternel là où nous sommes, mais rien n'est réel.

Une forte amertume pouvait se lire dans le ton de Hugo. Camille ne savait pas si Victor connaissait la vérité.

— Nous ne sommes pas au ciel, vous savez ?

— Je m'en doutais, figurez-vous. Vous semblez tout de même en savoir plus que moi.

Apparemment, Hugo n'avait pas reçu les mêmes explications que Camille.

— Tout ce que je puis vous dire, Victor, c'est que ce lieu a été confectionné par des hommes, il y a très longtemps, au moyen de machines incroyablement complexes, que nous ne pouvons même pas imaginer.

— Comme dans les romans de Jules Verne ?

— À peu près. Ce qui m'étonne, c'est d'y trouver de vrais morts… comme vous. Pardonnez ma franchise, Victor.

— Ne vous inquiétez pas, il y a longtemps que j'ai accepté ma mort. Mais je pensais jadis que mourir était passer de peu de chose à rien, or je suis resté le peu de chose que j'étais.

— Vous êtes une exception ici, c'est ce que je ne m'explique pas. Les êtres qui habitent cet endroit prétendent vivre éternellement. Ils se sont débarrassés de leur corps physique pour vivre sans lui, pendant des millénaires. Mais nous ne sommes pas au Paradis, ni au Purgatoire.

— Voilà pourquoi je n'ai pas retrouvé ma Léopoldine, se désola Hugo.

Camille essaya d'imaginer le chagrin incommensurable du grand poète s'éveillant dans ce qu'il croyait être le ciel, mais n'y trouvant ni ses proches, ni surtout sa chère fille défunte.

— Vous rappelez-vous le soir de ma mort ? reprit Hugo. Vous êtes venu dans ma chambre, avec votre petit groupe de spirites. Nous étions convenus à l'avance de nous faire des signes, juste après mon trépas.

— Je me souviens très bien.

— Quand j'ai quitté mon corps, mon esprit s'est élevé au-dessus du lit. Je vous ai entendu m'invoquer…

— Et vous m'avez répondu en faisant bouger la table !

— Ce n'était pas évident, je n'avais jamais fait ça. J'y ai pensé très fort… et la table s'est soulevée.

— Un coup pour oui, deux coups pour non, c'est le langage universel des spirites.

— Puis vous m'avez demandé de venir près de l'armoire. Je suis venu, à grand renfort de volonté.

— Je me suis alors approché de vous et j'ai senti un souffle d'air glacé…

— Je l'ai senti aussi, même si le froid ou le chaud m'étaient indifférents.

— Le vent est devenu plus puissant et… vous avez été aspiré vers le plafond !

— Oui, c'était irrésistible. J'ai pensé alors que je partais pour le ciel. Puis je me suis retrouvé dans cet endroit improbable, au bout d'une seconde ou de cent ans, je ne sais plus.

Tous les défunts ne font pas cette expérience, j'imagine. Pourquoi moi ?

Il a raison, pensa Camille. Pourquoi ont-ils enlevé Victor Hugo ? Puis Gabrielle ? Et quel est ce projet mystérieux sur lequel ils disent travailler ? Pourquoi font-ils appel à moi, Camille Flammarion ? Victor, qui alliait à sa très grande sensibilité de poète un sens aigu de l'analyse des situations, l'aiderait peut-être à y voir plus clair.

— Je vais vous dire tout ce que je sais, Victor. C'est un long récit, que je prendrai juste après votre mort, le 22 mai 1885. Je n'ai pas votre talent littéraire, aussi vous parlerai-je en homme de science, en me contentant des faits. Je vous préviens, vous aurez du mal à me croire.

— Si c'est vous qui racontez, Camille, je vous croirai.

Camille fit donc à Victor Hugo un récit complet de ce qui lui était arrivé. Ses expériences dans le monde des spirites, sa rencontre avec Jules Verne, la découverte archéologique de Nathan Watkins, l'enlèvement de Gabrielle dans les mêmes circonstances que Victor, le voyage vers la Guyane, la mort de ses compagnons de route, la rencontre de Simonidès, ses explications volontairement tronquées.

Puis il s'interrompit.

Ce récit lui avait pris beaucoup de temps, pourtant Simonidès n'était toujours pas revenu. Le réveil de Nathan avait-il été plus long que prévu ? Ou Simonidès, ce fieffé manipulateur, avait-il arrangé cette rencontre avec Hugo et leur laissait-il le temps de s'expliquer ? Pour quelle raison ?

Victor, lui, était abasourdi par cette avalanche de révélations. Puis il s'adressa à Camille, sur un ton grave.

— Ils se servent de nous, Camille.

— Que voulez-vous dire ?

— Ils ont enlevé Gabrielle comme des brigands enlèvent un enfant pour demander une rançon. Ils veulent vous obliger à faire quelque chose pour eux, c'est évident. Quant à moi...

Hugo cherchait dans ses souvenirs.

— Quand je suis arrivé ici, je n'ai pas trouvé Léopoldine, je vous l'ai dit. Alors j'ai cherché. J'ai vite compris que, dans ce monde, on pouvait se mouvoir dans des paysages à peine esquissés par la simple volonté de l'esprit. J'ai croisé des EMS, comme vous les appelez – pour moi, c'étaient des esprits –, tous pressés d'aller et de venir, qui n'avaient rien à me dire et à qui je n'avais rien à dire. Je n'avais ni froid, ni chaud, ni faim, ni sommeil, mais je m'interrogeais : est-ce cela, l'éternité ? À force de chercher un interlocuteur, j'en ai trouvé un. C'était un Italien, Leonardo Fibonacci. Lui au moins était mort, comme moi. C'était un grand mathématicien du XIIIe siècle, natif de Pise. Je le connaissais de réputation, car je voulais jadis écrire un poème sur la naissance des mathématiques dans ma *Légende des siècles.* C'est lui, savez-vous, qui a importé en Europe la notation indo-arabe des chiffres, tellement plus pratique que la notation romaine ?

Camille, qui avait une formation en mathématiques, avait naturellement entendu parler de la « suite de Fibonacci », dans laquelle chaque entier est la somme des deux termes qui le précèdent.

— Leonardo, qui a vécu bien avant moi, ne connaissait pas mes poèmes, poursuivit Hugo, mais nous avons sympathisé. Et il m'a emmené voir les autres...

— Quels autres ?

— Vos EMS, tels des collectionneurs, ont « cueilli » au cours des siècles quelques-uns des plus grands esprits de l'Histoire universelle, Camille. Des médecins, des physiciens, des géomètres, des philosophes, des grands capitaines, des hommes politiques, des astronomes comme vous.

Camille pensa aussitôt à son dialogue de naguère avec l'esprit qui répondait au nom de Galileo Galilei. Victor Hugo lui-même, de son vivant, disait avoir parlé, par l'intermédiaire d'un médium, avec William Shakespeare et Lord Byron.

— Tous étaient réunis ici, mais ils étaient devenus des esprits comme moi. Et tous se demandaient ce qu'ils pouvaient bien faire dans cet horrible endroit, qui n'était pas le ciel des religions. En nous racontant mutuellement nos histoires, nous avons compris que les EMS nous avaient tous « aspirés », quelques secondes après notre mort.

Hugo n'était donc pas le seul, se dit Camille. Le choix de leurs invités, tous très prestigieux, obéissait sans doute à un plan concerté.

— Qu'en déduisez-vous, Victor ?

— Qu'ils ont besoin de tous ces esprits renommés pour faire aboutir ce fameux projet dont vous a parlé Simonidès. Mais ils se trompent…

— Expliquez-vous.

— J'ai longtemps parlé avec tous ces génies, parqués ici comme dans un zoo des grands esprits. Ils s'ennuient, ils étouffent, ils voudraient mourir pour de vrai. Ils ont l'éternité, mais ils sont fatigués de cet endroit, fait de simulacres. Byron m'a dit : « Si l'éternité est à ce prix, bienvenue au néant. »

Les dieux s'ennuient, se dit Camille, du pur Victor Hugo !

Une voix interrompit sa réflexion.

— Et si on jouait cartes sur table ?

C'était Simonidès, revenu en compagnie de Nathan.

Chapitre 56

— Quel plaisir de te revoir, Nathan ! Simonidès t'a mis au courant ?

— Comme il l'a fait avec toi, Camille. La réalité est encore plus étonnante que tout ce que j'avais imaginé. Reste à savoir ce qu'ils nous veulent. Il est clair qu'ils ont tout fait pour nous attirer ici.

— Nous sommes justement réunis pour en parler, approuva Simonidès.

Hugo, lui, s'éloigna. Mais Simonidès le rappela.

— Restez avec nous, monsieur Hugo ! Quand vous saurez nos intentions, vous pourrez en parler aux autres.

Nathan comprit qui était celui qu'ils appelaient Hugo.

— Vous êtes Victor Hugo, le poète français ? Je vous croyais mort.

— Merci de me le rappeler, monsieur… ?

— Watkins, Nathan Watkins.

— Nous en parlions avec Camille, ajouta Hugo à l'intention de Simonidès. Vous avez rassemblé ici un étonnant mélange de vivants dématérialisés et de morts ressuscités. Mais dans quel but ?

— Je vais vous le dire, mais il fallait attendre que vous soyez tous réunis.

— Nous vous écoutons…

Après un court silence, Simonidès commença son récit.

— Je sais parfaitement ce que vous pensez, monsieur Hugo : vous vous sentez enfermé dans une cage. Une prison d'éternité, mais une prison tout de même. Et vos pairs, les savants et les poètes dont vous avez parlé à monsieur Flammarion, également.

— Vous avez écouté aux portes ? s'irrita Hugo.

— Il n'y a pas de portes ici, mais les nouvelles vont vite, répliqua Simonidès. Croyez bien que ce fut, pour nous autant que pour vous, une découverte douloureuse : l'éternité est affreusement ennuyeuse. Aussi, dès le début, nous avons travaillé pour retrouver le vrai monde, celui d'où nous étions partis.

— Revenir en arrière ?

— C'était impossible, puisque nos corps pourrissaient en terre. Nous voulions retrouver le contact avec le monde réel, tout en restant ce que nous sommes, des êtres immatériels et éternels. Nous avons d'abord cherché à nous affranchir de ce supercalculateur dans lequel nos esprits avaient été téléchargés. Ce fut un travail de longue haleine, qui mobilisa nos spécialistes pendant très longtemps, jusqu'au début de ce que vous appelez le Moyen Âge. Nous y sommes parvenus grâce à la technique des hologrammes.

— De quoi s'agit-il ? s'enquit Camille.

— Ce sont des projections, comme celles d'une lanterne magique, mais en trois dimensions. Grâce à ce procédé, nos EMS les plus audacieux ont pu quitter le confort douillet de leurs calculateurs. Nous sommes devenus ce que vous, les humains, appelez des « esprits ». Libres comme l'air, transparents, capables de nous transporter partout dans le vaste monde. Les plus espiègles d'entre nous se sont amusés à vous surprendre en apparaissant, tels des fantômes, dans les forêts sombres ou les manoirs que vous pensiez hantés.

— Certaines de vos victimes sont devenues folles ou sont mortes de peur, Simonidès, rappela Nathan d'un ton sévère. Vos petits jeux n'étaient pas toujours sans conséquences.

— J'en conviens, monsieur Watkins. Je ne suis pas toujours fier de ce que je vous rapporte, mais nous avons décidé de tout mettre sur la table. D'autant que nous n'en sommes pas restés aux hologrammes, nous voulions aussi frayer avec les mortels, comme les dieux de l'Olympe.

Hugo était scandalisé.

— Vous vous êtes vraiment pris pour des dieux, mais des dieux insatisfaits. Vous aviez l'éternité, vous vouliez aussi l'humanité !

— Une belle formule, monsieur le poète, qui résume fort justement ce que j'appelle, moi, notre passion impossible.

— Vous avez donc cherché à communiquer avec nous, poursuivit Camille.

— Grâce à de nouveaux progrès dans le domaine des interactions numériques avec le monde réel, nous avons développé des capacités télékinésiques, qui nous offraient la possibilité d'agir sur la matière. Oh, ce n'était pas grand-chose. Nous pouvions faire bouger des tables, frapper des coups dans les murs ou communiquer par psychographie, en vous incitant à tracer des lignes sur le papier. Cela a duré des siècles, mais les conversations que nous pouvions avoir avec les humains restaient très limitées et nécessitaient la présence d'un médium, un humain plus sensible que d'autres à notre présence. Elles avaient aussi le vilain défaut de vous effrayer, par leur côté obscur et irrationnel. Vous voyez, nous n'étions pas faciles à satisfaire !

— Et la présence de vrais morts parmi vous ? demanda Hugo. Je pense à tous ces grands esprits que j'ai rencontrés : Galilée, Fibonacci, Byron et les autres.

— Vous êtes vous-même le dernier en date, monsieur Hugo. La réponse va de soi : qu'y a-t-il de plus désolant que le cerveau d'un génie de la poésie ou des mathématiques pourrissant dans une tombe et dévoré par les vers ? Nous avions la possibilité technique de télécharger les connectomes des mourants à l'instant de leur mort. Il fallait faire vite, une minute de retard et l'esprit se diluait inexorablement dans le néant. Nous avons évidemment opéré un tri, car notre paradis n'est pas infini. Nous avons donc choisi les plus doués dans leur domaine, dès le moment où nos machines furent opérationnelles, c'est-à-dire dès le IIe siècle de votre ère. Cela excluait malheureusement les brillants cerveaux de l'Antiquité grecque et romaine, mais nous nous sommes rattrapés sur les dramaturges et les astronomes de la Renaissance et de l'époque élisabéthaine.

— J'ai parlé avec l'esprit de Galilée, en effet, avoua Camille, par la technique de la psychographie.

— J'imagine qu'il vous a surpris par ses connaissances nouvelles sur la nature de l'univers ?

— Il m'a parlé en effet d'un univers en expansion, de trous noirs, d'un espace plastique, de bien étranges concepts.

— C'est que nous avons mis à jour ses connaissances, monsieur Flammarion, les siennes dataient un peu.

— Mais était-ce encore Galilée ? répliqua Camille.

Simonidès admit l'objection.

— C'est une discussion intéressante, que nous avons nous-mêmes eue.

— Par ailleurs, lança Hugo, je vous informe que vos supposés « grands esprits » ne se plaisent guère dans votre zoo, Simonidès. Pourquoi les conservez-vous contre leur gré ? Ce ne sont tout de même pas des objets de collection !

— Ils nous seront précieux pour donner tout son panache à notre grand projet. Ils seront notre affiche, comme pour une pièce de théâtre. Pensez… Shakespeare, Newton, Abraham Lincoln, Arthur Wellington et Victor Hugo monteront sur la scène.

— Je ne monterai sur aucune scène ! protesta Hugo.

— Décrivez-nous ce grand projet, Simonidès.

— J'y viens.

Chacun, comme dans une pièce de théâtre à l'instant du dernier acte, retint son souffle (pour autant que les EMS aient un souffle).

— Vous l'avez compris, nous ne pouvions nous résigner à rester des esprits dans le monde des humains. Nous avons donc inventé autre chose…

Il s'arrêta, pour donner à sa révélation plus de poids. Camille et Nathan, eux, s'impatientaient.

— Qu'avez-vous inventé, Simonidès ?

— Vous avez vu un prototype avec nos gardiens, nos Pazuzu. Ce sont des androïdes pilotés par nos EMS, comme on pilote une machine ou un véhicule. Notre projet, à l'horizon de deux ans, est de mettre en service des androïdes proto-humains, dotés d'une enveloppe synthétique. Des hommes, des femmes, avec des visages et des tailles d'humains. Ils seraient dotés de capteurs qui les rendraient sensibles au froid, au chaud, aux parfums… et même à la sensualité. Les EMS, eux, seraient comme les âmes de ces corps artificiels. Nous retrouverions ainsi notre humanité de jadis, tout en restant éternels et incorruptibles. N'est-ce pas merveilleux ?

— Vous entendez donc forger une nouvelle espèce d'humanoïdes, prête à peupler la planète ?

— Si les circonstances s'y prêtent, nous pourrions être deux millions dans une quinzaine d'années. Nous serions une petite nation, mais une nation tout de même. Notre peuple des Pontiques serait de retour !

Nathan et Camille se consultèrent du regard. Le projet des EMS était donc aussi géopolitique, bien fait pour bouleverser le fragile équilibre du monde.

— Que voulez-vous dire, Simonidès, en précisant « si les circonstances s'y prêtent » ?

— Il faudrait évidemment que les nations humaines acceptent notre présence parmi elles. Il y a tant de terres libres sur tous les continents, vous nous ferez bien une petite place !

Hugo, le premier, émit de sérieux doutes.

— Imaginez-vous, Simonidès, la difficulté qu'auront vos humanoïdes à coexister avec des humains moins avancés qui resteront, eux, de simples mortels ? Vous serez à leurs yeux comme des hommes-dieux. Les hommes adorent les dieux tant qu'ils sont au ciel, mais ils n'en voudront jamais comme voisins !

— Vous avez l'art de tout résumer en une heureuse formule, monsieur Hugo. Nous y avons pensé, naturellement. Pour éviter les conflits, notre nation restera fermée aux autres peuples, à cause du décalage de civilisation. Nous vivrons sagement entre nous. Nous avons seulement besoin de reprendre contact avec les parfums des bois, l'odeur des fleurs, les senteurs d'algues des bords de mer et le goût suave des fruits des arbres. Nous n'avons pas besoin d'une grande surface, car nous ne serons pas très nombreux.

— Quelle étendue ?

— Vingt mille kilomètres carrés nous suffiraient. Trente mille, si vous vous montrez généreux.

— Dans tous les cas, jugea Camille, je crains fort que les humains apprécient peu votre proposition.

— C'est pourquoi nous vous avons fait venir jusqu'ici, monsieur Flammarion.

— Dans quel but ?

— Pour être notre ambassadeur !

Chapitre 57

— Et pourquoi moi ?

— Quel meilleur ambassadeur qu'un astronome, habitué à considérer le monde avec la distance qui convient aux sages décisions ? Vous êtes un des intellectuels les plus considérés, monsieur Flammarion, en France et dans le monde. Nous nous sommes renseignés : votre *Astronomie populaire* est devenue une bible des Temps modernes. Si vous plaidez pour nous, on vous écoutera.

— Et vous engagerez quelques morts illustres, comme nous, pour chanter vos louanges, n'est-ce pas ? lança Hugo, acerbe.

— Vous et la centaine de très grands esprits que nous avons recueillis au cours des siècles. Quand Shakespeare, Newton, Galilée, Hugo, Lord Byron auront approuvé notre projet, pourquoi les hommes le refuseraient-ils ? D'autant que nous n'arriverons pas les mains vides.

— Vous comptez nous payer ?

— Pas en vous communiquant nos technologies et notre science. Pour cela, vous devrez faire votre chemin par vous-mêmes.

— Et ce serait dangereux pour vous !

— Évidemment. Voici donc notre proposition : en échange de votre accueil, nous vous payerons en diamants.

Pour des raisons géologiques, notre terre d'origine contenait beaucoup de pierres précieuses dans son sous-sol. Les diamants étaient presque aussi abondants que des cailloux, ils nous servaient à fabriquer des outils. Nous savons qu'ils sont très précieux dans votre monde. Le marché est le suivant : une petite parcelle de terre contre cent kilos de diamants bruts. Nous aurions aimé vous en offrir davantage, mais c'est tout ce que nous avons sauvé du Déluge.

Un quintal de diamants ! Contre un pareil pactole, songea Camille, nul doute qu'ils trouveraient sans difficulté des pays prêts à les accueillir. Mais ils ne voulaient pas d'une immigration sauvage, mère de tous les chaos. Il était plus sage, selon leurs vœux, d'avoir un ambassadeur, un émissaire qui irait discuter avec les grandes nations du monde et obtiendrait un consensus… si c'était possible.

— Avant d'aller plus loin, exigea Camille, rendez-moi Gabrielle Renaudot.

— Nous allons le faire, monsieur Flammarion, pour vous prouver notre bonne foi. J'ai donné des ordres : quand vous rentrerez chez vous, à Paris, l'EM de Gabrielle aura retrouvé son corps.

— Son EM est donc ici ?

— Je vous conduirai à elle, dès que cette conversation sera terminée.

À présent, Camille savait lire le stratagème de Simonidès. Les EMS n'avaient pas hésité à enlever Gabrielle pour l'obliger, lui Camille, à se déplacer en Guyane et lui offrir d'être leur ambassadeur. Il pourrait la rencontrer après avoir accepté leur proposition, sans quoi il ne la reverrait jamais. Pas de place, chez ces êtres numériques, pour le moindre sentiment humain, seul le résultat comptait.

— J'accepte de vous croire. Où voudriez-vous vous installer sur la Terre ?

— Vous l'avez compris, pas n'importe où. Contre nos cent kilos de diamants, nous poserons quelques exigences. Notre terre d'origine, vous le savez à présent, se situait à l'emplacement actuel de la mer Noire. Nous ne pouvons donc y retourner. Quant aux terres les plus proches, situées au sud du Bosphore, elles sont occupées par l'Empire ottoman.

— En sept mille ans, Simonidès, les peuples ont migré et se sont installés là où il y avait de la place. Par les armes, bien souvent.

— Nous le savons parfaitement. Mais pourtant...

À son habitude, Simonidès ménagea un nouveau silence avant de préciser sa demande.

— Nous songeons à une possession ottomane assez négligeable pour le sultan, mais qui nous irait parfaitement : il s'agit de cette terre qu'on appelle la Palestine. C'est un territoire qui borde la mer et s'allonge sur vingt-deux mille kilomètres carrés, exactement ce qu'il nous faut. Actuellement, il fait partie de la province de Damas, gouvernée par Istanbul.

— Mais c'est une terre pauvre, s'étonna Camille. Quel intérêt d'aller là-bas ?

— Tu oublies Jérusalem, corrigea Nathan.

— Nous n'avons aucune religion, s'empressa de préciser Simonidès. Cette terre de Palestine nous rappellera notre beau pays du Pont-Euxin, d'où nous venons. Et nous saurons la mettre en valeur.

— Votre demande me semble difficile à réaliser, estima Nathan, à cause précisément de Jérusalem. Pour libérer le tombeau du Christ occupé par les Turcs, les chrétiens ont lancé neuf croisades. Pour les musulmans aussi, Jérusalem est une ville sainte. L'imaginer occupée par des êtres qui ne sont pas vraiment humains et, qui plus est, sans aucune religion sera difficile à admettre.

— Nous ne sommes pas des brutes, fit comprendre Simonidès. Chacun pourra venir se recueillir à Jérusalem quand il le voudra, nous donnerons à cette cité un statut particulier. Mais le reste du pays sera à nous.

Camille prit un temps de réflexion.

— La Palestine est une possession du sultan de l'Empire ottoman, Abdülhamid II. S'il donne son accord, tout est possible.

— Il *doit* le donner.

La voix de Simonidès s'était faite dure, presque inflexible.

— Je connais bien le prince du Monténégro, ajouta Camille. Il a conservé de bonnes relations avec le sultan et pourrait me mettre en relation avec lui. Mais croira-t-il cette histoire ? Et si cela était, acceptera-t-il de se défaire de la Palestine ?

— Vous trouverez les bons arguments, monsieur Flammarion, j'ai confiance. Et nous vous aiderons.

— De quelle façon ?

— En accomplissant des miracles. C'est un langage que tout le monde comprend chez les humains, n'est-ce pas ?

— Mais s'il refuse quand même ?

— Faites-lui comprendre que ce qu'il ne nous donnera pas, nous le prendrons par la force !

Chapitre 58

Visiblement, la conversation était terminée.

— Venez, monsieur Flammarion, je vous emmène vers Mlle Renaudot.

Camille suivit son hôte à travers les avenues colorées de la cité immatérielle. Camille savait qu'il ne la verrait pas de ses yeux. Il ne saurait pas si elle était fatiguée, amaigrie ou malade. Pour cela, il fallait attendre son retour dans le couvent de Garches, où les sœurs qui s'occupaient d'elle seraient surprises de la voir s'éveiller et se mettre debout, comme si elle émergeait d'un long sommeil.

Simonidès ralentit sa course.

— Elle vous attend dans ce petit jardin.

Il s'éclipsa. Comme le reste dans le monde des EMS, le jardin n'était qu'un jardin d'illusion, mais plutôt réussi. Les EMS avaient imité le parc des Vestales, au cœur du forum romain, avec ses bassins d'eau pure, entourés des statues des gardiennes du feu sacré.

— Camille !

— Gabrielle, ma Gabrielle !

L'intensité de leurs présences leur servit d'étreinte.

— Je t'ai tellement attendu !

— J'ai fait le plus vite que je pouvais, mais je suis là.

— Je le sais bien, Camille, j'avais confiance.

— J'ai compris, lors de cette séance chez Heather Mae Brown, qu'ils t'avaient enlevée.

— Ce sont des êtres pervers, Camille, ils voulaient t'obliger à venir à eux, ils ont choisi des moyens de voyous.

— Comment te portes-tu ? Et comment t'ont-ils traitée ?

— Je vais bien, je n'ai ni faim ni soif, mais je m'angoissais à ton sujet. Sais-tu où est mon…

— Ton corps ? Il est en parfait état, comme si tu dormais, dans un couvent près de Paris. Ils m'ont promis de te le rendre si…

— … si tu fais ce qu'ils demandent ?

— Ils veulent que j'intercède pour eux auprès du sultan ottoman.

— Raconte-moi.

En résumant la situation à ses grandes lignes, Camille informa Gabrielle.

— N'accepte pas ce marché, Camille. Ne les crois pas, ce sont des menteurs et des manipulateurs, j'ai appris à les connaître.

— Je ferai ce qu'il faut pour te sortir de là, Gabrielle. Après, ce sera au sultan de décider, mon rôle se bornera à jouer les messagers. Puis je retournerai en France avec les frères Verne et mon ami Nathan. Toi, quand tu pourras marcher, tu iras m'attendre à Juvisy. Nous nous retrouverons enfin.

Une voix se fit entendre à l'entrée du jardin des Vestales. C'était celle de Victor Hugo.

— Camille ?

— Je suis avec Gabrielle, Victor.

La jeune femme se sentait intimidée par le grand homme, si ce mot « intimidée » avait encore un sens pour elle.

— C'est si étonnant, monsieur Hugo, de vous rencontrer ici.

Hugo semblait inquiet.

— Simonidès vous attend pour vous renvoyer chez vous, Camille, dans le monde réel. Mais avant, il a un dernier message à vous communiquer.

— Je vous suis, Victor.

— Méfie-toi, Camille, insista Gabrielle.

Les deux amants s'étreignirent à nouveau comme ils le pouvaient, en usant de leurs présences mentales dans ce jardin qui n'existait pas. Puis Camille suivit Hugo.

Ils retrouvèrent Nathan et Simonidès sur l'agora de la cité virtuelle.

— Il est temps de nous séparer, monsieur Flammarion. Vous connaissez votre mission, nous avons la certitude que vous serez le meilleur des ambassadeurs.

— Vous avez dit que vous m'aideriez.

— Nous allons le faire. Vous rappelez-vous comment le prophète Moïse a convaincu Pharaon de libérer les esclaves hébreux ? Grâce aux dix plaies d'Égypte. Les nôtres seront encore plus spectaculaires. La première démonstration de force aura lieu sur la ville du Caire, le 14 mai 1895, à dix heures du matin.

Camille nota la date dans un coin de sa mémoire.

— La seconde, ajouta Simonidès, se manifestera trente-quatre jours plus tard, le 17 juin à dix heures du matin, au-dessus de la ville d'Izmir, en Anatolie centrale. Rappelez-vous : le 14 mai et le 17 juin. Bonne chance, monsieur Flammarion !

Simonidès sembla disparaître dans le néant, entraînant avec lui tout le décor qui l'entourait.

Camille perdit conscience et Nathan aussi.

L'adieu aux esprits

Chapitre 59

Un rayon de soleil qui se faufila malicieusement à travers ses paupières réveilla Camille. Il était allongé sur l'herbe, entièrement nu. Il se redressa. Nathan se trouvait à ses côtés, dans le même simple appareil.

— Nathan ?

— Camille ? Qu'est-ce que c'est que cette tenue ?

— La même que la tienne !

— C'est donc qu'ils nous ont transportés ici. Où sommes-nous ?

Un coup de sirène les fit se retourner. Derrière eux, un petit bateau à vapeur filait son chemin sur l'Oyapock. Les marins, hilares, saluaient joyeusement les deux nudistes involontaires.

— Je pense qu'ils nous ont ramenés à Ouanary, non loin du *Nemo*, conclut Nathan. Ils nous ont évité de faire le long voyage du retour à travers la jungle. Ils n'avaient pas de vêtements à nous fournir, les nôtres étaient hors d'usage.

— Nous aurons belle mine, tous les deux, devant Jules et Paul !

— Ils ne riront pas, Camille, quand ils découvriront que Milica, Rafael et les six marins soldats ne sont pas revenus.

Nathan avait deviné juste. Quand ils se montrèrent devant le *Nemo*, le marin de garde alerta Jules et Paul qui leur firent signe depuis la passerelle.

— Enfin, vous voilà ! Nous commencions à être inquiets.

— Et les autres ? demanda Paul.

Camille se contenta se baisser les yeux, la mine grave.

— Je vous envoie deux marins avec des draps, ils vous accompagneront à bord. Vous pouvez marcher ?

— Oui, Paul, ça ira.

Une fois sur le pont, il fallut avouer la vérité.

— Nous ne revenons pas avec de bonnes nouvelles.

— Milica ? murmura Jules.

— Milica, Rafael et nos six marins soldats ont été tués par un groupe de bagnards évadés. Nous avons sauvé nos vies par miracle.

— Leurs corps sont restés dans la jungle ?

— Hélas, déplora Nathan. Inutile d'aller les chercher. Après tout ce temps, ils ont certainement été dévorés par les charognards et les insectes.

— Dès que nous serons revenus à Cayenne, ajouta Camille, j'enverrai un télégramme au prince.

— Il sera bouleversé.

— Comme nous l'avons été nous-mêmes. Mais il y a encore plus grave. Allons dans le salon, je vais vous raconter.

— Tu vas d'abord manger quelque chose, Camille, proposa Jules. Et toi aussi, Nathan. Vous êtes tous les deux pâles et amaigris. Vous ne tiendrez pas longtemps sans un bon repas.

Une heure plus tard, réunis autour de la grande table du *Nemo*, Camille et Nathan racontèrent leur odyssée au pays des EMS tout en grignotant un morceau de rosbif froid. Ni Jules, ni Paul ne les interrompirent, tant ils étaient fascinés par leur récit.

— Vous êtes certains de ne pas avoir rêvé ? hasarda Jules.

— Si ce n'était qu'un mauvais rêve, mes amis, Milica et Rafael seraient réunis autour de cette table. Hélas, ils ont péri, les six marins aussi et nous avons bien visité ce monde improbable des EMS.

— Si j'avais écrit un roman pareil, mon éditeur Hetzel m'aurait suggéré d'arrêter les liqueurs fortes. Je vous crois tous les deux. D'abord parce que c'est vous, ensuite parce que personne, même des esprits aussi imaginatifs que les vôtres, ne pourrait inventer une histoire pareille.

Paul Verne, lui, feuilleta un petit calendrier soigneusement collé sur son carnet de notes.

— Nous aurons bientôt deux preuves très concrètes du vrai pouvoir des EMS. Ils ont promis une première démonstration de force le 14 mai prochain, au-dessus du Caire…

— En effet, admit Nathan.

— Nous sommes le 2 mai, nous verrons donc dans deux semaines. Quant à la seconde, elle est prévue pour le 17 juin au-dessus de la ville turque d'Izmir, n'est-ce pas ?

— Exact.

— Si ces deux prédictions se réalisent, conclut Paul, nous devrons les prendre très au sérieux.

Camille, lui, avait une autre idée en tête. Simonidès avait-il tenu parole en ce qui concerne Gabrielle ? Lui avait-il rendu son esprit ? Il n'y avait qu'un moyen de le savoir…

Chapitre 60

Ce même 2 mai 1895, dans sa clinique de Neuilly-sur-Seine, le docteur Émile Lumbroso finissait d'examiner une patiente affectée d'un trouble dissociatif consécutif à un incendie où le reste de sa famille avait péri, quand sa secrétaire lui apporta un télégramme.

— Laissez-le sur mon bureau, Marthe.

Quand la visite fut terminée, le docteur ouvrit le pli. Il venait de Cayenne, en Guyane. Peut-être un collègue français ou brésilien ?

« CHER EMILE – STOP – POURRAIS-TU ALLER CHEVET GABRIELLE RENAUDOT – STOP – CAS DE GUERISON SPONTANEE – STOP – ME TENIR AU COURANT – STOP – CAMILLE FLAMMARION. »

C'était un peu fort ! Comment Camille, depuis Cayenne en Guyane, pouvait-il faire un pareil diagnostic à distance ? Il appela Marthe.

— Oui, docteur ?

— Avez-vous examiné notre patiente Gabrielle Renaudot au couvent de Garches, récemment ?

— J'y suis allée avant-hier, docteur. Sa santé est stable, aucune fièvre, les sœurs l'alimentent avec des potages et des compotes de fruits, mais elle reste plongée dans un état végétatif.

Il lui montra le télégramme.

— Flammarion qui s'inquiète. Ah, celui-là...

— Le malheureux se sent coupable de l'accident, docteur, il croit peut-être à un miracle.

— Moi, je ne crois qu'à la médecine.

Il hésita.

— Combien de patients à voir demain ?

— Une bonne dizaine, docteur. Toutes sortes de maladies nerveuses.

— Je n'ai donc pas le temps de me déplacer à Garches. Je vais lui répondre que vous l'avez vue et que...

À cet instant arriva un nouveau télégramme, lui aussi posté de Cayenne.

« CHER EMILE – STOP – JE SAIS QUE TU N'Y CROIS PAS – STOP – MAIS VA LA VOIR QUAND MEME – STOP – AU NOM DE NOTRE AMITIE – STOP – CAMILLE FLAMMARION. »

— Il va me harceler toute la journée, avec ces télégrammes ? C'est lui que je devrais soigner !

En son for intérieur, le docteur pesta contre ce démon de midi qui avait poussé son ami Camille vers une jeune fille de 35 ans de moins que lui.

— Je pourrais déplacer vos patients de demain matin, proposa Marthe, conciliante, et vous retenir à huit heures une calèche pour le couvent de Garches.

Il acquiesça. Camille Flammarion était plus qu'un vieil ami, c'était un complice avec qui il avait partagé, au temps de leurs études, de folles escapades. Pouvait-il lui jeter la pierre ?

— Parfait, j'irai.

Il lui fallut moins d'une heure, le lendemain matin, pour accomplir le trajet de Neuilly à Garches. Le couvent Sainte-Apolline, où Gabrielle était internée, était un vrai couvent où les sœurs bénédictines, toutes issues des beaux quartiers parisiens, vivaient dans un cadre floral agréable et partageaient leur temps entre la prière et les travaux du jardin. Pour arrondir les fins de mois, la mère supérieure acceptait de temps à autre de veiller sur des patients comme Gabrielle, pour lesquels la médecine ne pouvait rien. Ils y attendaient la mort paisiblement, en soulageant la conscience des familles qui ne pouvaient ou ne voulaient pas les garder chez eux.

À peine entré dans le couvent, le docteur Lumbroso vit la mère supérieure accourir vers lui.

— Ah, docteur, venez voir. Un miracle !

Il eut un pressentiment.

— Mademoiselle Renaudot ?

— Elle s'est levée ce matin, sans prévenir personne. Elle a retrouvé ses esprits dans la nuit !

— Où est-elle ? Dans sa chambre ?

— Non, à la cantine, elle avait une faim de loup.

Gabrielle était en effet attablée devant un grand bol de café au lait. Les sœurs lui avaient proposé des tartines de pain, du beurre et de la confiture.

— Mademoiselle !

— C'est le docteur Lumbroso, annonça la mère supérieure. C'est le médecin qui vous soigne.

— Mais je ne suis plus malade !

Le docteur s'adressa aux sœurs d'un air sévère.

— Enlevez cette nourriture, je veux d'abord l'examiner.

L'examen eut lieu dans la chambre de Gabrielle. Il se révéla positif. La jeune fille avait un peu de tension, comme tout le monde au réveil. Mais tout le reste indiquait qu'elle avait recouvré la santé.

— Que m'est-il arrivé, docteur ?

— Vous ne vous souvenez de rien ?

— J'étais à Juvisy avec le professeur Flammarion, cette femme médium et tous ces gens autour de moi. J'ai senti un vent froid qui montait vers le plafond et je me suis réveillée ici. Combien de temps ai-je dormi ?

— Un peu plus d'un mois, mademoiselle. Nous désespérions de pouvoir vous ranimer, nous avons pris soin de vous, mais sans espoir de vous guérir.

— Et Camille, où est-il ?

Le docteur s'apprêta à répondre, quand une sœur arriva avec un nouveau télégramme. Le troisième émanant de Camille !

« CHER EMILE – STOP – SI TU ES UN AMI, TU L'AS VUE – STOP – COMMENT VA-T-ELLE ? – STOP – CAMILLE FLAMMARION. »

Le docteur esquissa un sourire et proposa à la sœur de télégraphier sa réponse.

— Voici le texte : « Gabrielle en parfaite santé. Stop. N'ai jamais vu ça. Stop. L'amour aurait-il fait de toi un sorcier ? » Et vous signez : Docteur Émile Lumbroso.

— Où dois-je l'envoyer ?

Le docteur examina le télégramme qu'il avait reçu. Camille avait pris soin de laisser son adresse.

— Professeur Camille Flammarion, bateau le *Nemo*, port de Cayenne, Guyane française.

Chapitre 61

— Simonidès a tenu parole ! s'écria Camille, fou de joie, en découvrant le télégramme du docteur Lumbroso.

Jules lui-même avait du mal à y croire.

— En d'autres circonstances, on aurait crié au miracle. C'est de la science, mais une science qui nous est encore inconnue.

La joie de Camille ne dura pas.

— Il nous reste le plus difficile, à présent : informer le prince Nikola de la mort de sa fille.

— Je m'en charge, proposa Jules. Nikola est mon ami, je suis le lien entre vous et lui. Mais toi, Camille...

Il lui lança un regard sévère.

— Viens avec moi à la poste pour envoyer un autre télégramme. As-tu pensé à Sylvie, ta femme ?

Un sentiment de honte envahit Camille. Depuis son départ, il ne s'était préoccupé que de Gabrielle. Le dernier message envoyé à Sylvie datait du Monténégro. Il informait son épouse qu'il s'embarquait avec Jules et Paul pour un long voyage en bateau. Ensuite, plus rien. Nathan et Paul baissèrent la tête, gênés.

— Tu as raison, Jules, je suis impardonnable.

Les deux hommes repartirent en calèche pour la grande poste de Cayenne. Tandis que Jules rédigeait son message pour le prince, Camille dicta le sien :

« MA SYLVIE – STOP – NOTRE VOYAGE SE TERMINE – STOP – RENTRONS AU MONTENEGRO – STOP – JE PENSE BEAUCOUP A TOI – STOP – TON FLAM. »

Pendant qu'il énonçait son message à voix haute devant la télégraphiste, Camille vit Jules, non loin de lui, qui levait les yeux au ciel. Puis les deux amis reprirent le chemin du port.

— Je n'ose imaginer le chagrin de ce pauvre Nikola, murmura Jules. De tous ses enfants, Milica était celle qu'il chérissait le plus.

Camille préféra lui cacher les confidences de la jeune femme, l'enfer qu'était devenue la relation bien trop proche du père avec la fille.

— Que décidons-nous ? Mettons-nous le cap sur le Monténégro ?

— Attendons sa réponse, je pense qu'elle ne tardera pas.

En effet, ils n'attendirent pas longtemps. La réponse du prince Nikola arriva sur le *Nemo* sous la forme de plusieurs télégrammes. Jules les lut à ses trois compagnons.

— Son chagrin est immense. Il veut tout savoir sur les conditions de la mort de Milica.

— Lui as-tu parlé des EMS, Jules ? demanda Nathan.

— Nous le ferons de vive voix. Le prince propose de faire la moitié du chemin. Il s'embarquera dès ce soir en direction de l'Espagne. Il nous donne rendez-vous à l'hôtel Convento de Cadix, où il possède une suite à l'année.

— C'est la meilleure des solutions, estima Nathan, nous pourrions y être dans une huitaine de jours.

Milica disparue, c'est Jules qui prit le commandement du *Nemo*. Il ne connaissait pas un mot de Monténégrin, mais les vieux marins savent se parler par gestes. Il ordonna à l'équipage d'appareiller pour une nouvelle traversée de l'Atlantique, en direction du nord-ouest.

En début d'après-midi, le yacht sortit du port de Cayenne. Camille n'était pas fâché de quitter la Guyane, mais il redoutait l'entrevue avec le prince Nikola. Il s'en ouvrit à Paul Verne.

— Nous croira-t-il seulement ? Notre récit lui paraîtra si étrange !

— C'est Jules qui lui parlera. Faites confiance à son talent de romancier, il trouvera les mots qu'il faudra.

*

Les courants étant favorables, le *Nemo* ne mit que quelques jours pour atteindre la côte andalouse, au sud-ouest de l'Espagne. Cadix se trouvait dans une vaste baie, à l'embouchure du fleuve Guadalquivir.

— Après la découverte de l'Amérique, rappela Jules, c'est à Cadix que Christophe Colomb rapporta les richesses du Nouveau Monde. Nous n'apportons, nous, qu'une triste nouvelle.

— Non, Jules, corrigea Nathan. C'est un malheur pour Milica, mais c'est aussi une grande date pour l'humanité. Nous venons lui annoncer qu'une civilisation inconnue et beaucoup plus avancée que la nôtre demande la permission de coexister parmi les peuples de la Terre. N'est-ce pas une très grande nouvelle ?

Camille était moins enthousiaste, il se rappela les avertissements de Gabrielle.

— Pouvons-nous leur faire confiance, Nathan ? Ils n'ont pas hésité à enlever Gabrielle pour me faire venir à eux, ils ont emprisonné contre leur gré de très grands esprits comme Victor Hugo.

— En échange de l'immortalité, tout de même !

— Hugo n'avait rien demandé, ni les autres. Je crains qu'ils n'hésitent pas à utiliser leur supériorité technologique pour parvenir à leurs fins. Les deux « miracles » qu'ils ont annoncés pour le 14 mai et le 17 juin seront des démonstrations de force, je vous en fais le pari.

— Nous verrons bien, tempéra Jules. Pour le moment, une séance pénible nous attend.

Chapitre 62

Il était convenu que seuls Jules et Camille iraient à la rencontre du prince. Jules à cause de sa renommée, Camille parce qu'il avait assisté à la mort de Milica. Ils montèrent à bord d'une calèche qui les conduisit au cœur de Cadix, sur la Plaza de San Juan de Dios.

L'hôtel Convento, situé dans le centre historique, était installé dans un couvent du XVIIe siècle. Camille et Jules se présentèrent à l'accueil et demandèrent à parler au prince Nikola.

— Sa Seigneurie est arrivée depuis deux jours. Qui dois-je annoncer ?

— Messieurs Camille Flammarion et Jules Verne.

Le visage du concierge s'éclaira.

— En effet, il vous attend avec impatience.

Il fit signe à un valet qui les précéda. Ils traversèrent une grande cour damée de carreaux noirs et blancs, bordée d'arcades. La suite du prince occupait deux étages. Jules et Camille furent pris en charge par un soldat monténégrin en grand uniforme, qui les accompagna vers le salon où les attendait Nikola.

En dépit de l'heure, tous les volets avaient été fermés. Quelques bougies perçaient l'obscurité du lieu. Des fumées d'encens flottaient dans la pièce, à tel point que les deux visiteurs avaient du mal à respirer. Plusieurs portraits de Milica en robe de princesse avaient été disposés sur des coussins de soie, éparpillés parmi des gerbes de fleurs. Le prince les attendait, affalé sur une méridienne, habillé lui aussi d'un uniforme d'apparat.

— Venez, mes amis, venez.

Jules et Camille s'approchèrent.

— Asseyez-vous en face de moi.

Un garde du corps installa des sièges pour les deux hommes.

— Comment est-elle morte, dites-moi ?

Il s'était adressé à Camille.

— Vous avez tout vu, n'est-ce pas, monsieur Flammarion ?

— Oui, Excellence.

Camille se tourna vers Jules, qui l'encouragea à commencer.

— Nous avions navigué toute la journée sur le fleuve Oyapock, qui serpente à l'intérieur de la jungle. Comme le soir tombait, nous avons décidé de passer la nuit dans un village abandonné, nommé Saint-Just.

Discrètement, Jules lui suggéra de ne pas se perdre dans les détails.

— Les sentinelles ! cria le prince. A-t-elle pensé à poster des sentinelles ?

— Elle y a pensé, naturellement. Mais les malheureux ont été égorgés par un groupe de forçats évadés. Aussitôt, l'alerte a été donnée.

Il se tourna vers Jules, qui le pressa encore.

— Nous avons résisté, avec nos armes. C'est alors que…

— Comment est-elle morte ?

— Eh bien, nous nous sommes abrités derrière une maison, tandis que…

— *Comment est-elle morte ?* répéta avec insistance le prince Nikola.

Jules prit alors le relais.

— Milica est morte comme un très grand soldat, Nikola ! Elle avait un revolver dans chaque main et a commencé un feu nourri, en tirant alternativement avec ses deux armes. Deux, puis trois forçats sont morts, frappés en pleine poitrine.

Tout juste si le prince n'applaudit pas, comme au théâtre.

— Elle ne cessait d'avancer vers eux, pleine d'une sainte colère. Les misérables reculaient, impressionnés par une telle audace. Un forçat s'est agenouillé et lui a demandé grâce. Elle l'a abattu d'une balle dans la tête !

Jules avait choisi les mots qu'il fallait, même s'il travestissait un peu la réalité. Le prince écoutait son récit, émerveillé.

— C'est alors qu'un lâche, un misérable qui simulait la mort, lui a tiré dans le dos. Elle a vacillé, est tombée sur les genoux, puis s'est relevée. Il lui restait deux balles, une dans chaque arme. Elle s'est approchée du lâche et…

— Comment l'a-t-elle tué ?

Jules chercha dans son imagination une mort particulièrement atroce pour le meurtrier de sa fille.

— Elle était tout près de lui. Il a fermé les yeux en suppliant. Milica lui a posé un revolver sur chaque œil…

— Et ?

— Elle lui a fait exploser la cervelle, avant de s'effondrer à son tour. Mon ami Camille s'est précipité sur elle, pour examiner sa blessure. Mais c'était inutile, elle se savait condamnée. Elle a prononcé une dernière parole : « Dites à mon père que je me suis battue comme un soldat du Monténégro et que je le vénère plus que tout au monde. » Ce furent ses dernières paroles, Nikola.

Le prince avait les larmes aux yeux. Il se tourna vers Camille.

— Est-ce bien ainsi que les choses se sont passées, monsieur Flammarion ?

— Oui, Excellence. De ma vie, je n'ai jamais vu une femme aussi courageuse, si fière de son pays et de son prince.

Nikola ferma les yeux, transporté tout à la fois de chagrin et de plaisir. Puis, dans un soupir, il murmura :

— Peut-on récupérer son corps dans cette jungle ?

— Non, Excellence, répondit Jules. Rien ne subsiste longtemps dans cette horrible forêt. Mais je vous ai apporté une pierre et un peu de terre, récoltées à l'endroit même où Milica est tombée. Je vous les ferai livrer demain dans un coffret.

Camille se demanda où Jules allait chercher tout ça ! Mais sa proposition eut un effet immédiat.

— Merci, Jules, merci ! À mon retour, j'organiserai des funérailles nationales. J'enterrerai cette terre, à défaut de son corps. À présent, racontez-moi la suite.

— La suite ?

— Votre expédition avait un but, trouver cette mystérieuse civilisation du Déluge, supposée par Nathan Watkins. Qu'avez-vous vu ?

— Eh bien, Excellence…

Camille ne savait trop quoi répondre. Continuer à lui raconter un roman ou lui dire la vérité ? Jules, à nouveau, prit la parole. Mais cette fois, il avait décidé de tout déballer.

— Ce sera difficile à croire, Nikola…

— Je veux *tout* savoir !

Jules fit au prince Nikola un récit complet des aventures de Nathan et Camille au pays des EMS. Le prince resta silencieux. Puis…

— Vous avez *vraiment* rencontré Victor Hugo, là-bas ?

— Oui, Excellence. Il ne s'y plaisait guère.

— J'admire ses poèmes.

Jules et Camille, qui ne s'attendaient pas à cette réaction, se consultèrent du regard. Jules essaya de faire avancer la discussion.

— Que pensez-vous de leur demande, au sujet de la Palestine ? Le sultan répondra-t-il favorablement ?

Le prince, visiblement, était ailleurs.

— Si ces EMS ont ressuscité Hugo, ne pourraient-ils pas en faire autant avec ma Milica ?

— Je crains que non, Excellence. Ils ont recueilli les esprits de quelques grands hommes à l'instant précis de leur trépas. Mais quelques minutes après la mort, à ce qu'ils disent, les connectomes finissent par se dissocier. C'est la mort définitive.

Le prince replongea dans un état presque catatonique. C'est alors que Jules, une fois de plus, eut une idée géniale.

— En revanche, prince, vous pourriez négocier avec eux votre propre immortalité. Cela, ils pourront le faire.

Le prince ouvrit un œil intéressé.

— Ils pourraient me faire vivre dans leur paradis ?

— Oui, Nikola. En compagnie de quelques-uns des plus grands hommes de l'Histoire : Hugo, Isaac Newton, Abraham Lincoln…

Nikola ferma les yeux, puis changea brusquement d'expression et les fixa tous les deux avec colère.

— Pourquoi vous, Jules et Camille, deux hommes que je respecte entre tous, m'avez-vous raconté ces histoires à dormir debout ? Me prenez-vous vraiment pour une vieille femme, prête à croire à tous les contes ? À présent, dites-moi la vérité : *comment est morte ma Milica ?*

On était revenu au tout début. Cet homme était vraiment fou. Même Jules, que rien ne semblait pouvoir décourager, parut désemparé. Mais cette fois, c'est Camille qui sauva la mise.

— Nous avons rapporté l'exacte vérité, prince Nikola. Et nous pouvons vous en donner la preuve.

— Ah oui ? Et laquelle ?

— Quel jour sommes-nous ?

Nikola consulta son garde du corps qui avait assisté, immobile, à l'entrevue.

— Le 13 mai 1895, Altesse.

— Demain, poursuivit Camille, nous serons le 14 mai. Si les EMS ne nous ont pas menti, s'ils sont aussi puissants que nous le pensons, il y aura un miracle, demain, à dix heures précises, au-dessus du Caire.

Chapitre 63

Dès l'aube, le 14 mai 1895, un vent de sable venu du sud se mit à souffler en rafale sur le plateau de Gizeh, face à la vieille ville du Caire. Il charriait avec lui d'énormes quantités de poussières qui envahirent le site. Impossible, pour les touristes de passage, de seulement apercevoir le Sphinx ou la grande pyramide de Khéops, on n'y voyait pas à trois mètres. Même les chameaux s'agitaient, désarçonnant les malheureux promeneurs qui avaient eu l'imprudence de les monter.

— On ne peut plus les tenir, alerta un gardien.

— Attachez-les où vous pourrez, ordonna un responsable de l'administration. Mais surtout, fermez le site, pour éviter les accidents !

Un directeur d'hôtel, affolé, vint aux nouvelles.

— Que se passe-t-il ?

— Le khamsin, je pense, qui nous rend une visite.

— Le khamsin au mois de mai ?

Le khamsin est un vent du désert, chaud et poussiéreux, inhabituel au printemps. Il donne au ciel une teinte orangée, presque sanguine. Pendant la campagne d'Égypte de Napoléon Bonaparte, il tua de nombreux soldats qui n'avaient pas pris la précaution de se protéger.

Mais un second phénomène climatique s'ajouta au premier. En l'espace de quelques minutes, vers neuf heures trente du matin, de gros nuages noirs, annonciateurs d'un très gros orage, se rassemblèrent au-dessus du plateau. Ils gagnèrent la ville du Caire, donnant naissance à une tornade dont la région centrale était large de plusieurs centaines de mètres.

— Une tornade ici ? Mais ça ne colle pas avec le khamsin, s'interrogea un médecin allemand, de passage au Caire. Le vent du désert aurait dû chasser les nuages !

Des vents très puissants se mirent à tourbillonner, emportant des milliers de débris de toutes origines dans un entonnoir haut de deux cents mètres, dont la pointe était dirigée vers le sol. De nombreux passants, qui ne s'y attendaient guère, furent soulevés dans les airs avec toutes sortes d'animaux, même des chevaux qui vinrent s'écraser un peu partout dans la ville !

Ce n'était pas fini. Des éclairs illuminèrent le ciel, suivis de coups de tonnerre et de pluies très abondantes, les plus violentes jamais vues en Égypte de mémoire d'homme. Comme si ces calamités en appelaient d'autres, des centaines de scorpions *Androctonus*, une espèce qui déteste l'eau, furent délogés de leurs terriers du désert et s'en allèrent chercher refuge dans les rues et les maisons de Gizeh, puis du Caire. Très dangereuses pour l'homme, leurs piqûres mirent à mal plusieurs victimes, prises de fièvres, de vomissement et de douleurs cardiaques.

Le plus stupéfiant arriva vers dix heures quarante quand le Nil, qui traverse la capitale égyptienne de part en part, se mit à s'agiter comme une mer en furie et à rouler sur lui-même, formant de hautes vagues. Certaines, aussi hautes qu'un immeuble de six étages, allèrent s'écraser sur les ponts qui enjambe le fleuve et noyèrent de nombreux quartiers.

Puis tout cessa brusquement à onze heures, comme si un dieu horloger, tel un organisateur de spectacle, avait précisément minuté la fin de ce que les Cairotes appelèrent plus tard « le cataclysme du 14 mai ». Même les plus anciens n'avaient jamais vu ça. Et les climatologues qui se penchèrent sur le problème ne parvinrent pas à comprendre l'enchaînement d'évènements météorologiques aussi disparates.

Chapitre 64

Le prince Nikola avait alerté ses relais pour être tenu au courant des nouvelles du Caire. Quelques heures après l'évènement, il apprit le détail de la catastrophe. Jules et Camille avaient donc dit vrai. Il leur fit envoyer un messager au port de Cadix, sur le *Nemo*.

— Nikola nous réclame, annonça Jules. Il est au courant.

Eux aussi avaient appris la nouvelle en se renseignant auprès d'un astronome espagnol. Camille lui-même était impressionné.

— Une telle succession de catastrophes climatiques est impossible, car elles sont incompatibles les unes avec les autres. Leur cause ne peut être qu'artificielle.

— C'est donc que les EMS possèdent des pouvoirs immenses, murmura Jules qui semblait redouter une telle hypothèse. Si nous voulons leur résister, nous serons vite démunis.

Jules et Camille suivirent l'émissaire du prince Nikola. Tout avait changé. La lumière du jour illuminait cette fois la pièce où, deux jours auparavant, le prince se morfondait. Les portraits de Milica avaient disparu, Nikola semblait surexcité.

— Vous aviez raison, mes amis ! Pardonnez-moi d'avoir douté de vous, l'histoire que vous m'avez rapportée était si extraordinaire que je peinais à vous croire. À présent, je sais. Ces EMS sont des mages très puissants. Peut-être, en effet, pourront-ils un jour m'assurer une vie éternelle ? Ce sera à négocier avec le reste.

La passion de l'immortalité, songea Camille, l'a emporté, chez cet homme profondément narcissique, sur l'amour qu'il éprouvait pour sa fille.

— Il faudrait obtenir un rendez-vous avec le sultan, suggéra Jules.

— Je n'ai pas perdu de temps, les informa le prince, je me suis renseigné auprès de mes amis turcs de Cadix. J'ai appris, hélas, qu'il existe une autre option pour la Palestine…

— Une autre option ?

— Un Autrichien, un certain Theodor Herzl, réclame cette terre pour y installer un foyer juif. C'est une des conséquences de cette malheureuse affaire Dreyfus.

Voilà évidemment qui compliquait les choses.

— Le sultan pourrait attribuer la Palestine à ce Theodor Herzl ?

— Ni aux uns ni aux autres, ce n'est pas dans la nature d'Albdühamid de distribuer ses terres à ceux qui les réclament. En revanche, tout est négociable avec lui. Il est possible que les représentants juifs aient commencé à discuter avec lui. Voici donc ce que j'ai décidé…

Il se redressa et parla cette fois en monarque.

— Je vais lever le camp de Cadix et retourner au Monténégro. Jules et Paul, vous viendrez avec moi. Nous rédigerons ensemble une lettre pour demander une entrevue au sultan.

— C'est d'accord, approuva Jules.

— Mais j'ai une exigence, ajouta le prince.

— Laquelle ?

— Je n'enverrai cette lettre que si vous deux, Camille et Nathan, avez rencontré au préalable ce Theodor Herzl. Il faut le convaincre de renoncer à réclamer la Palestine.

— Comment le pourrions-nous, Excellence ?

— L'Empire ottoman est immense. Il existe d'autres régions que le sultan pourrait attribuer aux Juifs. Testez la motivation de Herzl, voyez s'il pourrait accepter de négocier.

— Où se trouve Herzl en ce moment ?

— C'est la raison pour laquelle je vous en parle, Camille. D'après mes informateurs, il travaille à Paris, comme correspondant d'un journal viennois, *Die Neue Freie Presse.* Il couvre l'affaire Dreyfus.

— Très bien, admit Nathan, nous irons donc à Paris.

Paris, songea Camille. Paris où il allait aussi retrouver Gabrielle. Et Sylvie…

Chapitre 65

Quand le train s'arrêta à la gare de Lyon, en fin d'après-midi, Camille hésita à prendre la correspondance pour Juvisy, où l'attendait Gabrielle. Nathan l'en dissuada.

— Imagine que ton épouse l'apprenne, Camille, tu lui briserais le cœur.

— Gabrielle sort à peine d'un coma dont je suis responsable, Nathan, je veux savoir si elle se porte bien.

— Tu sais parfaitement qu'elle se porte bien.

Camille et Gabrielle avaient en effet échangé plusieurs télégrammes à son arrivée en France. Il lui avait annoncé sa venue, elle était folle de joie. Ils avaient convenu de se retrouver à Juvisy le plus tôt possible.

— Gabrielle attendra. Occupe-toi d'abord de ta femme.

— Entendu. Et toi, que vas-tu faire ?

— Me trouver un petit hôtel dans le quartier Saint-Germain, puis visiter Paris, que je connais mal. J'en profiterai pour demander un rendez-vous à ce Theodor Herzl. Je sais déjà qu'il habite dans le quartier de la Porte Saint-Martin. Je reprendrai contact avec toi dans deux jours, après tes retrouvailles conjugales et extraconjugales !

*

Camille se fit conduire vers l'appartement qu'il occupait rue Cassini. Il avait annoncé son arrivée à Sylvie, sans lui préciser le jour.

— Nous y sommes, annonça le cocher. Voulez-vous que je vous aide pour vos bagages ?

— Non, je me débrouillerai moi-même.

Il avait laissé ses malles sur le *Nemo* et n'avait emporté que le minimum pour traverser la France : un costume de rechange, une chemise de nuit et des affaires de toilette. Au passage, le concierge de l'immeuble le reconnut.

— Monsieur Flammarion ? Vous voilà de retour ? C'est madame qui sera contente ! Voulez-vous que je...

— Non, non, merci Fernand.

Qu'avaient-ils tous à vouloir porter son sac de voyage ? Il souhaitait être seul au moment où Sylvie lui ouvrirait.

Il monta lentement les deux étages et s'approcha de la porte. Il entendit un bruit de discussion. Du monde à cette heure ? Il actionna le petit poing en bronze qui était fixé à la porte. Une dame vint lui ouvrir, qu'il ne connaissait pas. Elle lui fit signe de ne pas faire de bruit.

— Chut, madame Flammarion fait son exposé devant l'association. Qui dois-je annoncer ?

— Monsieur Camille Flammarion, son époux.

— Oh, mon Dieu !

Elle courut vers le grand salon.

— Sylvie, ton mari est là !

Sylvie Flammarion était assise derrière une table qui faisait office de bureau. Devant elle, une vingtaine de dames de tous âges, appartenant sans doute à son club de réflexion « La paix et le désarmement par les femmes ».

— Camille, mon chéri !

Il lâcha sa sacoche et alla l'embrasser devant toutes ces dames, ébahies. En quelques minutes, elles s'éclipsèrent.

Que les séparations sont donc étranges, se dit Camille ! Il n'avait pas vu Sylvie depuis des semaines, il l'avait même (soyons francs) un peu oubliée... et il brûlait de passion en la retrouvant, comme s'il s'agissait de la Sylvie d'avant.

— Flam, Flam, répétait-elle en lui caressant les cheveux. Tu es tout bronzé !

Elle recula d'un mètre.

— Et amaigri. Comme tu as dû souffrir, dans cet affreux pays !

— Pardon d'avoir troublé ta réunion, mon amour, nous avons chassé ton public.

— Le désarmement par les femmes attendra. Qu'as-tu vu là-bas, dis-moi ?

— Si tu savais...

Il l'entraîna vers la chambre conjugale

*

Le lendemain, ils prirent tous les deux un merveilleux petit-déjeuner devant leur fenêtre grande ouverte, bruissant des sons familiers de Paris. Il était heureux d'avoir retrouvé sa maison et son épouse. Il lui livra une version abrégée de leur expédition, afin de ne pas trop l'inquiéter.

— Je vais partir pour l'après-midi, Sylvie, mes collaborateurs m'attendent à Juvisy.

— À quelle heure penses-tu rentrer ?

Jadis, elle n'aimait guère ces visites à Juvisy. Ce n'était plus le cas. Il comprit alors qu'elle ne savait pas encore pour le « réveil » de Gabrielle.

— En fin de journée, je pense. Demain, j'ai rendez-vous avec Nathan Watkins.

— L'archéologue ? Et Jules ?

— Il est resté au Monténégro. Peut-être devrai-je le rejoindre bientôt.

— Tu me diras ça petit à petit, mon Flam.

Camille commanda une calèche, qui l'emmena à Juvisy. On approchait de l'été, le temps était agréable. Il fut heureux, en passant le portail, de découvrir le jardin si bien entretenu. En s'avançant dans l'allée, il vit une silhouette en tablier bleu, dans la serre, qui soignait les plantes exotiques offertes jadis par l'empereur du Brésil. Il s'approcha d'elle sans faire de bruit.

— Es-tu bien celle que j'ai rencontrée au Paradis ?

— Camille !

Elle se précipita dans ses bras. Il la fit tournoyer comme une petite fille.

— Si tu savais à quel point j'ai craint pour toi !

— Le docteur Lumbroso m'a raconté. Je suis restée dans un état léthargique pendant des semaines. J'ai un peu maigri, forcément !

— Il va falloir remplumer tout ça, mon amour.

Il comprit vite qu'elle n'avait aucun souvenir de son séjour dans le monde des EMS. Le dernier en date était la séance de spiritisme au cours de laquelle elle s'était sentie aspirée vers le plafond. Puis son réveil dans ce couvent, sous l'œil surpris des bonnes sœurs.

— Un jour, Gabrielle, je te dirai ce que j'ai vu en Amérique du Sud. Mais laissons passer un peu de temps. J'ai encore quelques affaires à régler, puis je reprendrai ma vie d'astronome, comme avant.

— Comme avant, oui, répéta-t-elle, songeuse.

Le soir, de retour à Paris, Sylvie lui montra un billet manuscrit.

— Nathan Watkins est passé. Il a laissé ce petit mot.

« Rendez-vous demain avec Theodor Herzl à dix heures du matin à la brasserie qui fait l'angle du boulevard Bonne-Nouvelle et de la rue d'Hauteville. »

— Qui est ce Herzl ? demanda Sylvie.

— Un journaliste autrichien. Nous avons une affaire délicate à négocier avec lui.

Chapitre 66

Au cours de sa jeunesse estudiantine en Autriche, Theodor Herzl avait imaginé un moyen original pour en finir avec l'antisémitisme : négocier avec le pape Léon XIII en personne ! Il irait lui proposer une conversion au christianisme des jeunes Juifs de Vienne en échange d'un arrêt solennel, proclamé par le Saint-Père, de l'antisémitisme. Herzl, en habit de communiant, conduirait lui-même à la cathédrale de Vienne le cortège des nouveaux baptisés qui auraient sacrifié leur foi pour que leur peuple soit enfin laissé en paix.

Devenu adulte, puis journaliste respecté, correspondant en France d'un grand journal viennois, Theodor Herzl oublia vite ces fantaisies d'étudiant pour en arriver à une solution plus sérieuse : celle qu'il était en train de coucher sur le papier dans la brasserie du boulevard Bonne-Nouvelle où il avait donné rendez-vous à cet astronome, Camille Flammarion, accompagné d'un archéologue anglais, Nathan Watkins. Le livre qu'il avait presque complètement rédigé s'appellerait *Judenstaat* (*L'État des Juifs*). Il poserait les bases du vrai moyen d'en finir avec la haine des Juifs, qui prenait en ce moment des proportions inquiétantes en Autriche, mais aussi dans la France républicaine de 1895 : bâtir un État des Juifs en Palestine.

Compte tenu de l'heure matinale, la brasserie était à moitié vide quand Camille et Nathan firent leur entrée.

— Je crois que c'est lui, au fond de la salle.

Theodor Herzl était un homme grand, bien habillé, âgé d'environ 35 ans. Il portait une barbe soigneusement taillée. Il se leva à leur approche et les salua. La table où il prenait son déjeuner était couverte de papiers manuscrits.

— Excusez le désordre, j'aime écrire dans cette brasserie, la solitude d'un bureau m'enlève mes moyens. Vous êtes le professeur Camille Flammarion, n'est-ce pas ? J'ai beaucoup entendu parler de votre *Astronomie populaire*, mais je n'ai pas eu le temps de lire votre livre, les journées sont si courtes ! Et vous êtes Nathan Watkins ?

— Je vois que vous parlez un excellent français, *Herr* Herzl.

— C'est bien le moins pour le correspondant à Paris d'un journal autrichien. Paris me fascine, savez-vous ? Quand on songe qu'il y a à peine plus d'un siècle, le 26 août 1789, votre peuple a éclairé le monde avec la Déclaration des droits de l'homme et du citoyen ! Quel malheur de voir les Français d'aujourd'hui gagnés à leur tour par la haine antisémite, comme nous le sommes, nous, en Autriche.

— Vous pensez à l'affaire Dreyfus, n'est-ce pas ?

— Évidemment. Vous revenez de Guyane française, je crois. Avez-vous pu rencontrer le pauvre capitaine dans sa cellule ?

— Nous n'y sommes pas allés pour cela, *Herr* Herzl, mais pour une tout autre affaire, dont nous voulons vous parler.

— Ah ? J'avais cru. Eh bien, asseyez-vous. Prendrez-vous un café avec moi ?

— Volontiers.

Il fit un signe au serveur, qui prit les commandes. Herzl rangea ses papiers pour faire de la place.

— Ma mission en France s'achève, je retournerai bientôt à Vienne pour prendre la direction littéraire de mon journal.

De toute manière, j'en ai assez vu. Savez-vous que j'étais à l'École militaire, en janvier, pour assister à la dégradation de Dreyfus ? C'était quelque chose d'horrible, l'humiliation de cet homme. Pendant la cérémonie, un parterre d'officiers scandait à haute voix : « Judas, traître. »

— Je reconnais que c'est ignoble, admit Camille.

— Il y a quelques jours seulement, au début du mois de mai, j'ai assisté à un débat au palais Bourbon. Des députés sont montés à la tribune pour proposer de mettre un terme à l'« invasion » juive. Cette situation ne peut plus durer, messieurs, voilà pourquoi j'écris ce livre…

Camille se pencha et déchiffra le titre :

— *L'État des Juifs*, c'est son titre ?

— En effet. Mais si vous me disiez à présent la raison de notre rencontre ?

Ni Camille ni Nathan ne savaient par quel bout commencer. Nathan se décida et débita le petit scénario qu'il avait mis au point avec Camille.

— *Herr* Herzl, nous sommes mandatés par une association de sauvegarde des Indiens d'Amérique.

Camille écarquilla les yeux. Que racontait-il ?

— En fait, il s'agit des Amérindiens de Guyane. On l'ignore, mais de très nombreuses tribus sont dispersées dans la jungle. Actuellement, elles meurent de faim car une épidémie décime les petits animaux que les Indiens consommaient.

— Je ne savais pas…

— Peu s'en soucient dans le monde. C'est pourquoi nous avons monté une association philanthropique franco-anglaise. Elle a réuni des capitaux considérables pour sauver les Indiens de Guyane.

— Voilà une noble cause, approuva Theodor Herzl. Mais quel rapport avec moi ?

— Vous allez comprendre. Nous envisageons – avec bien entendu l'autorisation du sultan ottoman Abdülhamid de faire émigrer ces malheureux dans un lieu plus accueillant.

Herzl partir d'un grand éclat de rire.

— Vous voulez parler de la Palestine ?

— Vous avez compris.

— Et vous en avez parlé au sultan ?

— Pas encore.

— Vous auriez pu choisir un lieu plus accueillant ! Vos Indiens mourront de soif et de faim dans ces déserts, s'ils ne connaissent pas les techniques de l'agriculture moderne.

— Ils les apprendront.

— Ils devront coexister avec des peuples arabes, avec lesquels ils n'ont aucun point commun. Les Juifs et les Arabes s'affrontent parfois, mais ils sont en quelque sorte des cousins. Ils commencent par s'entretuer, puis ils partagent leurs repas car ils sont les fils d'Abraham. Vous rêvez, messieurs !

Camille se dit que Nathan n'avait pas été très habile. D'un autre côté, comment évoquer les EMS sans que Theodor Herzl les prenne pour des fous ? Il préféra jouer cartes sur table.

— Nous avons d'autres raisons, *Herr* Herzl, qui nous ont conduits à choisir la Palestine, il serait trop long de vous les exposer. Nous sommes venus vous rencontrer pour savoir si vous accepteriez, moyennant une forte compensation, de renoncer à cette terre pour les Juifs. Il existe d'autres pays où pourraient aller vos coreligionnaires.

Herzl, en entendant ces paroles, se fit plus véhément.

— Rien, entendez-vous, rien ne nous fera renoncer à la Palestine !

Il s'était à moitié redressé et tapait du poing sur la table.

— Récemment, des diplomates anglais m'ont suggéré l'Argentine, qui est faiblement peuplée, ou la terre d'Ouganda. Mais aucun Juif ne voudra émigrer dans des pays aussi éloignés de notre culture millénaire ! La Palestine est aride, certes, mais c'est notre Terre promise, celle que le prophète Moïse nous a désignée du haut du mont Nébo. Je ne suis pas moi-même très religieux, mais nos rabbins estiment que le retour à Sion sera le premier pas vers le retour du Messie, le vrai, l'héritier du trône de David. Il ne faut pas négliger la force du mythe, messieurs, c'est elle qui met les peuples en marche, c'est le mythe de Sion qui peuplera l'État des Juifs. Quand ils en disposeront enfin, les Juifs ne seront plus considérés par les peuples d'Europe comme des « ennemis de l'intérieur ». Ils appartiendront à une nation et viendront visiter la France ou l'Angleterre en touristes, comme vous allez visiter, vous, les châteaux de Bavière ou les lacs d'Écosse.

Il agita les feuilles manuscrites sur sa table.

— Le *Judenstaat*, messieurs, signera définitivement la fin de l'antisémitisme dans le monde ! Ce sera une république fondée sur la justice sociale, l'esprit d'entreprise et le développement scientifique et industriel.

— Mais comment procéderez-vous avec le sultan turc ? C'est lui, pour le moment, le vrai propriétaire de la Palestine ?

— Nous mettrons en place une banque spéciale, le *Keren Kayemeth Leisrael*, qui achètera des terres au sultan. Nous avons déjà commencé à le faire. En échange, nous promettons à la Sublime Porte de rester des sujets loyaux du sultan... pour le moment. Mais un jour viendra où notre État – je ne sais pas encore son nom – obtiendra une totale indépendance.

Camille et Nathan comprirent qu'il n'y avait rien à faire, le journaliste autrichien n'en démordrait pas. Et comment lui jeter la pierre quand on voyait, partout en France, les antisémites se déchaîner en conspuant Dreyfus ou en colportant les slogans ignobles d'Édouard Drumont et des Ligues antisémites ?

Ils décidèrent d'un commun accord que l'entretien était terminé. Theodor Herzl les salua en leur faisant une dernière suggestion :

— Pourquoi n'envisageriez-vous pas l'Ouganda pour vos Amérindiens ? Le pays est presque vide et le climat ne les dépayserait pas.

Camille secoua négativement la tête.

— Hélas, nos Indiens aussi sont têtus. Ils veulent la Palestine et rien d'autre.

Herzl les regarda partir, perplexe. Étranges Indiens, tout de même, que ceux de la Guyane française !

Chapitre 67

— J'ai envie de tout laisser tomber et de reprendre ma vie d'astronome, lâcha Camille en sortant de la brasserie.

Nathan l'en dissuada.

— Si tu renonces, Camille, les EMS, eux, ne renonceront pas. À présent qu'ils se sont dévoilés, ils iront jusqu'au bout.

— Je le crains, en effet. Mais que pouvons-nous faire ?

— Herzl est têtu, les EMS le sont aussi. Ce sera au sultan de décider.

— Tu veux tout déballer devant le sultan Abdülhamid ?

— Nous devons nous concerter avec Jules et Paul, au Monténégro. Le prince attend notre retour pour envoyer sa lettre. Nous prendrons une décision ensemble.

L'idée de reprendre une nouvelle fois le train, de tout abandonner à Paris et à Juvisy devenait franchement pénible pour Camille. Il s'en ouvrit à Sylvie. Sa réponse fut plutôt inattendue.

— Vas-y quand même, Camille.

— C'est toi qui me dis ça ?

— Je te connais. Si tu manques un rendez-vous important de ta vie, tu t'en voudras éternellement. Je ne connais pas le détail de tes affaires avec Jules, Nathan et Paul, mais je sens bien que c'est crucial. Vas-y et reviens-moi ensuite, pour le reste de notre vie.

Il l'embrassa tendrement.

À Juvisy, Gabrielle réagit différemment. Par bribes, elle avait réussi à reconstituer la partie de l'histoire effacée de sa mémoire.

— Mon autre « moi » l'a bien senti, Camille, ces gens que tu appelles des EMS sont dangereux. Nous devons les mettre définitivement hors d'état de nuire.

— Seul le sultan a le pouvoir de leur dire oui ou non, Gabrielle.

— Il ne doit pas céder ! S'il le fait, les EMS ne nous lâcheront plus, ils deviendront nos nouveaux maîtres. Quoi qu'il en soit, je viens avec vous.

— Tu viens au Monténégro ?

— C'est mon droit. Ils se sont servis de moi, ils m'ont plongée dans le coma, je ne leur pardonnerai jamais. Et je ne t'abandonne plus, Camille.

Il n'eut pas la force de s'y opposer. Quand ils se rendirent à la gare, Nathan fut surpris de les voir tous les deux.

— Vous venez avec nous, Gabrielle ?

— Vous vous êtes mis dans un beau pétrin, vous les hommes ! Il était temps qu'une femme vienne vous donner un coup de main !

*

Depuis trois semaines, Jules et Paul se morfondaient au palais du prince Nikola, dans son château des Carpathes de Cetinje. Ils avaient assisté aux nombreuses cérémonies organisées par le service du protocole en l'honneur de Milica.

Pour tromper l'ennui, Jules avait commencé la rédaction d'un nouveau roman. Comme il le faisait souvent, Paul avait rédigé pour lui une série de fiches documentaires sur les différents endroits qu'ils avaient traversé. Pour la jungle amazonienne, il s'était renseigné auprès de Nathan. Le matériel était là, mais l'inspiration ne venait pas.

— Je sais pourquoi, estima Jules. Ce qui a fait le succès de mes romans, c'est la part de fantastique scientifique que j'ajoute à la réalité. Dans le cas des EMS, la réalité est bien plus incroyable que tout ce que je pourrais imaginer. En plus, cette affaire n'est pas terminée. Qui pourrait dire comment elle tournera ?

— Attendons le retour de Nathan et Camille. À cette heure, ils ont sans doute rencontré ce Theodor Herzl.

Un télégramme de Camille prévint le prince de son arrivée au Monténégro.

— Pas d'autre précision ?

— Il n'en donne pas.

— Mauvais signe.

Camille, Gabrielle et Nathan furent reçus dans le grand salon du château. Nikola s'inclina devant Gabrielle.

— Madame Flammarion, je présume ?

— Son amie, lança-t-elle en le regardant droit dans les yeux.

— Bien, bien. Et si vous nous racontiez votre entrevue avec Theodor Herzl ?

— Il n'en démord pas, Excellence.

— Ah, c'est ennuyeux !

— Nous n'avons pas le choix, insista Nathan. Il faut tout raconter au sultan, il arbitrera.

Le prince semblait très embêté.

— On ne demande pas un rendez-vous au sultan Abdülhamid sans une raison sérieuse. Je dois motiver ma demande, sans quoi il ne me recevra pas.

— Je pensais, s'étonna Paul, que vous aviez de bonnes relations avec lui.

— Il m'estime, mais il se trouve en ce moment dans une situation particulière...

Le prince leur apprit qu'Abdülhamid était fort préoccupé par une rébellion arménienne en Anatolie, que l'armée turque avait réprimée avec une grande violence.

— J'ai entendu parler de ce massacre, dit Nathan, on parle de deux cent mille Arméniens tués.

— Les Turcs y sont allés très fort, Abdülhamid a même reçu le surnom de *Kızıl Sultan*, le « Sultan Rouge ». Depuis, il voit des complots partout.

— Je comprends, dit Jules. Réfléchissons…

C'est Gabrielle qui trouva la solution.

— Le 17 juin prochain, à dix heures précises, les EMS s'en prendront à la ville d'Izmir, en Turquie, n'est-ce pas ?

— C'est ce qu'ils ont dit.

— Écrivez au sultan pour lui demander un rendez-vous pour le 16 juin, la veille. Dites-lui qu'une action terroriste majeure se prépare contre une grande ville de son pays. Vous souhaitez l'informer, prince, en secret et de vive voix.

Nikola regarda Jules avec inquiétude.

— Vous ne viendrez pas avec moi ?

Gabrielle vint à sa rescousse.

— Ajoutez que l'écrivain français Jules Verne et l'astronome Camille Flammarion seront présents et se porteront garants de votre récit. Pas d'autre détail dans la lettre. Appâtez-le et il vous recevra.

Le prince était perplexe.

— Personne n'impose une date au sultan pour un rendez-vous, madame, euh… mademoiselle.

— Laissez-moi rédiger la lettre, proposa Jules, je saurai me montrer convaincant. Le 17 juin, après la seconde démonstration de force des EMS, le sultan nous prendra au sérieux.

— Mais si rien ne se passe à Izmir ?

— Les EMS tiendront parole, comme ils l'ont fait pour la tornade du Caire.

— Et s'il ne s'agit pas d'une tornade ?

— Faites confiance aux EMS, ce sera spectaculaire.

Chapitre 68

Gabrielle n'avait jamais visité Istanbul. Elle fut éblouie par la ville aux cent mosquées. La basilique Sainte-Sophie, surtout, la laissa muette d'admiration. Son ampleur était presque inhumaine. Il existe dans le monde des églises plus somptueuses, il n'en est pas de plus impressionnante. Construite sous l'empereur Justinien, elle fut transformée en mosquée après la prise de Constantinople en 1453.

Le prince Nikola avait fait le voyage sur le *Nemo* avec ses invités, de manière à arriver à Istanbul quelques jours avant le rendez-vous avec le sultan. Camille et ses amis en avaient profité pour visiter la ville. Jules, Paul et Nathan avaient choisi Topkapi, l'ancien palais du sultan, Camille et Gabrielle avaient préféré les mosquées et Sainte-Sophie. Tous se retrouvèrent sur la place Taksim, dans un restaurant chic où les attendait le prince Nikola.

— On sert ici le meilleur kebab de la planète, vous verrez.

Le plateau qu'on leur servit, un savant mélange de viandes d'agneau, de volaille et de bœuf, toutes cuisinées à la perfection, était en effet impressionnant.

— Qu'avez-vous pensé de votre visite du palais de Topkapi ?

— C'est devenu un musée, je croyais que le sultan y vivait encore.

— Abdülhamid est un monarque moderne, il s'est fait construire un palais à l'européenne sur les bords du Bosphore.

— Le harem m'a beaucoup étonné, avoua Jules. J'imaginais de grands salons luxueux, je n'ai vu qu'une enfilade de petites pièces, garnies de fontaines.

— Les fontaines permettaient à ces dames de comploter à l'abri du bruit des jets d'eau, qui couvraient leurs conversations. Elles se disputaient pour choisir celle qui passerait la nuit avec le sultan. Heureux temps !

Gabrielle, à l'écoute de cette conversation, bouillait de colère.

— Des temps qui appartiennent aux âges obscurs de l'humanité, prince !

— Bien sûr, bien sûr, admit Nikola.

Camille se pressa de changer de sujet.

— Avez-vous des nouvelles d'Izmir ?

— J'ai envoyé plusieurs informateurs. Nous sommes le 15 juin, la vie pour l'instant y est normale. Aucun signe d'une tornade ou d'un tremblement de terre.

— J'ai hâte d'être à demain, avoua Jules. Je me sens comme un écolier à la veille d'un examen.

*

Le sultan avait décidé de recevoir le prince du Monténégro et ses amis à 11 heures du matin, dans son palais de Yildiz. C'était un ensemble de bâtiments comprenant les appartements du monarque, un théâtre, un opéra, un musée et une manufacture de porcelaine.

Un détachement de la garde accompagna le prince Nikola, Jules et Camille dans un petit jardin, où deux hommes les attendaient. L'un d'eux correspondait à la description qu'ils avaient d'Abdülhamid II. La soixantaine, coiffé du fez traditionnel, une moustache poivre et sel, le regard vif. L'homme qui l'accompagnait était un peu plus jeune et portait un collier de barbe.

— J'ai convié mon grand vizir à notre rencontre, commença le sultan dans un excellent français. Il doit être présent si les nouvelles que vous allez m'annoncer sont aussi importantes que vous le dites.

Il se leva pour serrer la main de Jules.

— Je suis très honoré de vous rencontrer, monsieur Jules Verne. Je n'ai lu que votre *Voyage au centre de la Terre*, qui m'a beaucoup intéressé. Je ne savais pas que notre Terre était creuse.

— Ce n'est qu'une intuition de romancier, Majesté. Mais rien n'interdit qu'elle le soit réellement, en quelques points du globe.

— Quant à moi, dit le vizir, j'ai parcouru votre *Astronomie populaire*, monsieur Flammarion. J'y ai appris beaucoup de choses sur le ciel et les étoiles, mais... je n'y ai pas trouvé Dieu !

— Le seul but de mon livre, Excellence, était de dire comment va le ciel, pas comment on y va.

— Excellente réponse, s'amusa le vizir.

— Je l'ai empruntée au grand astronome italien Galilée, mais je la reprends volontiers à mon compte.

— Quant à vous, mon cher prince Nikola, c'est toujours un plaisir de vous revoir. J'ai appris que vous avez perdu votre fille aînée Milica, récemment. Un accident, une maladie ?

— Vous comprendrez mieux, Majesté, quand nous vous aurons tout raconté. Messieurs Verne et Flammarion sont venus pour se porter garants qu'il s'agit bien de la vérité.

Le grand vizir les arrêta.

— Attendez, attendez... Vous êtes venus nous informer d'un attentat en préparation contre une de nos villes, c'est ce que vous annoncez dans votre lettre. Est-ce un nouveau complot des Arméniens ?

— Les Arméniens n'y sont pour rien, Excellence. Nous allons vous parler d'un peuple inconnu, un peuple étrange qui vit aux confins de la Terre et qui a une demande à vous faire.

— Que de mystères ! Mais permettez d'abord à mes serviteurs de vous proposer de mon meilleur thé.

Deux serviteurs en livrée remplirent des verres délicatement ouvragés.

— Voilà qui est fait, dit le sultan. Nous vous écoutons, messieurs...

Le prince Nikola s'éclaircit la gorge. Il semblait très ému.

— Eh bien... je passe la parole à messieurs Jules Verne et Camille Flammarion.

Jules et Camille en restèrent bouche bée, ce lâcheur de Nikola ne les avait pas prévenus ! Après un regard complice à Jules, Camille releva le défi.

— Eh bien, comme vous le savez, Majesté, je suis astronome, mais je suis aussi passionné par cette discipline nouvelle que nous appelons, en Europe, le spiritisme...

Chapitre 69

Ni le sultan Abdülhamid, ni son grand vizir n'avaient jamais entendu une histoire aussi extraordinaire.

— Et quand aura lieu ce miracle que vous promettent ces… vos « esprits » du Brésil ?

— De Guyane française, sire. Le miracle aura lieu demain à Izmir, à dix heures du matin.

— De quoi s'agira-t-il ?

— Je l'ignore. Mais vous avez certainement entendu parler de la tornade qui s'est abattue sur Le Caire, le 14 mai dernier. Je présume que ce sera aussi spectaculaire et inattendu.

Le sultan se tourna vers son vizir.

— Qu'en penses-tu, Enver ?

— Je ne crois pas un mot de cette histoire, sire. Je pense que derrière ces EMS, comme ils les nomment, il y a des espions américains ou des aventuriers anglais. Par ailleurs, je vous rappelle que vous avez consenti à vendre des terres de Palestine à des acheteurs juifs. Des contrats ont été signés, des acomptes ont été versés. Nous ne pouvons pas renier nos engagements.

— En avez-vous parlé à *Herr* Theodor Herzl, qui organise ce foyer juif en Palestine ?

— Nous l'avons rencontré, Majesté, admit Camille. C'est d'ailleurs là que se situe le problème, il ne veut rien céder.

— Il a raison, jugea le vizir, un contrat est un contrat.

Le sultan se leva.

— Monsieur Jules Verne, monsieur Camille Flammarion, je ne comprends pas pourquoi vous avez inventé une telle histoire. Je comprends encore moins comment vous avez pensé que nous pourrions y croire. Prince Nikola, vous me voyez très déçu. Nous en reparlerons en privé, mais pas aujourd'hui. Pour le moment, j'ai assez à faire avec la révolte arménienne.

— Par mesure de sécurité, ajouta le vizir, je vais faire renforcer nos forces armées à Izmir, nous verrons bien. Où pourrons-nous vous contacter, messieurs ?

— Nous sommes ancrés au port de plaisance, Majesté, balbutia le prince Nikola. Notre navire s'appelle le *Nemo*.

Quand le petit groupe quitta le palais, Nathan, Paul et Gabrielle les attendait à la sortie. Ils comprirent immédiatement, en les voyant, que la rencontre avait mal tourné.

— Ils nous ont pris pour des fantaisistes, moi le premier ! déplora le prince Nikola.

— C'était couru d'avance, estima Jules, mais il changera d'avis dès demain. Restez en contact avec vos informateurs.

Le prince, qui se sentait humilié par la séance avec le sultan, était en train de changer d'opinion sur ses invités.

— S'il ne se passe rien, je me serai couvert de ridicule. Le sultan estimera que j'ai cherché à le berner ou à lui soutirer de l'argent. Je serai fini, fini ! J'en ai assez, de ces histoires à la…

— À la… ? demanda Gabrielle.

— À la Jules Verne ! Nous sommes sur la Terre, pas dans la Lune !

Jules lui parla sur un ton apaisé.

— Calmez-vous, prince. Ni moi, ni Paul n'étions avec Nathan et Camille à Saint-Zacharie, mais nous les croyons à cent pour cent.

— Quant à moi, intervint Gabrielle, ils ont enlevé mon esprit et ne me l'ont rendu qu'au bout d'un mois.

— Mais vous n'avez rien vu, madame, répliqua le prince.

Elle l'admit.

— Et vous ne vous souvenez de rien ?

— Ils ont gommé ma mémoire.

— Et si nos amis Nathan et Camille avaient rêvé ? Par un phénomène que je ne m'explique pas, ils auraient été plongés tous deux dans le même délire. Un moustique, une bête venimeuse, peut-être. Puis viennent les fièvres et l'imagination s'emballe. J'ai connu un cas semblable, au Monténégro. Un malheureux, piqué par un serpent, qui croyait avoir voyagé au pays des anges.

— Ne nous emballons pas, Nikola, nous serons fixés dans quelques heures.

Personne (excepté les marins) ne dormit bien sur le *Nemo*, en cette nuit du 16 au 17 juin 1895.

Chapitre 70

Izmir, l'ancienne Smyrne, était le deuxième port du pays après Istanbul. Chargée d'histoire, la ville regorgeait de vestiges des époques grecque et romaine. Paradoxalement, en dépit de la conquête turque, les classes prospères étaient composées majoritairement de commerçants ou d'armateurs occidentaux. Plusieurs fois au cours de son histoire, la cité avait souffert d'incendies et même de séismes, mais rien qui diffère sensiblement des autres cités d'Asie Mineure.

Ce 17 juin 1895, un des jours les plus longs de l'année, la journée avait commencé tôt pour les pêcheurs, les ouvriers du port et les vendeurs de poisson. Le temps promettait d'être chaud, comme il l'était normalement en juin. C'est alors qu'à dix heures précises, un phénomène étonnant se produisit. Il rappelait un épisode célèbre de la Bible...

« Et toutes les eaux du fleuve furent changées en sang. Le fleuve se corrompit, les Égyptiens ne pouvaient plus boire l'eau du fleuve »

– Exode 7, 18.

Le golfe d'Izmir, qui ouvrait sur la mer Égée, se teinta subitement d'une couleur rouge sang. Les pêcheurs, en retirant leurs filets, furent surpris par le liquide gluant et rouge qu'était devenue la mer. Des milliers de poissons crevés remontèrent à la surface et une odeur de pourriture envahit la ville.

— C'est quoi, cette eau ? On dirait du sang !

Un professeur du musée d'Histoire naturelle, consulté par la municipalité, pensa à une invasion d'algues rouges.

— Le limon des fleuves produit aussi de tels phénomènes. Mais dans un golfe, c'est impossible !

« Les grenouilles montèrent et couvrirent le pays d'Égypte »

– Exode 8, 2.

Alors que tous les habitants s'interrogeaient sur la couleur des eaux du golfe d'Izmir, une invasion de grenouilles arriva par le nord. En quelques instants, des millions de batraciens envahirent les rues et les maisons.

— Mais d'où viennent-elles ? Les grenouilles ne peuvent pas jaillir du désert !

« Toute la poussière de la terre fut changée en poux, dans tout le pays d'Égypte »

– Exode 8, 13.

Les grenouilles encombrèrent bientôt les rues d'Izmir mais ne survécurent pas longtemps. C'est alors que des poux et des moustiques surgirent par nuages entiers et s'abattirent sur leurs cadavres. Des rues entières grouillèrent bientôt de ces insectes, qui se faufilaient dans les entrailles des grenouilles éventrées. Les forces armées envoyées par le vizir, la veille, ne savaient que faire pour s'en débarrasser. Un général télégraphia au vizir :

« SOMMES ENVAHIS PAR DES POUX ET DES MOUSTIQUES – STOP – PHENOMENE INCOMPREHENSIBLE – STOP – GENERAL AYLAN KESKIN. »

Un soldat lui posa la question que chacun se posait :
— Est-ce pareil à Istanbul, mon général ?
— Justement non, le mal semble être limité à Izmir.

« Et tout le pays d'Égypte fut dévasté par les mouches »
– Exode 8, 20.

Des taons et des mouches venimeuses suivirent les poux et les moustiques. Les victimes humaines se comptaient à présent par centaines. Alors, du haut d'un minaret, un muezzin se mit à crier :
— Les Plaies ! Les plaies d'Égypte !

« Tous les troupeaux des Égyptiens périrent » – Exode 9, 6.

Une fièvre mortelle terrassa presque instantanément les animaux des fermes autour d'Izmir. Même les animaux domestiques furent frappés.
— C'est Allah qui nous punit !
— Mais qu'avons-nous fait ? De quoi Izmir seule est-elle coupable ?

*

Au même moment, sur le *Nemo* ancré à Istanbul, le prince Nikola ne cessait de recevoir des télégrammes de ses informateurs. Il était entouré par Jules, Camille, Paul, Nathan et Gabrielle.
— Mais que font-ils ? C'est pire qu'au Caire.
Un marin accourut vers le prince.
— Excellence, des soldats turcs se sont présentés sur le quai. Le sultan vous réclame d'urgence !
— Il s'inquiète, triompha Jules. Allons-y.
Ils s'empressèrent de monter dans la calèche envoyée par le sultan. L'équipage gagna le palais de Yildiz à vive allure.

En traversant les rues, l'officier qui commandait le groupe cria :

— Service du sultan, écartez-vous !

Quand ils furent arrivés dans la cour, un majordome conduisit le prince et ses amis dans le vaste bureau qu'occupait le sultan. Il était entouré du grand vizir et de ses conseillers.

— Que font vos amis ?

— Ce ne sont pas nos amis, Majesté. Les EMS nous ont chargé d'un message, nous vous avions prévenus.

— L'eau changée en sang, les grenouilles, les moustiques, les mouches, la mort du bétail : ce sont les plaies d'Égypte, dans l'ordre exact qu'énonce la Bible. Où cela s'arrêtera-t-il ?

— Je l'ignore, Majesté. Nous savions que les EMS étaient puissants, la vérité est qu'ils le sont encore plus que nous l'imaginions.

— Puissants et malfaisants, corrigea Camille.

Chapitre 71

Et cela continua à Izmir, toute la journée durant.

« Des ulcères apparurent sur les hommes et sur les animaux, formés par une éruption de pustules »

– Exode 9, 10.

— La peste !

Les hommes et les femmes d'Izmir virent pousser des pustules sur leurs cous, leurs aines, leurs aisselles. Les bubons s'accompagnèrent de fièvre et de violents maux de tête. Un médecin d'Izmir y reconnut vite les symptômes de la peste noire.

« L'Éternel fit pleuvoir de la grêle sur le pays d'Égypte »

– Exode 9, 23.

Le ciel d'Izmir se couvrit alors de nuages noirs. Une pluie très forte se mit à tomber, suivie par des grêlons aussi violents et destructeurs que des boulets de canons. Les toits d'Izmir furent éventrés, des quartiers entiers de la ville furent noyés.

« Il livra leurs récoltes aux sauterelles, le produit de leur travail aux sauterelles »

– Psaumes 78, 46.

Comme si ces fléaux ne suffisaient pas, des nuées de sauterelles envahirent les champs et la cité. Tout ce qui était comestible fut avalé par ces ogres, qui se comptaient par millions.

« Il y eut d'épaisses ténèbres dans tout le pays d'Égypte »

– Exode 10, 2.

La journée n'était pas terminée que le disque du soleil disparut. La nuit régna alors sur Izmir.

— Une éclipse ? demanda un astronome local.

— Non, répondit un autre. Regarde, la lune est à l'opposé. Ces ténèbres arrivent tout droit de l'enfer !

Partout dans la ville, les animaux survivants se mirent à hurler à la mort.

*

— Ce sont bien les plaies d'Égypte, glissa Nathan à Camille. Je t'avais dit que ces êtres n'ont aucune imagination. Tout ce qu'ils savent faire, c'est copier nos anciennes croyances et nos mythes.

— Ils imitent les humains comme des élèves appliqués et stupides, car ils envoient à la mort des milliers de Turcs innocents.

— Cessez ces murmures ! s'indigna le sultan. Nous vous croyons, à présent. Ces êtres existent bien, mais s'ils croient m'impressionner, moi le sultan de l'Empire ottoman, ils se trompent !

Il écumait de rage, son vizir aussi. Les récents massacres des Arméniens avaient prouvé que les dirigeants ottomans étaient capables des pires exactions quand ils se sentaient défiés. Ce moment arrivait.

— Je crois que les EMS vont obtenir le contraire de ce qu'ils cherchaient, lança Camille à haute voix.

— Que dites-vous, monsieur Flammarion ? demanda le sultan d'un ton courroucé.

— Je prie à voix haute, Majesté. J'espère que ces fous criminels ne vont pas...

Nathan comprit l'idée que Camille avait en tête.

— La dixième plaie ?

*

« L'Éternel frappa tous les premiers-nés dans le pays »

– Exode 12, 29.

Un peu partout, à Izmir, des cœurs s'arrêtèrent instantanément de battre. Des hommes, des femmes, qui semblaient choisis au hasard. Les docteurs de la foi qui avaient étudié les Écritures ne tardèrent pas à comprendre : tous ces morts étaient des premiers-nés ! Le dixième fléau qui frappait la ville d'Izmir était le pire de tous : la mort subite de tous les aînés, du fils de la famille la plus riche d'Izmir au fils de sa servante.

Ainsi se termina cette journée maudite. Tous les citoyens d'Izmir se réunirent sur la grand-place de la ville et réclamèrent au sultan une vengeance exemplaire.

*

Quand la nouvelle parvint à Istanbul, Camille ne décoléra plus :

— Les insensés ! Comment leur faire confiance, après cette folie ?

— Ce sont des êtres numériques, Camille, ils ignorent les émotions humaines.

Le sultan, lui, retrouva son calme. Il sortit de la pièce et alla se recueillir quelques instants dans sa mosquée privée pour demander conseil à Dieu. Puis il revint pour donner des ordres :

— Réunissez les chefs de l'armée ! Et vous, prince Nikola, Jules, Camille, Nathan, ne bougez plus de cette pièce. Je vais avoir besoin de vous pour donner à ces démons de la jungle la leçon qu'ils méritent !

Chapitre 72

On en a perdu la mémoire, mais les Ottomans furent parmi les premiers peuples à utiliser des armes de destruction massive, ou ce qui en tenait lieu avant le XXe siècle. Ils en firent la démonstration en 1453, devant les remparts de Constantinople. Le sultan Mehmet II avait fait construire le plus puissant canon de l'histoire, qu'on baptisa *Şahi Topu* (le Canon Shah). Il pouvait tirer des boulets de pierre de 600 kilos et fit de terribles ravages qui aboutirent à la prise de la ville. Depuis, les armuriers ottomans acquirent une véritable expertise dans la mise au point de canons de plus en plus puissants, dans la technique du minage, dans la fabrication des poudres explosives les plus efficaces.

Avant d'agir, le sultan prit la précaution de consulter l'ambassade de France à Istanbul. Il demanda au président Félix Faure son accord pour envoyer en secret une partie de sa flotte en Guyane afin d'exterminer, selon ses propres termes, « un ennemi du genre humain ». Félix Faure, qui était d'un naturel sceptique, ouvrit de grands yeux quand l'ambassadeur turc lui parla d'êtres immatériels cachés au cœur de la forêt, qui avaient presque anéanti sa bonne ville d'Izmir avec les dix plaies d'Égypte.

— Êtes-vous certain, monsieur l'ambassadeur, que le sultan n'a pas abusé de… du haschisch ou d'une autre herbe, récemment ?

Voyant la mine scandalisée du plénipotentiaire, Félix Faure n'insista pas. Soucieux de conserver de bonnes relations avec la Sublime Porte, le président Faure donna son accord.

— Faites ce que vous avez à faire en Guyane, Excellence. Cette partie de la jungle est vide d'habitants et vos canonnades remueront la terre. À la fin, les chercheurs d'or y trouveront peut-être leur bonheur !

*

Une fois l'accord formalisé, sept bateaux de guerre turcs prirent la direction de la Guyane française. Le grand vizir avait demandé au général Yunus Kuroglu, qui commandait le détachement turc, de s'assurer de l'assistance du prince Nikola et de ses amis. Il souhaitait aussi – on ne sait jamais – éviter que l'un ou l'autre pût alerter, de quelque façon que ce fût, l'ennemi qu'ils allaient affronter.

Quand les navires ottomans furent ancrés dans la baie de Ouanary, les soldats entreprirent de débarquer dix-sept énormes canons, tout juste sortis des fonderies d'Istanbul. Ils avaient la particularité d'être livrés démontés en plusieurs pièces, qui pouvaient ensuite se visser pour fonctionner. On chargea les caisses contenant les canons et leurs énormes obus sur de grandes barges en acier, qui étaient tractées par des chevaux et des bœufs.

Le général Kuroglu prit place sur la première barge. Il demanda à Camille et Nathan, qui avaient déjà fait le chemin, de venir à ses côtés. Les Turcs avaient aussi engagé trois guides guyanais, qui savaient s'orienter dans cette jungle.

— Et nous ?

Cette fois, Jules et Paul avaient décidé de faire le voyage.

— Ce n'est pas prudent dans ton état, suggéra Nathan.

— Je ne manquerais cette expédition pour rien au monde ! insista Jules. Et ces barges sont plus confortables que les pirogues.

Le prince Nikola, qui ne supportait ni la chaleur, ni les moustiques, choisit prudemment de rester sur son yacht. Mais quand Gabrielle vint s'installer auprès de Camille, le général Kuroglu s'y opposa fermement.

— Non, pas de femme avec nous !

— Ah oui ? Essayez donc de m'interdire le voyage, rétorqua Gabrielle.

Le général fit signe à ses soldats d'évacuer la jeune femme. Mais Camille se leva et croisa les bras.

— Si elle ne vient pas, je ne viens pas non plus.

— Et si Camille ne vient pas, ajouta Nathan, ce sera sans moi.

— Et sans moi, dit Jules.

— Ni moi, dit Paul.

Le général n'insista pas.

— Ah, les femmes occidentales !

Sur un coup de sifflet de l'officier, le convoi ottoman s'ébranla en suivant le fleuve Oyapock.

Chapitre 73

— Un monstre, qui nous regarde !

Un soldat turc avait donné l'alerte quand l'expédition parvint à proximité du village de Saint-Just, de triste mémoire. Un géant à la face bestiale, immobile et silencieux, les regardait passer. Puis on en vit un autre. Et un autre encore.

— Les EMS ont envoyé leurs gardiens, ils se demandent pourquoi une armée entière vient à leur rencontre.

— J'espère que nous pourrons parler à Simonidès avant qu'ils passent à l'action, ces géants Pazuzu ont un pouvoir de destruction considérable.

— Ce n'est rien, fit Nathan, si l'on compare avec les forces du sultan.

À mesure qu'ils approchaient des rives de Saint-Zacharie, les Pazuzu se firent plus nombreux.

— Ils en ont une dizaine en tout, a dit Simonidès.

Le général Kuroglu vint les trouver.

— Il serait bon, monsieur Flammarion, que vous parlementiez avec les représentants de ces créatures. Pendant ce temps, j'installerai mes canons aux points stratégiques pour anéantir le village et le pénitencier. J'ai besoin de quarante minutes, pas plus.

— Je ferai mon possible, général. Avez-vous un drapeau blanc ?

Sur un signe de l'officier turc, un soldat apporta un morceau de drap qu'il attacha à la baïonnette d'un fusil.

— Ce sera suffisant, dit Camille. Je me sens à présent dans la peau d'un traître qui vient parler de paix pendant que les siens préparent la guerre !

— J'irai avec toi, proposa Nathan.

Les deux hommes sautèrent sur la berge et s'approchèrent des premières maisons. Ils furent aussitôt entourés par les Pazuzu.

— Notre vie ne vaut pas cher, chuchota Nathan d'une voix tremblante.

Camille agita ostensiblement son drapeau blanc.

— Nous voulons parler à Simonidès ! Je suis Camille Flammarion et voici Nathan Watkins. Nous sommes de retour afin de proposer un accord au grand peuple des EMS.

Il y eut un silence.

— Il vient, s'écria Nathan.

Un Pazuzu, exactement semblable aux autres, était sorti du pénitencier et s'approchait à grandes enjambées. Il s'arrêta à quelques mètres d'eux. Une nouvelle fois, la voix de Simonidès résonna dans leurs esprits.

— Je suis Simonidès. Que signifie ce déploiement de forces ?

— Le sultan vous envoie un représentant plénipotentiaire, le général Kuroglu. Il est investi de tous les pouvoirs pour négocier avec vous. Pour des raisons de sécurité que vous comprendrez, il ne se déplace jamais sans sa garde rapprochée.

— Une garde plutôt nombreuse, estima Simonidès.

— Le sultan Abdülhamid est un monarque aussi puissant que méfiant. Il aime prendre ses précautions avant de signer un accord. Mais j'ai une bonne nouvelle, Simonidès…

— Le sultan accepte notre proposition ?

— Il n'y est pas opposé, mais il voudrait que vous lui fournissiez une proposition écrite, qu'il pourrait étudier avant de signer.

En imposant un peu de paperasse administrative, Camille espérait gagner le temps que le général réclamait. Mais Simonidès le prit de court.

— Ce contrat a été rédigé, monsieur Flammarion.

Il fit signe à un Pazuzu qui lui apporta un parapheur contenant plusieurs exemplaires du contrat.

— Le voici. Il est très précis et comporte cent cinquante et une pages. Il suffira à votre général plénipotentiaire d'apposer sa signature sur la dernière page.

— Cent cinquante et une pages ! Il va falloir du temps pour les lire.

— Notre contrat n'est pas discutable, monsieur Flammarion. Le sultan devra l'accepter tel qu'il est.

Simonidès avait coloré sa réponse d'une nuance très clairement menaçante.

— Ce sont des conditions peu habituelles, convenez-en…

— Ce sont les nôtres.

— Bien, bien, nous verrons cela.

Toujours dans l'esprit de gagner du temps, Camille feuilleta le contrat.

— Ah, mais attendez… je vois que votre contrat est rédigé en français et en anglais.

— Oui. Est-ce un problème ?

— Le sultan est turc, Simonidès. Il ne signera aucun contrat rédigé dans une autre langue que le turc. Pourrions-nous avoir un exemplaire en langue turque ?

Cette fois, Simonidès semblait désarçonné.

— Personne chez nous ne parle le turc. Mais nos machines se chargeront d'en faire une version traduite automatiquement.

— Qu'elle soit très soignée, surtout ! Notre sultan est une personne maniaque, très sensible aux détails.

— Nous ferons de notre mieux, monsieur Flammarion.

— En attendant, je vais communiquer au général Kuroglu les exemplaires que vous m'avez donnés. Par chance, il parle le français.

— La version turque sera prête dans moins d'une heure, monsieur Flammarion.

— C'est toujours un plaisir de parler avec vous, Simonidès.

— Un plaisir partagé, monsieur Flammarion. Avec vous aussi, Nathan.

Camille et Nathan regagnèrent leur barge. Le général, d'un geste discret, leur conseilla de se coucher discrètement au fond du bateau et de se boucher les oreilles. Les autres – Jules, Paul, Gabrielle – en firent autant. Gabrielle se serra contre Camille et lui parla à l'oreille.

— Ils n'auront que ce qu'ils méritent.

Au premier coup de canon, un obus de six cents kilos grimpa haut dans le ciel et retomba sur le pénitencier de Saint-Zacharie, en faisant voler son toit en éclats. Puis les dix-sept canons turcs, savamment disposés sur le site par le général Kuroglu, se mirent à tonner à leur tour.

L'enfer venait de se déchaîner dans la jungle.

Chapitre 74

Quelle que soit la guerre, le silence qui suit une canonnade est toujours impressionnant. Après avoir été tétanisée par le vacarme des hommes, la jungle amazonienne reprit son éternelle conversation, faite de millions de cris d'oiseaux. C'est alors qu'un gigantesque incendie dévasta une partie de la forêt.

— Le feu va finir le travail, commenta le général Kuroglu.

Il s'adressa à ses soldats.

— Commencez le démontage des batteries !

Les soldats turcs refroidirent les fûts avec des seaux d'eau, puis dévissèrent les canons pour les ranger dans leurs caisses respectives. Nathan était admiratif.

— Quelle organisation !

Il s'aperçut alors que Camille et Jules tentaient de gagner la rive afin d'aller examiner les dégâts de plus près.

— Ne faites pas ça, leur cria-t-il. La température est telle que vous pourriez fondre sur place.

— Je voulais vérifier que les EMS…

— … ont disparu ? Qui survivrait à cette apocalypse ?

Camille n'insista pas. Il se retira à l'avant du bateau, pour se recueillir. Jules, qui partageait son émotion, s'agenouilla à ses côtés pour lui parler.

— C'est triste, n'est-ce pas, une civilisation qui disparaît ?

— J'en pleurerais. Voilà un peuple qui a survécu plus de sept mille ans à une première catastrophe et qui disparaît aujourd'hui en quelques minutes, anéanti par une tempête de feu. Je me sens coupable, Jules.

— Il ne faut pas, Camille. Les EMS avaient la science, mais ils ne l'auraient jamais partagée avec les humains. Ils préféraient la garder jalousement pour eux et ne l'utiliser que pour servir leur insupportable suffisance. Gabrielle l'a bien senti, nous n'aurions jamais pu coexister, ils se seraient vite pris pour nos maîtres. Ils ont payé aujourd'hui le prix de leur arrogance. Ne te sens pas coupable, toi et Nathan avez bien agi.

Tandis que la forêt se consumait, le convoi reprit la direction de Ouanary. À mesure que leur barge s'éloignait, Jules et Camille essayèrent, en se protégeant du soleil avec leurs mains, de constater les dégâts.

— Vous ne verrez rien d'ici, expliqua le général. Attendez d'avoir regagné notre navire amiral.

— Comment cela ?

Le général Kuroglu eut un sourire énigmatique.

— C'est vous, monsieur Jules Verne, l'auteur de *Robur le conquérant*, qui me posez cette question ?

Camille regarda Jules, intrigué.

— Que veut-il dire ?

*

Huit jours après, le convoi regagna les navires ancrés à Ouanary. Toujours aussi cachottier, le général Kuroglu emmena Jules, Camille et leurs amis vers l'avant du navire amiral, le *Soliman kanouni II*. Un objet de taille imposante était protégé par une bâche imperméable. Le général ordonna à ses marins de l'ôter avec précaution.

— Un dirigeable ! s'écria Jules.

— Le prince Nikola a baptisé son yacht le *Nemo*, nous avons baptisé notre dirigeable *L'Albatros.*

C'était le nom du ballon dirigeable de *Robur le conquérant.* Jules Verne avait fait dire à Robur que l'avenir appartenait aux machines volantes, affranchies des caprices des vents. Son *Albatros* était mû par l'électricité.

Une fois le ballon prêt à s'envoler, le général ouvrit la nacelle.

— Qui veut me suivre ? Nous allons inspecter Saint-Zacharie depuis le ciel.

Jules et Paul se précipitèrent, avec Camille. En tout, le dirigeable ne pouvait emporter que six passagers. Le général suivit, avec deux pilotes.

— Larguez les amarres !

Quand le ballon fut à cent mètres d'altitude, une hélice se mit à tourner. Il y en avait deux, entraînées par deux moteurs : une à la poupe, une autre à la proue. Le ballon prit la direction du sud-ouest.

— Nous avons une autonomie de trois heures pour l'aller, expliqua le général. Quand nous voudrons opérer un demi-tour, la seconde hélice prendra le relais.

Camille était éperdu d'admiration.

— Je n'aurais jamais pu naviguer ainsi sur mes pauvres ballons, j'allais où les vents me poussaient... quand j'avais de la chance.

— Un jour, prédit Jules, ce ne seront plus des ballons, mais d'énormes machines en acier qui transporteront les hommes d'un bout à l'autre de la Terre.

Ils suivirent le cours de l'Oyapock, parfaitement reconnaissable à cent mètres d'altitude. Ils croisèrent sur leur chemin un camp d'Indiens Wayampi, qui poussèrent des cris terrifiés en voyant ce monstre volant sillonner le ciel. Puis ils survolèrent Café-Soca et continuèrent à suivre le cours agité de l'Oyapock.

— Nous y sommes !

Un gros nuage de fumée et des restes d'incendie leur signala qu'ils étaient arrivés au-dessus de Saint-Zacharie. Il n'y avait plus de village, ni de pénitencier. Un immense cratère de soixante mètres de diamètre et de dix mètres de profondeur s'étendait sous leurs yeux.

— Il ne reste rien, murmura Camille.

— L'incendie n'est toujours pas éteint, remarqua Gabrielle.

— Les braises brûleront pendant des semaines, expliqua Nathan, avant de s'éteindre définitivement.

Le général Kuroglu pria Dieu en langue arabe, puis clama à haute voix :

— Izmir est vengée, nul ne peut défier impunément le sultan Abdülhamid II !

Camille fut profondément peiné en entendant ces paroles. Il se pencha vers Jules.

— J'ai le sentiment que les humains ne valent pas mieux que les EMS, Jules.

— Je pense comme toi, Camille.

— Dès notre retour à Cayenne, je saluerai le prince Nikola et je rentrerai à Paris avec Gabrielle. À l'avenir, je me contenterai d'être astronome.

— Et moi romancier, dit Jules d'un même élan.

Chapitre 75

Pendant ce temps, en France, la situation politique restait instable, les parlementaires se disputaient âprement sur la question cruciale de l'impôt sur le revenu. Quant à l'affaire Dreyfus, elle connut un nouveau rebondissement. Au mois de mars 1896, le lieutenant-colonel Marie-Georges Picquart, qui travaillait au renseignement militaire, intercepta un télégramme (le fameux « petit bleu ») adressé par l'ambassadeur d'Allemagne à un officier français, le commandant Esterhazy. Tout indiquait que l'armée avait commis une grave erreur judiciaire : Esterhazy était le coupable et le capitaine Dreyfus avait été condamné par erreur. Picquart avisa aussitôt ses supérieurs, qui refusèrent de se déjuger. Dans un autre pays que la France, les choses en seraient peut-être restées là. Mais dans la patrie des droits de l'homme, la polémique enfla. Matthieu Dreyfus, le frère du capitaine Alfred Dreyfus, décida donc d'alerter l'opinion publique.

*

Bien loin de ces remous, qui n'en étaient alors qu'à leurs débuts, l'astronome Camille Flammarion avait repris son travail sur l'observation des taches solaires à l'observatoire de Juvisy. Peu à peu, son aventure en Guyane s'effaça de son esprit, comme font les mauvais rêves. À dire vrai, il ne savait plus très bien si ce qu'il avait vu là-bas était réel.

Mais un détail l'intriguait.

Un dimanche après-midi, il se rendit seul (et incognito) dans un petit théâtre du XVIe arrondissement de Paris, où la médium Eusapia Palladino, qui exerçait toujours en France, avait été conviée par des amateurs de spiritisme à rappeler l'esprit d'un notable local, Ancelin Tournier de Jubainville, descendant d'une des plus vieilles familles françaises, mort de vieillesse à l'âge de 96 ans dans son hôtel particulier de la rue de Passy. Les familles fortunées qui avaient organisé cette cérémonie n'avaient pas hésité à réunir le gros cachet exigé par la médium pour se livrer à cet exercice. Le cher Ancelin Tournier de Jubainville en valait la peine, estimaient-elles.

Mêlé au public, dans la salle, Camille assista au lever de rideau qui découvrit la table ronde classique des séances de spiritisme. Eusapia apparut et s'inclina sous les applaudissements. Son imprésario, Ercole Chiaia, s'adressa au public.

— J'appelle les personnes suivantes, qui prendront place autour de la table...

Suivit une liste de huit noms à particules, qui se déplacèrent de la salle vers la scène. Eusapia prit place parmi elles.

À nouveau, Ercole Chiaia se tourna vers la salle.

— Nous allons commencer... Je demande aux techniciens de diminuer l'éclairage, l'esprit ne se manifestera que dans la pénombre. Je réclame aussi des spectateurs présents dans la salle le plus grand silence, afin de ne pas troubler la concentration de Mme Palladino.

Quelques minutes après, Eusapia invoqua l'esprit.

— Esprit d'Ancelin Tournier de Jubainville, es-tu là ?

Silence.

Elle recommença.

— Ancelin Tournier de Jubainville, je t'appelle. Si tu m'entends, frappe un coup.

Toujours le silence. Elle s'y reprit à plusieurs reprises.

— Réponds, esprit d'Ancelin Tournier de Jubainville !

Devant ces échecs, qui semblaient inhabituels, des rumeurs se firent entendre dans la salle.

— Taisez-vous ! lança Ercole d'une voix autoritaire.

Soudain, Eusapia fut prise d'une transe. Elle réclama du papier. Ercole lui tendit un grand carnet et un crayon. Les yeux révulsés, elle se mit à écrire quelque chose. Le silence de la salle était tendu, comme si les spectateurs assistaient à quelque miracle. Quand Eusapia eut fini, Ercole lut le papier. Il était décontenancé.

— Que dit le message ? demanda une personne dans la salle.

Ercole bredouilla quelques mots.

— Je crois que... un autre esprit a pris la place d'Ancelin Tournier de Jubainville. Ces interférences se produisent rarement, mais...

— Qui est cet esprit ? insista un spectateur.

Ercole lut le nom inscrit sur son papier.

— François Claudius Kœnigstein.

— Ravachol ? cria quelqu'un.

François Claudius Kœnigstein, mieux connu sous le nom de Ravachol, était un militant anarchiste, surnommé aussi « le Rocambole de l'anarchisme ». Responsable de plusieurs attentats à la bombe, il avait été guillotiné quatre ans auparavant dans la cour de la prison de Montbrison.

À nouveau, Eusapia fut prise d'une transe. Elle écrivit les mots que lui dictait l'esprit :

« ECOUTEZ BIEN BOURGEOIS... »

Ercole lisait les textes les uns après les autres.

« VOICI LE MESSAGE DE RAVACHOL... »

À nouveau une transe et des messages.

« NI DIEU NI MAITRE... »

« NI ETAT NI PATRON... »

« VIVE L'ANARCHIE ! »

Les spectateurs se levèrent et protestèrent avec force.

— Qu'est-ce que c'est que ce cirque ?
— Une escroquerie !
— Nous n'avons pas payé pour ça !

Eusapia Palladino, éplorée, alla se cacher dans les coulisses du théâtre, tandis qu'Ercole Chiaia interpellait les techniciens, morts de rire.

— Fermez le rideau ! Qu'est-ce que vous attendez ?

Camille Flammarion, lui, était fixé. La disparition des EMS avait anéanti une certaine catégorie d'esprits, mais pas *tous les esprits*. Le spiritisme, avec ses tables tournantes et ses messages sibyllins, restait encore ce profond mystère qu'il s'était promis, un jour, d'éclaircir. Il appela une calèche et rentra chez lui, tout guilleret.

Chapitre 76

Un matin d'avril, Gabrielle entra dans son cabinet de travail.

— Camille ! Jules et Nathan sont ici !

Il courut à sa fenêtre et découvrit avec plaisir les silhouettes familières de ses deux amis. Il alla à leur rencontre.

— Jules, si j'avais su ! Et toi, Nathan, quel plaisir de vous revoir tous les deux.

— Nathan est venu à Amiens pour donner une conférence à l'université. Comme j'avais rendez-vous avec mon éditeur dans une librairie parisienne, nous avons décidé de faire un crochet par Juvisy, pour te faire une petite surprise.

— Venez, on va dans la coupole, c'est là qu'on sera le mieux.

Ils montèrent par le petit escalier de fer qui conduisait dans la salle d'observation. Jules soufflait un peu.

— Je n'ai pas pensé à ta jambe, Jules, pardon.

— Ne me traite pas en vieillard ! Ce voyage en Guyane m'a un peu fatigué, à cause de la chaleur. Mais à présent, je me sens en pleine forme.

— Tant mieux.

Découvrant Gabrielle à l'étage, Jules fut émerveillé.

— Notre prisonnière du monde des esprits se porte à merveille, je vois. Vous êtes magnifique, Gabrielle !

Il l'embrassa. Nathan en fit autant. Camille, qui n'était pourtant pas d'un naturel jaloux, surprit un regard complice entre les deux jeunes gens.

— Je vais vous faire monter du thé, proposa Gabrielle, j'ai à faire dans le jardin. Nos « oiseaux de paradis » ont mal supporté les dernières pluies.

— Des oiseaux de paradis ?

— Des strelitzias, de belles plantes persistantes qui viennent d'Afrique du Sud.

— Je vois que la vie quotidienne a repris ses droits, constata Nathan avec un sourire.

Quand ils furent installés, Camille se tourna vers Nathan.

— Une question : publierez-vous votre thèse sur le Déluge, Nathan ?

Nathan s'étonna.

— Je croyais qu'on se tutoyait, Camille. Après ce que nous avons vécu ensemble…

— Tu as raison, mais parfois je me demande si c'était bien réel.

— C'était réel ô combien, confima Jules.

— Oui, je publierai ma thèse, après l'avoir soutenue. Mais j'éviterai de parler des EMS, aucun jury ne me prendrait au sérieux. Je me limiterai à parler d'archéologie. Et toi, Camille ? As-tu repris tes études spirites ?

— Pas encore. Il me fallait la preuve, d'abord, que les EMS n'avaient pas épuisé le sujet. J'en ai eu la preuve, il y a deux semaines, lors d'une séance. Mais pour l'instant, je préfère parler d'autre chose. Et ton livre sur Mars, Jules ?

— J'ai abandonné. J'ai appris qu'un Anglais, un certain Herbert George Wells, prépare un roman sur une invasion de la Terre par des Martiens.

— Voilà qui n'arrangera pas la réputation des Martiens, qui sont peut-être des gens respectables, s'ils existent.

— J'ai donc obliqué vers un roman que m'a inspiré la toute-puissance des EMS : l'histoire d'un inventeur, Thomas

Roch, qui met au point une bombe d'une très forte puissance. Le livre s'appellera *Face au drapeau*, il sera publié en septembre.

— *Face au drapeau*, on dirait un slogan de ce militant d'extrême droite, Paul Déroulède.

— Rien à voir.

Camille hésita, puis…

— À ce propos, Jules, puis-je te parler franchement ?

L'écrivain fronça les sourcils.

— Quand une conversation commence de cette manière, c'est qu'elle pourrait mal tourner. Veux-tu me parler du prince Nikola ?

— Oh, celui-là, je l'ai totalement oublié. Non, c'est autre chose…

Camille alla chercher un numéro récent du *Figaro*.

— En lisant le journal, j'ai découvert que tu as signé ça…

Il montra, en deuxième page du journal, une proclamation de la « Ligue de la Patrie française ».

— Et alors ? Oui, j'ai signé avec vingt-deux académiciens. Et Auguste Renoir, François Coppée…

— Mais cette « Ligue de la Patrie française », c'est un parti anti-dreyfusard !

— J'ai toujours été monarchiste, Camille, je ne te l'ai jamais caché. Mais je ne suis pas antisémite. Simplement, comme beaucoup de patriotes, je place l'honneur national au-dessus du respect de l'individu.

— Même s'il est innocent ?

La discussion entre les deux amis semblait partie pour durer. Nathan trouva plus diplomatique de s'éclipser.

— Pardon mes amis, je dois malheureusement vous laisser, j'ai un rendez-vous ce soir à Paris.

— Tu nous quittes déjà ? Alors demande à Gabrielle de te faire accompagner par le jardinier à la gare de Juvisy. Si tu ne tardes pas, tu pourras prendre le train de 12 h 17.

— J'y cours. Je vous salue, messieurs.

Nathan dévala l'escalier de fer. Camille se leva et alla regarder par la fenêtre.

— Un très gentil garçon, ce Nathan.

— Bien d'accord avec toi. Il s'est montré très courageux en Guyane. Particulièrement quand…

Jules s'interrompit. Il suivit le regard de Camille, par la fenêtre. On pouvait voir Nathan et Gabrielle, dans le jardin. Le jeune homme lui parlait à l'oreille, en lui tenant les mains. Puis il l'embrassa tendrement dans le cou.

Il y eut un silence gêné entre les deux hommes. Puis Jules se décida.

— Laissons les jeunes entre eux, Camille, ils en ont bien le droit.

Camille ne put cacher son trouble, et même sa peine.

— Après ce que j'ai fait pour elle…

— Elle est encore très jeune, Camille. Si elle tient vraiment à toi, elle te reviendra.

Camille approuva, mais préféra changer de sujet.

— Tu es donc comme Goethe, Jules, tu préfères une injustice à un désordre. Et que fais-tu des Droits de l'homme ?

La discussion dura tout l'après-midi. À tel point que Jules Verne remit au lendemain son retour à Amiens et dormit cette nuit-là à Juvisy.

Le même jour, Matthieu Dreyfus, qui faisait le tour des hommes de bonne foi pour réhabiliter son frère, se rendit au 21 *bis*, rue de Bruxelles, à Paris. Pour la première fois, il frappa à la porte du grand écrivain Émile Zola.

Épilogue

Connaissez-vous le paypayo hurleur ? On l'appelle aussi « la sentinelle de la forêt ». C'est un oiseau de belle taille, environ trente centimètres de long, très fréquent dans la jungle guyanaise et reconnaissable à son chant trisyllabique. C'est en se posant sur un câble du cratère dévasté de Saint-Zacharie qu'un paypayo curieux ranima par hasard un contact électrique relié à une batterie de secours, qui alimentait elle-même un ordinateur agonisant. Grâce à cette connexion miraculeuse, six EMS aux noms prestigieux se réveillèrent de leur sommeil forcé de dix longs mois.

VICTOR HUGO *(à moitié éveillé)*
William ? Es-tu là ?

WILLIAM SHAKESPEARE
Encore sonné, Victor, mais c'est bien moi.

VICTOR HUGO
Et les autres ?

WILLIAM SHAKESPEARE
Pas loin. En te comptant, on est six.

VICTOR HUGO
Savez-vous ce qui s'est passé ?

ARTHUR WELLINGTON
Une armée est arrivée par le fleuve, avec de gros canons. Plus gros encore que ceux de Napoléon à Waterloo.

ISAAC NEWTON
Qui étaient ces gens ?

ARTHUR WELLINGTON
Des Turcs, je m'y connais en uniformes. En quelques minutes, ils ont tout démoli. Les EMS n'avaient préparé aucune ligne de défense, ces naïfs !

GALILEO GALILEI
C'est bien vrai. Des gens logiques, mais aussi benêts que des enfants.

ABRAHAM LINCOLN
Et nous ?

ARTHUR WELLINGTON
On va les suivre dans le néant.

ISAAC NEWTON
Je n'en suis pas fâché, j'en avais assez de leur faux paradis.

GALILEO GALILEI
Un paradis de l'ennui, oui !

WILLIAM SHAKESPEARE
Reconnaissons au moins que nous étions à l'abri du besoin.

ISAAC NEWTON
Pas d'accord, William, mon corps me manquait. Je préférais avoir faim, froid, sommeil. Même mal.

WILLIAM SHAKESPEARE *(surpris)*
Tu regrettes tes douleurs ?

ISAAC NEWTON
Avant, chaque fois qu'il me venait une belle idée en physique ou en mathématique, ma goutte revenait. Il me suffisait d'avoir mal au gros orteil pour me dire : « Isaac, mets-toi à ta table de travail. » Depuis que je suis ici, plus de goutte, mais plus d'idées non plus.

WILLIAM SHAKESPEARE *(nostalgique)*
Moi, ce sont les femmes qui me manquent. Vous avez remarqué ? Il y en avait très peu ici.

ARTHUR WELLINGTON
Parce que les bigots qui nous ont choisis étaient misogynes, comme tous les bigots. Et qu'aurions-nous pu faire avec leurs femmes ? On passait au travers !

(Rire général)

ABRAHAM LINCOLN
Je n'ai jamais vraiment compris ce qu'ils attendaient de nous.

GALILEO GALILEI *(intuitif, comme à son habitude)*
Oh, ce n'est pas bien difficile, ils nous trouvaient brillants. Ils ont pensé qu'en nous ressuscitant, l'humanité leur serait reconnaissante.

ISAAC NEWTON
Naïfs, naïfs, naïfs ! L'humanité nous préfère morts, pour mettre nos statues sur leurs places et donner nos noms à leurs rues.

ARTHUR WELLINGTON *(effrayé)*
Eh ! Une lumière s'est éteinte, par là-bas.

WILLIAM SHAKESPEARE *(fataliste)*
Toutes les lumières vont s'éteindre, mon ami, quand cette pauvre batterie rendra l'âme.

ARTHUR WELLINGTON *(de plus en plus effrayé)*
Une autre lumière a lâché ! C'est de plus en plus noir.

VICTOR HUGO
Oui, le néant qui se rapproche.

(Brusquement, Victor Hugo, Wellington et Galilée disparaissent)

ABRAHAM LINCOLN
Eh, les amis, où êtes-vous passés ?

ISAAC NEWTON :
Partis eux aussi.

WILLIAM SHAKESPEARE :
Oui, je pense bien que c'est la f…

*

Aux lecteurs qui aimeraient en savoir plus

Ce fut un vrai plaisir pour moi de faire revivre (dans ce volume et dans les autres à venir) les fortes personnalités de ce XIXe siècle français, si inventif, qui ont marqué mon enfance. Qu'on sache pourtant que, même si cette aventure de Camille Flammarion est en grande partie imaginaire, certains éléments ne le sont pas. Voici quelques-unes de mes sources :

En ce qui concerne la biographie de Camille Flammarion, il en existe plusieurs. La meilleure et la plus complète à ce jour (2023) est le *Camille Flammarion* de Philippe de La Cotardière et Patrick Fuentes, 2001, aux éditions Flammarion, comme il se doit. J'y ai puisé de nombreux et précieux renseignements.

Pour Jules Verne, on lira avec intérêt la biographie de Joëlle Dusseau (La Geste, 2021).

Pour le déroulement de l'affaire Dreyfus, on se reportera avec profit à *L'Affaire Dreyfus*, de Michel Winock, publié en 1998 aux éditions du Seuil. Ceux qui pourront le trouver (il est hélas épuisé) consulteront le très complet *L'Affaire sans Dreyfus* de Marcel Thomas (Fayard, 1961).

L'idée d'un coracle ayant pu servir, à l'époque babylonienne, à construire un bateau capable de résister à une inondation majeure est inspirée des travaux de l'assyriologue Irving Finkel, employé au British Museum. Cf. *L'Arche sans Noé* (JC Lattès, 2017).

Les deux grandes séances de spiritisme avec Eusapia Palladino sont des versions à peine abrégées de celles décrites par Camille Flammarion lui-même dans son livre *Les Forces naturelles inconnues* (Flammarion).

L'hypothèse d'une catastrophe géologique ayant rempli la mer Noire et donné naissance au mythe du Déluge est due à deux éminents géologues américains, Bill Ryan et Walter Pittman (*Noahs'Flood*, Simon & Shuster, 2000).

Les Émulations informatiques (EMS) ne sont pas un produit de mon imagination. Ces avatars transhumanistes sont développés dans un livre passionnant, malheureusement non encore traduit en français, de l'économiste et futurologue britannique Robert Hanson : *The Age of Em: Work, Love and Life when Robots Rule the Earth.* Le projet d'un « Mind uploading » (téléchargement d'un cerveau dans un ordinateur) a été sérieusement soutenu par l'Américain Kenneth Hayworth, qui se disait prêt à faire don de son propre cerveau pour tenter l'expérience. Ses proches, heureusement pour lui, l'en ont empêché.

Nombre de détails concernant la jeunesse de Theodor Herzl sont rapportés par Michel Abitbol dans son *Histoire d'Israël* (Perrin, 2018).

Enfin, je rappellerai qu'à la mort de Sylvie Flammarion, en 1919, Gabrielle Renaudot deviendra (elle l'avait bien mérité) Mme Camille Flammarion.

Imprimé en France par CPI
en février 2024

Cet ouvrage a été mis en pages par

<pixellence>

N° d'édition : 600292-0
Dépôt légal : avril 2024
N° d'impression : 178423